黑色夏天殺人事件

BLACK SUMMER

M.W. CRAVEN

麥克・克拉文 ———著 陳岳辰 ———譯

獻給Jo，我的摯友與靈魂伴侶。

身體一點一點消耗殆盡。

我無力阻止，虛弱得動彈不得。

肌肉分解為胺基酸，否則肉體無法存活。皮膚底下，血管為保護臟器而收窄，手腳產生彷彿針扎的刺痛感。失去潤滑的關節僵硬疼痛，牙齦萎縮後牙齒一顆顆掉落。

終點將近，我感覺得到。

呼吸又急又淺。頭昏腦脹。幾天下來第一次有睡意，但入睡了恐怕不會醒來。

心裡那股怒氣也散了。

起初我憤怒難耐，每天大吼大叫控訴命運不公。人生即將起飛的時刻，一切竟被那目光如鯊的男人奪走。

但我已經認命。

畢竟自己也有錯。是我樂昏頭，一廂情願想炫耀。

否則怎會看走眼？他對我發現的祕密毫不在乎，只對**那玩意兒**有興趣。

現在除了躺下闔眼，好好休息，也沒別的法子了。

就多睡會兒吧……

1

法國南方有種雀鳥叫圃鵐。

牠們身長不過六吋，體重不達一盎司，生著灰色頭頂、淡黃色咽喉，滿身橘色羽毛頗為討喜，粉紅色鳥喙又小又短，一雙眼珠子晶瑩剔透彷彿玻璃做的爆米花，跳音般的鳥囀任誰聽了都會嘴角上揚。

十分惹人憐愛的小鳥。

多數人見了圃鵐，想的是帶回家當寵物。

卻並非人皆如此。

有些人眼中所見不是雀鳥可愛，而是其他特質。

因為圃鵐有別的地方非常出名——牠可以當食材，用於世上最殘酷的料理，不僅要殺死小鳥，還會百般凌虐……

一個月前大廚弄到兩隻圃鵐。圃鵐太小，以槍枝射殺會四分五裂，所以她是花錢請人撒網捕捉，每隻收費高達一百歐元。看似獅子大開口，但因為是違法捕獵，被逮到的話罰金遠遠超過這數字。

她將小鳥帶回家，以古羅馬宴席傳統餵養：首先戳瞎眼睛，讓兩隻圃鵐失去白晝，永遠活在夜晚。

圃鵐入夜就要進食。

整整一個月，兩隻小鳥吃小米、葡萄、無花果，體型增加到四倍時就足夠肥美了。

這道菜常用來侍奉君主，或招待摯友。

接到電話以後，她親自將食材帶到英吉利海峽彼岸，在多佛港下船，熬夜開車前往坎布里亞郡一間名為「烏荊子與黑刺李」的餐廳。

兩位客人幾乎完全相反。

一位身穿高領名貴西服，剪裁有東方風味，硬挺白襯衫別上純金袖釦，彬彬有禮、從容自在而且笑容可掬，能夠為任何餐館提升格調。

但另一位穿著沾了泥巴的牛仔褲、沒乾的夾克，靴子在餐廳地板留下兩條髒兮兮水漬，好像剛被人從野花叢間拖出來。現場只有搖曳燭火，光線昏暗，卻仍能看出他的緊張、侷促，甚至無奈。

侍者走到桌邊呈上銅鍋，裡面是烤好的雀鳥。

「你應該會喜歡。」華服男子開口：「這鳥叫做圃鵐，吉戈多主廚特地從巴黎送來，十五分鐘前才用白蘭地淹死……」

另一人盯著鳥兒。腳拇趾大小，身體不停冒出油脂。他抬起頭：「你說『淹死』是什麼意思？」

「這樣才能把白蘭地灌進牠們肺部。」

「真野蠻。」

華服男子冷笑，畢竟在法國工作時聽得夠多了。「人類將活龍蝦放進沸水、從活螃蟹掰下蟹螯❶、強灌鴨鵝製作肥肝。每一口動物的肉不都建立在痛楚上嗎？」

「也不合法。」穿著牛仔褲的男人回嘴。

「我們倆都幹了不合法的事情，你的還比我嚴重吧？吃不吃這鳥隨便你，但如果要吃就學我的吃法，才能更徹底沉浸在香氣中，也避免上帝看見貪婪的嘴臉。」

話聲甫落，華服男子打開漿過的餐巾蓋在頭頂，取了鳥兒送入口中，從布幔外只能看見小鳥頭部。隨著牙齒咬下，鳥頭掉在餐盤。

囫圇吞燙，但華服男子讓鳥肉停留在舌上一分鐘，只是快快幾口氣吹涼。美味的脂肪融化後流入喉嚨。

他發出讚嘆，已經六年沒享用如此佳餚。再嚼一下，脂肪、內臟、骨血在口嘴裡綻放。肉的鮮甜與腸的微苦相得益彰，裹滿口腔的油香令人屏息。鳥骨銳利處刺傷牙齦，流出的鮮血反倒成了一種絕佳調味。

這種體驗飽滿得過分。

最後，牙齒撕開圃鵐的肺，甘醇的雅馬邑白蘭地如洪水傾瀉。穿牛仔褲的男人沒碰盤中美食。對面華服男子頭上仍罩著餐巾，看不見面孔，但能聽到鳥骨斷裂脆響與一陣陣愉悅呻吟。

華服男子吃一隻小鳥用了十五分鐘。掀開餐巾以後抹去嘴角滲出的血跡，朝招待的朋友淺淺一笑。

濕牛仔褲的男子開口講話，華服男子靜靜聽著，半晌後臉上閃過不耐，這夜的頭一遭。原本鎮定自持的臉上忽然蒙上恐懼。

「很有趣的故事，」華服男子回應：「可惜得到此為止，似乎有人過來共襄盛舉。」

濕牛仔褲的男子別過頭，看見一個著普通套裝的人影站在入口門邊，身旁有個制服員警。

「就差一點點。」華服男子搖了頭，朝兩個警察招招手。

便衣警察走到桌邊：「先生，麻煩跟我們走。」

牛仔褲男子眼珠子轉來轉去想找條路逃走，然而侍者和主廚擋在廚房，後門行不通。

制服員警取出警棍。

「先生，別輕舉妄動。」便衣警察警告。

「太遲了。」牛仔褲男子一聲咆哮，握住半滿的瓶頸當作短棒在身前揮舞，酒液全灑在本就

❶ 過去歐美文化圈曾認為無脊椎動物沒有痛覺，但新研究顯示此觀念可能有誤，因此部分國家已經著手立法試圖禁止活煮。

濕答答的襯衫。

雙方一時僵持不下。

華服男子如作壁上觀，淡淡笑意未曾褪去。

「得給我解釋的機會！」牛仔褲男子低吼。

「明天自然有機會。」便衣刑警回答，制服員警朝目標左側包夾。

廚房門開了，侍者端著一盤龍蝦走出來，察覺現場劍拔弩張嚇得金屬碟子脫手落地，冰塊與海鮮四散在石板地上。

一瞬分神足夠了——制服員警攻下盤，便衣刑警攻上路。警棍重重敲在男子膝蓋後方，拳頭往他下顎招呼過去。

牛仔褲男子才跪倒，制服員警立刻以膝蓋壓制其背部、將他腦袋往地面按，然後上手銬。

「華盛頓．波，」便衣刑警說：「現在依殺人罪嫌逮捕你。你有權保持緘默，但訊問時未提出的證詞若之後在法庭遭到質詢可能對你的辯護有損。你所說的一切皆可成為呈堂證供。」

兩週前——第一天

2

英格蘭鄉間的藍燈熄滅。古老氣派的維多利亞風警局建築數量大減走入歷史，取而代之則是設備先進但缺乏靈魂的現代化卓越中心❷。

隨之絕跡的還有地方巡警，他們只能活在緬懷鄉村風貌的人們心中。現代警察大都隔著巡邏車車窗觀察轄區。

二十四小時營業的特易購❸店面比起二十四小時接受報案的警察局還多。

受衝擊最大的莫過於坎布里亞。將近三千平方英里的面積，地理而言是英格蘭第三大郡，卻只有五處全天值勤的警局。

本寧山脈北部的奧斯敦村是全國最高市集地所在，因此更沒機會。當地本來有間又大又漂亮的獨棟警局，然而二〇一二年就被售出，只留下一個警察辦事窗口。每個月第四週週三，伊登鄉村區警隊會派一個人過來幫忙「處理問題」，這倒霉鬼必須千里迢迢開上山，坐在圖書館櫃檯後頭聽大家發牢騷。

擔此重責大任的葛拉罕．埃薩普警員討厭每個月第四個星期三，也討厭幫那些人處理問題。不是雞毛蒜皮微不足道就是病入膏肓無藥可救，即使心裡懷疑全鎮人的智商加起來輸給一條魚，身為警員非聽不可。

例子唾手可得，每個月都有。一個老頭子上門，二話不說甩了袋狗屎在桌上。那可是狗屎啊。他說受不了總是在家裡得獎的彭贊斯夫人玫瑰叢裡發現狗屎，一定是村裡節慶表演時自己贏過鄰居，隔壁老太婆就讓那隻跛腳臘腸犬過來撒野報復。接著老頭居然要埃薩普把狗屎送去「實驗室」做DNA鑑定，然後訝異得知根本沒什麼「實驗室」，也沒有犬科DNA資料庫去比對狗屎。基於是民事爭端，員警只能建議他找律師協助，當然那袋東西麻煩帶走。這樣打發老頭並非毫無風險，倘若日後越演越烈為了狗屎鬧出人命，負責處理問題的埃薩普員警可就有得解釋，但他願意賭一把。

話說回來這天算是輕鬆的。圖書館九點開門，通常過一個鐘頭才進來第一批人，在此之前整個場地隨便埃薩普和館員們自由活動。換句話說，神經病上門之前還有些時間能享用熱茶和吐司。

他還盤算好一天行程，先讀讀報紙，然後溜達到販賣部買點奧斯敦起司，有個館員說好要教他做舒芙蕾蛋奶酥。埃薩普心想老婆也辛苦很久了，給她做個起司舒芙蕾甜甜嘴巴，才好開口說要去葡萄牙打高爾夫。

妥妥當當的計劃。

❷ 整合各領域專家並提供共用設備的組織編制。

❸ 連鎖超市，英國最大、全球第三大超市集團。

但所謂計劃，就是一轉眼會變成狗屎。

羊毛帽、樸素長袖衫、黑色緊身褲的年輕女性進來了。員警最初以為這女孩去男人家裡一夜激情，早上頂著狼狽模樣要回自己住處，腳步蹣跚、跌跌撞撞，兩腿拖著便宜運動鞋在地毯刮擦。她站在圖書館中間東張西望，視線掃過兒童小說、本地史料、名人傳記等等，不像真的有目標，或許想借洗手間簡單盥洗、來管古柯鹼之類，然後就搭計程車回去卡萊爾市。雖然奧斯敦村這種鬼地方沒住學生，偶爾也會舉辦派對。

然而……埃薩普的警察生涯一大半都在卡萊爾市街頭度過，直覺依舊敏銳。

狀況不對勁。

方才判斷失準了，那神情不是狼狽而是驚恐。她目光閃爍游移，不斷留意周遭，瞇著雙眼連飄浮於空氣的塵埃也不放過，卻又未曾在任何地方停留超過一秒。女孩對陳列整齊、字母排序的書架毫無興趣，反倒專注在館員身上，這個打量完又換下一個。

四目相交時，埃薩普確定這天沒機會做舒芙蕾了。人家想找的就是警察。女孩踏著歪七扭八的腳步過來，光是走路就累得皺起五官。站到櫃檯前方，她左臂斜擋在骨感身子前方端起右肘並歪著腦袋，若非氣氛異常說不定還挺可愛。

「這裡有警察？」女孩語調平板。

「別人不是喔，只有我是。」他回答。

明顯是要緩和氣氛，但女孩毫無笑意，甚至毫無反應。埃薩普仔細端詳，試圖從蛛絲馬跡做預判。自欺欺人也來不及了，他很肯定即將出大事。

女孩似乎精疲力盡，褐色瞳孔透露出疲憊，眼窩不只凹陷還發黑，帽子底下竄出的頭髮垂軟無力，箍著的臉蛋也十分憔悴。膚色蒼白、顴骨突出，雙頰的髒污被淚痕刮出兩條線，嘴邊除了紅斑還有白色黏液。她非常瘦，不是時尚模特兒那種感覺，而是營養不良的乾瘦枯槁。

埃薩普繞過櫃檯拉了張椅子出來，女孩面帶感謝坐下。他回到自己座位，兩手指尖相觸如箭塔拖著下巴：「孩子，我能幫妳什麼忙？」儘管內規希望大家採用性別中立的稱謂，老派的他不吃那一套。

女孩沒有回答，直直瞪過來的視線彷彿穿透了他，又或者根本看不見他。

無所謂。埃薩普接觸的民眾夠多。他知道有些人就是得沉澱一下才說得出口。

「我看先從簡單的開始好了？妳的名字是？」

對方眨眨眼忽然回過神，但表情好像覺得名字這個概念非常陌生。

「名字，妳懂吧？每個人都有名字對不對？」

女孩沒笑。

等她真的開口回答，埃薩普知道麻煩大了。

遠超過他自己能處理的程度。

第四天

3

切洛基族老人發現來訪的孫兒心中對某人充滿怨恨。「我跟你說個故事：以前有人對不起我，我也非常恨他們。可是那種情緒不但沒傷到對方，還一點一點腐蝕自己，簡直就像是自己服毒卻以為那些人就會跟著一起死。我掙扎了很久，好像心裡住了兩匹狼爭奪靈魂主導權，其中一匹善良無害，想要與身邊所有人和平共處，不會為別人的無心之失生出怨懟。」

「那爺爺，另一匹是什麼？」

「唔，」老人回答：「另一匹狼很糟糕，充滿憤恨，一點小事都能點燃怒火。牠的憤怒與仇怨太巨大，沒辦法正常思考。而且那些怒氣無處釋放，完全無法改變現狀。」

男孩望進他眼底：「爺爺，最後哪一匹獲勝？」

老人微笑：「我餵養誰，誰就會勝出。」

偵緝警佐華盛頓·波的腦袋最近常常冒出這個寓言故事。他一輩子都在餵養那頭糟糕的狼，從前以為自己明白原因：自己還是嬰兒時，母親遠走高飛，於是他兒時開始便忿忿不平，被拋棄的感受梗在心頭未曾散去。儘管偶有好轉，卻不足以支撐他一夜好眠，終究要在顫抖中驚醒。

如今他卻發現自己的憤怒建立在謊言上。

現在他發現母親是在美國華盛頓特區的外交宴會上遭人強暴，並非惡意遺棄孩子。甚至當初給自己取名華盛頓也有隱情，目的是藉此堅定她離開的決心。她必須走，否則遲早會在兒子面容中看見那個強暴犯的影子。

養育自己將近四十年的那個男人並非親生父親，兩人沒有血緣關係。得知真相後，怨恨慢慢化作追求復仇的白熾怒火。母親在自己察覺之前已經離開人世令他更難釋懷，內心深處有什麼東西逐漸碎裂崩塌。

之前還有火祭男調查案能轉移注意力，華盛頓以關鍵證人身分面對高層並出席公聽會。案件落幕，他和所有參與人員辛苦挖掘的證據確保事情走上正軌，火祭男的故事經過驗證公諸於世。表面上是大功一件心底卻只有惆悵，再多光彩也無法照亮籠罩母子的陰暗。

有人問話，思緒被硬生生拉回現實，華盛頓趕快將注意力集中在周遭。他代表重案分析科參加預算審議，每三個月就一次，而且總選在週六，為什麼這樣安排大家早就忘了。通常應該由科長親自出席，但他暫代督察職務那時候總將行政事務丟給副手史蒂芬妮．弗林。此一時彼一時，現在人家成了貨真價實的科長，兩人立場逆轉，她樂得沿襲舊規、以彼之道還施彼身，於是輪到華盛頓自己每季都得跑一趟倫敦。儘管這種發展有點諷刺，他挺享受重返權力義務最為平衡的警佐崗位，原本就覺得高級督察那種頭銜不適合自己這種人。另外督察兩個字總讓他聯想到查票員或廁所的清潔檢查。

「抱歉，你說什麼？」

「警佐，剛才談到當季規劃，弗林督察要求給重案分析科提高百分之三的加班費預算，你知道原因嗎？」

平常的話他大概沒頭緒，史蒂芬妮準備的書面資料總是完善，他不講話也能安全過關。這回例外，華盛頓還真知道為什麼，但拿起文件要解釋的時候紙張全灑在桌上，他只能喃喃自語臭罵準備資料的行政助理。既然是一份，為何不釘好？嬉皮和三心二意的人才愛迴紋針。重新疊好以後他也不確定先後次序對不對，紙上的文字及頁碼在他眼裡彷彿一團毛球，不得已只好從口袋取出老花眼鏡。必須習慣，自己不年輕了。話說回來老花這件事情本就不需要提醒，最近華盛頓連走路的時候膝蓋都會啪啪作響，讀公文的時候越拿越遠，無奈之下就去驗光，於是喝個咖啡都得忍受鏡片蒙上一層霧，再也不能側躺在床上看書。他常常忘記自己戴了眼鏡然後撞掉，也常常忘記自己沒有戴眼鏡卻想扶正然後戳到眼珠。無論怎麼擦，鏡片總是不乾淨。

華盛頓順手用領帶抹了一下。感覺拿著條抹也是同樣效果。他瞇著眼睛望穿那片朦朧，努力把握公文裡究竟是什麼內容。

「因為之前的『火祭男』案件裡，我本人、分析師緹莉．布雷蕭以及弗林科長都在坎布里亞郡公出了一段時間，導致加班費預算全部耗盡。科長的意思是分散支出，避免在會計年度最後才捅出一個大赤字。」

「合理。」會議主席開口：「有其他意見嗎？我想可以討論看看是否歸在LOOB條款下。」

華盛頓．波啟動大腦內建的莫名縮寫資料庫，搜尋一輪結束後仍舊不知道LOOB條款又是什麼鬼玩意兒。同時間議程早就前進到跨國犯罪科要求更多預算這件事，他們為了應付「實體B」

造成的威脅已經焦頭爛額。那是大家認識依舊淺薄的新犯罪組織，不依附於打手、女人或街頭毒販卻實質掌控黑社會的資源流動管道。隨便在倫敦南區妓院抓個中國非法移民，背後最大債權人通常都是「實體B」。又或者去蘇格蘭阿布羅斯漁港逮個中游海洛因毒販，用來磨粉的海洛因磚也幾乎都出自「實體B」某條供應鏈。甚至如果俄羅斯動員國家力量要在英國領土進行暗殺，殺手十之八九會透過「實體B」的走私路線進出國境。

反正應付實體B是別人的工作。華盛頓·波的目標是連續殺人犯，也協助解決動機不明的懸案。不過心思從制裁與報復中抽離以後也就沒花那麼多力氣在工作，免得繼續餵養人格中那頭惡狼。他點開手機看看溫帶氣旋溫蒂的最新動態，最近幾天媒體持續關注，畢竟夏季風暴很罕見，這種預估規模更是百年一見的等級。

等待黑莓機啟動期間，未亮的螢幕被他充作鏡子打量自己。神情陰沉、頭髮花白還兩眼渾濁佈滿血絲的倒影回望——邋遢、失眠還自怨自艾，有什麼好期待。

螢幕亮了以後跳出五顏六色的應用程式圖標，大半都不認識，認識也不想開。三通未接來電，一封文字訊息，都是史蒂芬妮。值勤時間其實該保持開機，但國家刑事局內部文化是一旦你願意接聽就會鈴聲不斷。他點開訊息：「看到立刻回電。」

口氣不大妙。他向眾人致歉，起身離開房間，外頭管辦公室的人給他找了張空桌，撥號之後才響一聲就被史蒂芬妮接起來。

「波，立刻聯絡偵查警司甘孛，他在等你電話。」

「甘孛？找我幹嘛？」

伊恩．甘孛是坎布里亞郡警署的長官，火祭男一案中他以資深刑事偵查員身分主導，塵埃落定開始找戰犯他就被降了一級。但至少他對華盛頓表示過：能保住飯碗已是萬幸。之前辦案時兩人勢如水火，如今雖談不上好兄弟至少井水不犯河水，正因如此反倒想不出還有什麼理由找上門。

「他不肯說，所以我猜並不是和火祭男相關。」史蒂芬妮回答。

儘管華盛頓．波還住在當地，但五年前已經離開坎布里亞郡警署。話說回來，刑案都是肯德爾市派遣制服巡警前去處理，不應該直接跑到負責辦大案的警司那邊。至於住處，華盛頓幾乎是家徒四壁，就是湖區一棟破屋子，除了石板瓦屋頂幾乎什麼也沒，即使想出什麼事情也很難。

「好，我會打給他。」

史蒂芬妮告知甘孛的電話號碼後吩咐：「記得跟我回報。」

「知道了。」

掛斷之後立刻撥了新的號碼，甘孛和史蒂芬妮一樣也是瞬間接聽。

「華盛頓．波。警司有事找我？」

「麻煩來了。」

4

麻煩來了。這四個字可真是聽不膩。

史蒂芬妮安排他搭第一班車前往坎布里亞郡，距離發車還有一小時，時間到了去尤斯頓站領票即可。直至此時他依舊霧裡看花，甘孛也不肯在電話透露更多。

華盛頓抵達車站還剩下十五分鐘。從倫敦到彭里斯鎮要三小時出頭，途中他一直用手機搜尋，希望有些蛛絲馬跡先推敲情勢，但完全找不到線索。無論全國或地方新聞都集中報導迫近的風暴，距離英國還一週左右不過已經重創大西洋彼岸。

才站上彭里斯車站月臺，制服員警將他護送到坎布里亞警署總部卡爾頓大樓。十分鐘後，他被帶進會議室B，空間寬敞、裝潢風格出眾，華盛頓暗忖說不定原本是卡爾頓家族的豪宅餐廳，畢竟還保留下來的壁爐、弧形壁爐架以及高得不切實際的窗戶都很美觀。房間中央擺了長條會議桌。

甘孛警司人已經在裡頭，隔壁還坐著一個人，華盛頓有點模糊印象，以前當巡警時應該見過。

兩人同時抬頭，華盛頓感覺自己好像打斷對方討論。警司面無表情，桌上擺了很大一疊檔案。他闔上文件，放下時還刻意翻到背面。

華盛頓點頭示意，甘孛也回禮，旁邊那人卻毫無反應。甘孛甚至起身握手，但華盛頓留意到他總盯著地板。

「傷還好嗎？」警司開口。

華盛頓的右手手掌有道會反光的疤痕，彷彿提醒所有人：房子起大火還去摸鑄鐵暖爐，想把火祭男帶出火場就是這種後果。他稍微握拳說：「還好，觸覺也回復了大半。」

「要不要咖啡？」

華盛頓婉拒，今天喝了不少，神經有些躁動。

「這位是刑警隊的安德魯．瑞格，你應該認識。」甘孛介紹道：「他對你以前的舊案有些疑問。」

瑞格進入警隊時華盛頓已經調到刑事偵查部門。他身形高瘦，因為齙牙偶爾被人叫外號「插座」，華盛頓印象裡是個認真負責的好警察。

「怎麼了？」

瑞格也不敢看他眼睛，氣氛實在詭異。儘管兩人沒交情，至少沒過節才對。

「麻煩警佐跟我說說『伊麗莎白．基頓』的案子。」

伊麗莎白．基頓……

他居然一點也不意外。

「是我在這裡最後一個大案。」華盛頓回答：「最初是高危險失蹤人口，她父親從自己經營的餐館撥了九九九報警，歇斯底里地說女兒沒回家。」

瑞格邊聽邊做筆記：「有懷疑是綁架嗎？」

「一開始沒有。」

「跟紀錄不一樣，這邊說很早就開始討論綁架的可能性。」

華盛頓點頭：「檔案會這樣記載，是因為賈里德．基頓一直提。」

甘孛皺眉：「當時我被外派到倫敦警察廳，不清楚詳細經過。但聽你這樣說，感覺是迎合親屬？通常不會讓外人干預辦案方向才對。」

華盛頓聳肩：「因為通常不會遇上幫首相做菜的親屬。」

女兒失蹤那時候，賈里德．基頓還在經營餐館。「烏莿子與黑刺李」是坎布里亞郡唯一一間米其林三星，身為名廚的他常與電影明星、搖滾天王以至於企業大亨往來，曾為女王及南非國父納爾遜．曼德拉料理。這種地位的人一開口，整個機器就動起來了。

「所以真的是迎合對方辦案？」

「沒。只是檔案內容按照賈里德的要求寫。伊麗莎白．基頓這件事跟別的年輕女性失蹤案辦起來沒有不同，一樣仔細、一樣不排除任何可能。」

甘孛聽了這番解釋後滿意地點頭：「再來？」

「她原本該打電話叫爸爸開車去餐廳接送，但賈里德自己看電視看到睡著，凌晨才醒。醒了發現女兒還沒回家。」

「女兒在餐館工作嗎？」

「負責外場和會計，接洽供應商、發薪水之類。晚上關門也交給她。」

「才十幾歲不是？做這些事情未免太早？」

「你們知道她母親車禍身亡吧？」

瑞格點頭。

「女兒就接手了。」

「那她是根本沒有打電話？」

華盛頓還記得檔案寫了些什麼，也明白瑞格只是盡到警察本分——即使明知道答案，也得反覆詢問。即便如此仍舊覺得煩。當年的調查一開始確實走錯方向，但很快就大轉彎徹底修正過來。

「賈里德是這樣說的。他堅稱電話鈴聲一定能吵醒他。」

「『烏荊子與黑刺李』離賈里德家其實很近，走路就好，為什麼要父親接送？」

華盛頓聳肩：「我猜測是不想讓年輕女孩子一個人走夜路。」

「於是案子落在你頭上？」

「對。我倒覺得奇怪，你沒參與嗎？當時出動幾百人搜索。」

「有，」瑞格坦承：「我們一大堆人從餐館巡到M6公路，想找到扭打掙扎的痕跡。」

M6公路是主要幹道，如脊椎般俐落將坎布里亞郡切成兩半。華盛頓也記得那時候很多同事四處檢查、攔車請駕駛看照片指認。

「雖然推測M6是綁架犯最有可能的交通路線，」他說：「我們也有認真模擬過各種不同情況。」

瑞格再看看資料：「當初是你提出要對廚房做生物鑑識。」

華盛頓點頭：「負責偵辦的刑警去搜過，但沒找到線索。我請一個犯罪現場管理專家和鑑識組進行二次調查，確保伊麗莎白不是在餐館就被擄走，這樣至少能排除一個劇本。」

「為什麼你有這種思考角度？其他人都認為就是表面看到的樣子。」

「最安全的地方有可能才最危險，」華盛頓回答：「總得有人往這方向試試看。」

「鑑識組有什麼發現？」

「那時候應該還叫做檢驗組。但的確有找到東西，」他說：「就在廚房。」

5

找到的「東西」是血跡。

雖然分量不多，一旦鑑識人員在廚房發現血跡，「烏荊子與黑刺李」就從三星級美食天堂變成犯罪現場。聊開之後往事歷歷在目，華盛頓便向兩人詳細解釋。

「早期的刑事鑑定策略會嘗試判斷廚房裡究竟出過什麼事。鑑識組用魯米諾[4]找到更多血跡，到處都是，天花板和固定的器具上都有。專家說那種出血量不可能存活。」他拿起面前杯子喝口水：「確定有血跡之後，就靠三百六十度攝影與血跡模式分析來拼湊圖像。」

「結果？」

「相當暴力還持續很久。攻擊的地點不止一處，而且事後有人意圖隱瞞。」

「清理現場？」

「做得也不是很徹底，是能夠騙過肉眼，但在科學技術底下一覽無遺。說穿了就只是擦乾淨。」

「血跡與伊麗莎白吻合嗎？」

華盛頓點頭。

「然後就從高危險失蹤人口轉為謀殺案調查？」瑞格問。

華盛頓又點頭：「內部也開始調度資源，先預支了加班費，重案組所有人禁假。」

「假設是？」

「調查前期認為是流浪漢從後門潛入，想偷點吃的或現金。又或者有我們尚未掌握的跟蹤狂。」

「你的看法是？」

「不確定。我覺得流浪漢機率很低，畢竟在柯特希爾村那種地方他們就像蛋糕上拉屎那麼顯眼，很難沒人注意到。」

「所以是跟蹤狂？」

「當時的調查指揮官完全朝這方向想。十八歲的伊麗莎白外表就像年輕的奧黛麗．赫本，眾星拱月、朋友很多。我們查了她所有東西，電話、電腦、日記，什麼線索也沒有。再來是被動資料調查，看了她最後幾次離開卡萊爾市的監視器畫面，同樣一無所獲。指揮官擴大搜查，將所有與她往來的男性都列為嫌疑人，無論校內校外、交情深淺都納入，連餐館員工也不放過，沒有任何漏網之魚。」

「那你又怎麼看？」

「我看上賈里德．基頓本人。」

❹ luminol，或稱發光胺、光敏靈、流明諾，刑事調查中用來檢驗現場的痕量血跡。

6

「為何如此呢，警佐？」瑞格問。

華盛頓．波坐直身子。其實賈里德．基頓最初確實沒有嫌疑，甚至不算是進入他個人的注意名單，只是總感覺有股難以言喻的不對勁氛圍。

「他的說法有漏洞。」

「請解釋。」

「正好有人從曼徹斯特機場開車回村子，看到賈里德．基頓的車半夜兩點還在餐館外。」

「俗話說『眼見為憑』，但其實目擊證詞很不可靠。」瑞格提醒。

華盛頓點頭附和。事實上，根據清白專案[5]研究顯示：目擊證人的說法出錯率高達七成五。

「但不只如此。」他繼續解釋：「賈里德．基頓說自己開車回家看《今日賽事》，偏偏那天是足球界的國際週末日，《今日賽事》當然暫停播出。」

「可能他記錯？」

「對。每週六轉播，一時不查很正常。可是他說自己特地趕回家，怎麼還會弄錯？」

「就這樣？」

「他耗了一整夜才打電話，再拖二十分鐘的話早班都要進餐廳準備中午的食材了。」

「他說自己醒來才發現女兒不在。」

「我們姑且當他沒說謊，也就是他醒過來發現女兒過了七小時還沒到家，那為什麼他要急急忙忙開車去餐館？這不就代表他以為女兒在那兒？難道不該先打電話給女兒的朋友問問看？」

「所以你就懷疑了？」

「足以放在名單多留意。」

「但如果人是他殺的，屍體藏在哪？」甘孛插嘴問：「聽說你不認為被埋了。」

華盛頓搖頭：「對。那幾天正好遇上強烈寒流，幾乎整整一個月時間氣溫沒高過冰點。我們諮詢了法醫地質學專家，對方說凍線、也就是表層土壤凍結的最低點比平常下降三呎半，那種條件需要動用機械器具才能土葬。」

「可以載到別的地方，過一陣子再處理？」

華盛頓又搖頭：「他那輛路華攬勝（Range Rover）被我們翻透了，完全沒找到血跡。既然伊麗莎白．基頓死狀淒慘，搬運過程必然使車廂內部一團混亂。他是可以將屍體塞進垃圾袋用膠帶密封，即便如此也不可能沒有痕跡，因為屍體還有太多水分。」

「你還是搜了。」

華盛頓點頭：「沒錯，特地從普雷斯頓市請來擅長現場調查的地質學家，她看過周邊區域指

---

❺ 非營利法律組織，主要以基因鑑定技術洗清冤罪，並呼籲改革司法不公。

出幾個最可能棄屍的位置，透過空拍圖分析是否有新的土壤翻動現象，還擔心伊麗莎白被埋在有水流過的地底所以到處採取水質樣本，最後毫無所獲。我們進一步搜索過，同樣沒有任何線索。」

甘孛又問：「實在不想這麼問，但既然你們都懷疑第一現場是廚房了，有沒有考慮過屍體或許經過特殊處理？靠機器磨碎，當作廚餘丟掉？」

「想過，所以任何能用於分解動物的機器都放在顯微鏡底下檢查過，整個廚房被我們徹底翻了一遍，冷凍櫃內的肉品也都驗了，完全沒找到人類遺體的跡象。」

「那——」

「那就不是他，為什麼我還懷疑他？」

甘孛點頭，雖然沒再多言，氣氛明顯變得凝重。華盛頓懷疑是賈里德要求上訴終於獲准。

「因為後來我不再專注於賈里德．基頓是什麼身分，焦點轉到他是什麼人格。」

「然後？」瑞格問。

他沉默良久才回應：「瑞格探員讀過『最受心理病態❻青睞』的職業列表嗎？」

對方搖頭。

「嗯？你該看看才對。我簡單說一下：第三名是媒體，不意外才對？現在隨便開電視翻報紙都能看到那些人自以為了不起，一舉一動弄得人盡皆知。很合理吧？」

「大概吧。但是這和——」

「猜猜第九名？」

瑞格沒心情猜謎就不講話。「大廚，」華盛頓告訴他：「第九名是廚師。」

會議室又陷入死寂。

「賈里德・基頓不只是廚師，還是名廚，也就是第三名加上第九名。嚴格來看他也算個CEO，那可是榜首，一人包辦三項。我決定深入瞭解，挖了他的背景、訪談從小到大的親友同事，將這個人的人生由外到內拆解分析，然後得出一個結論：賈里德・基頓或許頭上沒長角，但除此之外每個層面都是純粹的邪惡化身。」

❻俗稱心理變態。

7

該如何對不認識賈里德．基頓的人描述他？

深具魅力、風采迷人，而且非常聰明。天才大廚，卻毫無良知，是華盛頓平生僅見的危險人物，接觸瞬間就本能排斥。太表面、太精緻、太矯情，像他印象中的假愛爾蘭酒吧，裝潢漂漂亮亮但虛有其表。

「那個人和在星期六早上烹飪節目裡看見的不一樣。」華盛頓解釋：「笑容滿面友善親切只是演技、是工作要求，離開鏡頭以後他疏離、冷漠而且城府很深。我認為他其實並不享受名流生活，但廚藝則貨真價實。訪談到的人全部提到賈里德．基頓不僅頭腦好還有強大專注力，對於料理風潮的變換極其敏銳，能夠先業界一步開發新技巧，餐酒搭配追求完美近乎苛求，外場服務也無人能比，的確是這個國家最頂尖最高明的廚師，帶領英國走入美食地圖的版面，吸引世界各地的廚師、名人、美食評論家湧入『烏荊子與黑刺李』。」

「我也有看到。」瑞格翻開報告其中一頁，有幾段以粉紅色螢光筆劃線標註：「很多人提到他機智敏銳頭腦好，本來就是天才了還非常勤奮努力。」

「有沒有發現，沒人說他好相處。」華盛頓點破：「因為事實上他就不是那樣的人，性格殘暴，從製造痛楚的過程得到變態愉悅，十分能記仇，一點小事都要大肆報復，旗下廚師犯錯會受到嚴懲。」

「詳細說說。」甘孛吩咐。

「有個廚師說他只是調味放得稍微重了，賈里德要他一整天只能喝鹽水，結果腎臟受損住院三天。」

瑞格翻了檔案皺起眉頭：「警佐，紀錄上沒有。」

「確實沒有，很多事情都沒寫進去。你們得先明白一點：賈里德．基頓在國內廚藝界備受尊崇，他一句話就能斷送別人的職業生涯，誰敢將名字留在書面資料上。」

「還有別的嗎？」甘孛問。

「報告長官，還多的是，我就挑最能代表他人格的一個例子好了。這事情我從三個不同來源得知，個人判斷內容屬實。賈里德．基頓採用傳統式廚房，意思是會劃分好幾區，熟食區處理魚類、湯品、醬料，冷食區做前菜、沙拉、展示品，再來是烘焙與點心、秤重與檢查，蔬果準備、碗盤清洗、擺盤等等。」

「然後？」瑞格問。

「餐館廚房和其他職場一樣，某些工作大家搶著要，地位和薪水比較高。換句話說就是廚師與餐館員工一樣追求升職。」

瑞格與甘孛沒作聲等他繼續。

「警察的情況有考績，該做什麼做什麼，機會來了提出申請、接受面談就好。賈里德．基頓的做法大大不同，他會舉辦『燙手試煉』——把盤子燒燙，爭取職位的人伸手按住，能夠撐更久、為工作忍受更嚴重燙傷的人才有資格升級。」

「聽起來未免太像是都市傳說了吧。」瑞格質疑。

「透露這件事的三個人，手上都有與我一樣的疤。」華盛頓舉起手掌亮出燙傷痕跡，停頓幾秒等兩人會意。「他就是這種人，你們很難遇到更聰明又更變態的目標。」

他又沉默片刻，喝一口水。

「不過那份聰明正好也是最大弱點。他一輩子隨心所欲扭曲操弄別人的人生，沒辦法想像有人能倖免、自己會遭到懷疑。我詳查餐館經營情況，發現他添購了些怪東西。」

「是什麼？」

「屠宰業用的大鋸子、輕重菜刀各一，和一把剔骨刀。」

「你剛剛自己說了，這些都是營業工具。」

「沒錯，而且『烏荊子與黑刺李』會直接購入所謂動物屠體降低成本。可是這邊出了兩個問題：首先賈里德．基頓通常不親自處理購買器具之類的庶務，會交給伊麗莎白去做。再者，我們在廚房裡找到新買的這批工具。」

「所以？」

「我認為他用同樣的刀具殺害伊麗莎白。」

「全部？」

華盛頓聳肩：「血跡顯示現場發生過衝突，代表目標曾經反抗掙扎。賈里德・基頓身上沒有打鬥傷勢，這不等於伊麗莎白沒有找武器自衛。我認為原本的刀具會在她的遺體附近。」

「但你其實不知道他如何搬運及處理遺體，」瑞格說：「這推理過程並不完美。」

「哪來那麼多完美辦案。俗話不也說『成大事者不拘小節』。」

「有設想過犯案動機嗎？」瑞格轉換話題：「沒能放進檔案的想法？」

「除了他符合心理病態特徵，其餘倒沒發現什麼。」

「總有臆測才對？」

「憑臆測辦案太危險，我盡力克制。」

瑞格被說得兩頰微紅，視線回到檔案：「你認為是預謀犯案？」

華盛頓遲疑兩秒：「以他的腦袋，避開謀殺嫌疑不是難事。還能讓人起疑，我覺得就代表事前並未詳細計劃。」

「一時衝動？」

「或許。但話說回來，以尋常人的思維邏輯套用在承受巨大壓力的賈里德・基頓身上恐怕得不到正確結論。」

「那麼，沒有動機，只有一小段可能的犯案時間。」瑞格說：「檢察官願意起訴還挺令人訝異。」

不是問句，華盛頓就不講話了。檢察官以謀殺罪起訴賈里德・基頓有兩個事實基礎，首先他徹底拒絕解釋證詞裡的漏洞，再來是現場跡證能斷定有人死亡。

瑞格見他沉默忍不住皺眉。

「我也覺得這樣就能定罪很奇怪。」甘孛附和，而且一臉厭倦。

「我倒沒那麼意外。」華盛頓這才回話：「檢察官確實很努力說服陪審團，但追根究柢賈里德·基頓是栽在自尊心上。」

「自尊心？」瑞格不大懂。

「辯護律師準備了別的說詞，但他堅持要用自己的辦法，可能以為用力朝兩個女性陪審員微笑眨眼就能過關。」

「陪審團才兩個女性？」瑞格問：「就統計學而言近乎不可能啊。」

「只能說他命不好？迷人魅力在坎布里亞郡的勞工階層男性裡吃不開。」

「但兩票無罪也足夠了？」

「陪審團主席性格強勢，」華盛頓解釋：「開會開了很久，將近兩天。宣判時賈里德·基頓震怒不已，不肯相信自己居然被判有罪。在我看來是理所當然，這讓我在夜裡睡得很安穩。真正的心理病態也不是街上隨便抓就有。」

瑞格忽然不接話，轉頭望向甘孛詢問：「長官？」

甘孛點點頭。

「那麼，警佐，如果我說三天前，活生生的伊麗莎白・基頓走進了奧斯敦圖書館，你又如何解釋？」

8

華盛頓聽了心中一凜，夏天曬黑的面孔驀地發白，後頸因為冷汗蒙上水光。會議室B陷入死寂。

「怎麼可能。」他喃喃自語，但連耳朵也充血得嗡嗡作響，幾乎聽不見自己聲音。這不可能，伊麗莎白．基頓明明死了，是賈里德動的手。華盛頓心裡依舊篤定，認為其中有詐。然而……以甘孛的行事風格，沒先查個明白就不會特地要他趕來坎布里亞。

他們應該沒說完。

「你們還知道什麼？」華盛頓問。

「警佐，這案子一開始偵辦方向就有問題。」瑞格回答：「沒找到屍體，沒辦法解釋賈里德處理屍體的手法和殺人動機。你本來應該好好搜索遭到綁架的被害人，結果卻憑感覺辦案，」他伸手朝華盛頓一指：「基於你的個人好惡。」

華盛頓轉頭發現對方眼神十分憤怒。

瑞格又翻了檔案取出照片遞過來。年輕女子坐在訪談室內，似乎是監視器錄影的截圖。

他用襯衫袖口擦擦老花眼鏡架上鼻梁，仔細端詳畫面內的女性。這一看胃酸都冒出來了，年紀似乎對得上。伊麗莎白．基頓疑似遭到殺害那年十八歲，照片中的人則是二十多。雖然邋遢憔悴，容貌也對得上，就是伊麗莎白經過六年會有的模樣。

「伊麗莎白·基頓被人綁架了，犯人從侍者通道潛入廚房。」瑞格說：「她猜測是客人，躲在故障的廁所，等夜裡餐館沒別人了才出來。」

華盛頓的眼睛離不開照片。

「你的推論有一個環節沒說錯，就是兩人的確在廚房對峙過。經過六年我們終於得到犯人的特徵描述了，他捆綁被害人前曾經拿刀劃開靜脈。伊麗莎白說犯人用炒鍋盛了她的血到處亂潑，弄得像是屠宰場以後又可以擦拭。」

「嗯……但為什麼要這樣做？」

「為什麼？我很想親口問他。目前推測犯人製造假象就是為了誤導你……抱歉，誤導偵辦小組鎖定錯誤目標。搜尋遺體和搜尋活人做法不同、媒體報導不同、需要的設備與專家也不同。你忙著證明賈里德·基頓有罪的時候，伊麗莎白困在地窖裡被人強暴。」

華盛頓身子一僵。如果犯下這麼大的錯誤，自己後半輩子都不可能走出陰霾。

「現在請你說明一下，當初怎樣得到廚房血跡與伊麗莎白相符的結論？」瑞格問。

「取得拭子樣本之後鑑定DNA。我們從很多來源取得樣本做比對，像是伊麗莎白臥室內的頭髮，她上班穿的工作服，牙刷上殘留的唾液，垃圾桶裡的可樂罐。結果全部吻合，廚房裡的血跡毫無疑問來自伊麗莎白。」

「真的這麼肯定？」

「百分之百肯定。」

「送她到彭里斯鎮以後，警方請了合作檢驗醫師。」瑞格說：「伊麗莎白不接受任何肢體碰觸，大家都能體諒對吧？但我們總得確定她需不需要治療，好不容易才說動她讓杰克曼醫師抽血。」

華盛頓沒講話。坎布里亞郡地廣人稀，並未聘請專職法醫，僅在需要時呼叫具相關技能的醫師配合支援。

「你大概會想看監視器，不過監管鏈毫無紕漏。杰克曼醫師採取四次樣本，從針頭插入到真空採血管裝進證物袋封存全程錄影。其中一個樣本送去實驗室了。」

華盛頓不難猜到事情如何發展，但也只能硬著頭皮開口問：「結果？」

「結果當然是吻合，照片裡的人絕對是伊麗莎白．基頓。你讓人坐了六年的冤獄。」

9

「你看看錄影吧。」甘孛起身，「瑞格探員會安排電腦。」曾經的篤定被狠狠擊碎，從難以置信到平靜接受的過渡並非一蹴可幾。想來他明白這道理，只能讓華盛頓眼見為憑。

警司先行離開，瑞格去找筆電，華盛頓將杯裡的水喝完。早就冷了，還有些塵埃掉進去，但他不在意——嘴巴實在太乾，胃持續翻攪，腿抖得不受控。他焦慮了，因為太沒道理，伊麗莎白已經死了，他很確定。

真的嗎？

從前很有把握，這他還沒忘。同時也記得自己一見賈里德．基頓就極度厭惡，打照面的瞬間認定對方心術不正愛算計人。但華盛頓懂得風聲鶴唳草木皆兵的道理，他是否陷入偏執、戴上有色眼鏡觀察賈里德．基頓？是否選擇性詮釋證據，支持自身立場的才保留，對反證不屑一顧？他不相信，然而不相信就是癥結所在——心存成見的人多半不自知，所以確認偏誤[7]才如此常見。

其實還有一點懸而未決，就是始終查不出賈里德．基頓如何處理女兒遺體。他最後說服自己是對方太高明，但是總有一天會找到伊麗莎白，而且案情符合法律規範，沒找到死者依舊可以起

[7] confirmation bias，即基於成見、文化或疏忽而選擇性接收資訊的認知偏誤。

訴。

華盛頓心裡五味雜陳。再優秀的刑警也可能犯錯，如果最後連自己也無法否認是誤判，代表過去六年伊麗莎白地獄般的日子、賈里德好不到哪兒的冤獄全是自己一手促成。

屆時懺悔有用嗎？能夠彌補嗎？

瑞格帶著筆電回到會議室，放在華盛頓面前打開，檔案已經在螢幕上。

「談話部分按照時間順序，從奧斯敦圖書館監視器開始，可以看到第一次接觸。」

華盛頓呆著沒動。「瑞格，如果我錯了就會承認，不會嘴硬。」

瑞格沒回話，逕自走出房間。

奧斯敦圖書館的影像幫助不大，畫質清晰但沒聲音。女子走進圖書館以後遲疑片刻，最後鼓起勇氣才靠近警察櫃檯，值班的制服員警一臉無奈。

華盛頓不得不承認——儘管瘦骨嶙峋衣衫不整，但她與伊麗莎白．基頓肖似得不可思議。

坐下之後，女子開口講了什麼。應該是名字，警察聽了反應很大，立刻拿起無線電聯絡，然後跑回櫃檯安撫又轉頭大叫兩句。鏡頭外應該是在泡茶，過兩分鐘一位中年婦人端著杯子和一盤餅乾送上，警察揮手示意她東西放下趕快離開，年輕女子完全沒動過點心飲料。

接下來三十分鐘毫無動靜，但華盛頓也不想快轉。看警員和女子坐在原位遲遲不講話，他打開留在桌上的資料夾找到當時紀錄。寫報告的人是問題處理專員埃薩普——好好一個警察變成問題處理專員，可見世風日下到什麼程度。報告內容很簡略，但該有的都有。女子自稱伊麗莎白・基頓，警員一聽就以犯案現場規格應對，呈報之後上級吩咐埃薩普無須提問，女子主動說話就全部記下，待在原處等待支援即可。

前來支援的兩個刑警其一是瑞格。難怪他表現得忿忿不平，畢竟從開始就接觸到被害女性。兩人陪伊麗莎白坐了一會兒，最後將她帶出圖書館。

華盛頓點開名為「警察面談」的資料夾，總共有三個檔案。檔案名稱標註訪談地點為彭里斯鎮警察局。影片品質極佳，法庭也會採納的水準。華盛頓心一沉，開始瞭解來龍去脈。

第一段訪談裡女子並未更衣，與圖書館那時候是同樣打扮。華盛頓第一反應是為何不換上紙製的取證衣，但瑞格提過她無法與人肢體接觸，相比在陌生人面前全裸更衣壓力更大。明明是夏天，天氣頗熱，女子將羊毛帽壓得很低，下巴抵著胸，雙臂環抱身體，明顯驚魂未定。

瑞格看似感情用事，工作起來倒非常俐落，表現同理心的同時也能專注案情，女子回答偏離主題時他會柔聲帶回正軌。過了一個鐘頭，從失蹤到報案的事件輪廓大致浮現，細節留待之後，初次談話主要在於釐清大方向。

女子從被綁架那夜說起。男人是從餐館外場走進廚房，她有點吃驚，但並不慌張，因為以前就曾有客人喝了名酒睡死在洗手間。兩人確實起了肢體衝突，最後她被對方壓制、用纏肉的麻繩捆綁，再來經過和瑞格轉述的相同：犯人採她的血四處潑灑並花時間刻意擦乾淨。

她被拖到廂型車關在後面。男人拿東西往她臉上按住，回復意識時人已經在某種地下室。她猜想是地窖，但無法肯定。

回憶事情經過簡直是二次傷害。瑞格做了明智的決定，每隔一段時間就中斷休息，但攝影機並未關閉，華盛頓也仔細觀察，不想錯過任何細節。女子坐在位置上，盯著前方空無將近二十分鐘，什麼東西也不碰。

訪談重開，瑞格將話題帶到綁架犯。女子說沒見過那人光顧烏荊子與黑刺李，但描述了對方外觀，之後警方畫師應該能製作出肖像。至於六年如何度過，不出所料十分悲慘。被擄走之後的第一個早晨，醒來時她覺得自己身體很渴求某種東西，當時說不出究竟是什麼。直到犯人帶著食物與針筒進來，一針下去她立刻本能得到滿足。短短一天她就上癮了，男人靠這方式徹底控制她並為所欲為。

聽話就給妳打針。不聽話就什麼也沒有……

說到這裡她泣不成聲，訪談中斷，醫師露面。華盛頓翻了紀錄，被害人送到彭里斯鎮警局那天待命的醫師是菲莉希蒂．杰克曼，外表看來四十出頭，跟多數醫師一樣有種公事公辦早去早回的態度。她驗了主要生命徵象如脈搏、血壓、體溫後要求終止訪談，對警方說想送女子去醫院做完整檢查。瑞格同意，還瞥了鏡頭一眼，神情充滿焦慮，顯然完全相信了女子的說詞。

其實華盛頓也信。

下段影片是同一夜稍晚，仍由瑞格問話。警方告知女子：雖然醫師沒進房間，但就守在外頭，若有需要隨時可以協助。之所以演變成這個局面，根據瑞格的報告是被害人依舊不安，對離開警局有抗拒，所以不肯去醫院。醫師無可奈何，妥協之下在套房做了初步體檢。

故事繼續。女子以平淡死板的語調訴說六年光陰，聽了令人不忍。說完之後，瑞格很體貼又喊停。

重啟談話。她解釋自己如何脫逃，但說詞裡的問題比答案更多，目前為止每段回答都一樣。犯人莫名其妙不再出現，四天後她的海洛因毒癮忍無可忍，終於破壞房門回到地表。那棟房子周圍什麼都沒有，位在山丘上。

走了一整夜，為免被男子逮著她刻意避開道路，估計大概十英里之後才有燈火能判斷位置。路標寫著奧斯敦村，她想起小時候曾經來過，印象中有警局。可是問了路才得知警局幾年之前收掉了，現在只有櫃檯。不過她非常幸運，正好碰上當月第四個星期三……

瑞格將話題拉回前面，請她推敲犯人為什麼消失。她說不知道。

「妳覺得有沒有可能是死了？」

她認為不大可能，因為對方年紀不大，性慾旺盛這點指向身體健康。

瑞格朝旁邊一位女性刑警耳語，對方點頭離開房間。華盛頓又翻開紀錄確認情況：瑞格靈光一閃，懷疑犯人因為其他罪名遭到拘禁，便請人調查居住或出沒於該地區的名單裡是否有人一週內被捕或服刑。

華盛頓發出悶哼。換作自己也會如此切入。後面的錄影就是例行公事了，他稍事休息伸展雙腿，順道溜達到販賣部。雖然有訪客卡卻沒人告訴他出入密碼，只好亮出國家刑事局證件，兩個談笑風生的值班員警見狀放他通過，買了櫃檯的鮪魚三明治、販賣機的可樂和洋芋片。

補充熱量同時他思考所見所聞，嚴格來說沒什麼突破。女子神似伊麗莎白．基頓又如何？相像的人本來就不少。還有一個影片檔沒看，想必瑞格也分析了她如何證明自己真的是伊麗莎白．基頓。然而重點就只有一個──驗血結果是否正確？甘孛說過監管鏈沒有瑕疵，意即呈堂證供與犯罪現場所得一致，過程中沒有任何造假替換的機會。即便如此華盛頓還是得自己判斷，尤其監管鏈最初環節有許多不熟悉程序的人經手，十分容易出紕漏。

回去看見瑞格已經等著了。「初步想法？」他語氣稍微不那麼銳利。

「還太早，」華盛頓坐回筆電前面：「印象中的伊麗莎白．基頓沒這麼白這麼瘦。當然如果她被關在地窖六年……」

瑞格聽了不講話。

華盛頓按下播放，一如所料接下來是瑞格詢問女子身分。他還先為此抱歉，表示雖然理解對方歷劫歸來，但她父親已經因此遭到定罪，調查冤罪得經由刑案審查委員會轉介至上訴法庭，按照程序不得不完整核實當事人身分。

女子點頭，神情並不慌張，似乎很清楚父親獲釋前提是自己全盤配合。她提出很多昔日生活的細節作為佐證，包括好友名單、嗜好興趣、在烏荊子與黑刺李的工作項目，廚房內發生過的事件及工作人員背景，有個名人爸爸的成長體驗，以及母親死於車禍一事。

非常具有說服力，部分資訊除了本人實在無從知曉，瑞格也一一驗證過。除非事前進行高度詳盡的調查與排練，不然應該都是實話。

而且女子的聲音很能打動聽者，導致華盛頓的自我質疑越來越深。從前他對自己看穿騙子的功力引以為傲，可是在影片裡找不到任何跡象，確實只看見可憐的受害者。

接著，驗血了。

不是間接證據或補強證據。

是決定性證據。

10

影片裡，瑞格請合作醫師菲莉希蒂・杰克曼進去。採血是醫療程序，警方規定非常明確，只能交給醫師處理。這不構成問題，因為女子到警局以後杰克曼醫師沒離開過，雖然並非寸步不離照顧，但醫病關係明確成立，她會以病人福祉為優先。

華盛頓問瑞格為什麼選擇採血，不直接以口腔拭子檢驗DNA。

「採血可以順便檢驗性病及其他感染。伊麗莎白不肯去醫院或性侵害防治中心，醫師想到以抽血名義的話就不必對當事人明說也能幫她做完很多檢查。」

聰明，華盛頓暗忖，而且原本不關己事，竟還如此為對方著想？

「也得確定她是否懷孕。」瑞格補充：「懷上強暴犯的孩子是被害人最煎熬的經歷。」

華盛頓聽了身子一震。母親就是他口中那種被害人，自己就是他口中那種孩子。強暴犯的種在很多地方會以墮胎處理，那個禽獸也害他失去完整童年。想到這些，華盛頓忽然很想打電話給父親——為母親保守祕密多年、辛苦拉拔自己長大的男人才是真正的父親，不知道他回英國了沒？幾週前發了電子郵件，但遲遲沒收到回信。

回過神，華盛頓咬著牙關，身子前傾繼續專注在錄影畫面。菲莉希蒂・杰克曼為被害人挽起右手袖子，可以看見前臂和手腕除了針孔還有細疤，一些紅得鮮明、一些褪色粉嫩。他按下暫停。

「自殘行為嗎？」

瑞格點頭：「聽阿菲說大腿上也有。」

「『阿菲』？」

「就醫生。她不喜歡別人叫她本名，說聽起來很老氣。」

華盛頓再按下播放。醫師顧及自殘疤痕並未完全捲起女子的袖子，找到靜脈就停手，給皮膚消毒、綁上止血帶後抽滿四個真空採血管放在桌上。

醫生鬆開止血帶取出針頭，女子拉下衣袖後忽然膝蓋靠胸蜷曲成球。表達戒備的典型肢體語言。怪不得她，抽血這種侵入性醫療處置一般會在更有隱私的環境進行，當然在警局驗DNA則是另當別論。協助的女警試著緩和氣氛說事情做完可以喝茶吃餅乾了，但女子沒笑，其他人也只能繼續繃著。

華盛頓凝視筆電螢幕，神情專注彷彿盯著轉杯子戲法。他鎖定的是血液樣本，但採血管從未自視野消失，沒被挪到鏡頭外也沒被任何人遮擋過，醫生抽滿就擱在桌上，從頭到尾符合標準規範。他知道警局裡的人不會胡來，呈堂證供的取證流程清楚明確沒有所謂詮釋空間，按照程序的處理若能被人偷天換日必須是大衛．布萊恩等級的近景魔術手法。

監管鏈還在繼續：女醫師拿起佈滿標籤的A4紙張，上面印的除了序號還有女子姓名——目前仍以Jane Doe[8]稱之。華盛頓看著她給每個採血管黏貼標籤，樣本一樣沒有離開過鏡頭。

第三也是最後階段要將樣本封存於證物袋。照慣例先將有不重複編號的袋子高舉至監視器前方，然後一袋一個管子裝好。坎布里亞郡使用的證物袋與全國各地規格一致，材質是堅韌透明塑膠，開口為防拆密封設計，外側貼有監管鏈表單。瑞格在四個袋子的表單第一欄簽名並標註日期。

四個袋子要送去不同地點。一個到坎布里亞警方目前運作的實驗室，一個想必得交給賈里德·基頓律師團隊指定的單位，剩下兩個保留在證物櫃內留待日後使用。

華盛頓特地記下證物袋序號。

看完這麼多影像有種精神渙散的感覺。其實重點只是血液樣本。如果驗血結果與伊麗莎白·基頓吻合，鏡頭前的女子就必然是伊麗莎白．基頓，沒有別的解釋。隨之而來無法辯駁的邏輯則是：她根本沒遭到親生父親殺害。

那麼六年前就是他親手將無辜的人關進監獄。華盛頓從頭開始，重看一遍。

看完第二遍，華盛頓起來伸個懶腰。半俯在筆電前面太久，脖子僵硬、肩膀痠痛，不漏過每個細節的結果就是眼睛刺痛得像砂紙，即便如此也沒發現任何異常，一個也沒有。

他仍想著確認監管鏈每個環節，但也明白自己只是在找浮木，和疑神疑鬼的陰謀論者同個德行。採血完成以後想要一次掉包四份樣本難如登天，要瞞過的人多不勝數。

「如何？」瑞格問。

他都忘記會議室內還有別人了。瑞格一直靜靜讀檔案沒講話，或許是裝的。華盛頓端起咖啡，已經涼了，但眉頭一皺還是吞下去。

「目前看起來結論明確。」他回答。

瑞格走到他那邊，從背後伸手關了電腦，「華盛頓，你被騙了，就這麼簡單。」他語氣聽得出壓抑克制：「真凶捏造謀殺場景，故佈疑陣掩蓋綁架事實。不只你中計，當時沒半個人發現真相。」

華盛頓用力嚥下口水。儘管這句話早在腦海迴盪多時，實際傳進耳裡依然震撼。瑞格走到門口，離去前轉過身，憤怒又回到臉上。

「你們真他媽丟臉。」

他順手關燈，會議室內陷入黑暗。

❽ 英語文化中對女性無名氏或刻意隱藏其姓名時即以Jane Doe為代號。

11

華盛頓坐在黑暗裡很長時間，感覺沒了光線反而利於思考。

自己怎麼會對一個人誤判到這種地步？

回顧警察生涯，以前他最有把握的案子就是賈里德．基頓。可是……現在驗血報告出來了，伊麗莎白．基頓明明還活著。

很多年前，華盛頓學到有關騎士雕像的趣味知識：如果坐騎一蹄離地，意思是騎士在戰場受傷且因傷死亡。假使坐騎兩蹄懸空，代表騎士戰死沙場。倘若坐騎四腳著地，則騎士死亡與戰爭並無直接關係。雖是微不足道的冷知識，但他曾在心中反覆咀嚼不知多少次。沒想到同事兼摯友、平民身分的分析專家緹莉．布雷蕭卻指出那根本是無稽之談、都市傳說。後來儘管華盛頓自己也在書上讀到真相，卻始終擺脫不了長期累積的刻板印象，甚至會在毫無事實根據的前提下堅持己見。

此刻感受很相似——思維得來個徹頭徹尾大改造。這些年裡是賈里德．基頓一直被冤枉。

他邊思考下一步邊遲疑要不要再來杯咖啡，不過已經攝取過多咖啡因，頭開始痛了。華盛頓揉揉太陽穴，痛覺並未轉移到別處。瞥一眼黑莓機，又漏了史蒂芬妮的電話，回撥卻進入語音信箱。要他留言他講話就不自然、把英語講得像外語，所以華盛頓很不喜歡，決定用文字簡訊代替。

一分鐘後史蒂芬妮回覆：這樣下去兩百條訊息也講不完。她附上一個視訊會議連結，華盛頓將筆電重新打開輸入網址。

螢幕上電話圖示閃爍，漢普郡那頭有人幫忙接聽，畫面背景切換到重案分析科的會議室，史蒂芬妮坐在中間板著臉。

「史蒂——」

「華盛頓，我看不見你。」

螢幕右上角有個黑色小方塊，根據過往視訊經驗自己應該出現在裡頭。

「我重新輸入網址試試看。」他回答。

科長隔著網路狠狠一瞪：「你什麼也別碰。緹莉要來了，讓她處理。」

兩分鐘後緹莉．布雷蕭進入鏡頭。她身材嬌小，頂著薄薄褐髮，膚色彷彿未曾曬過陽光，神似哈利．波特的厚重眼鏡放大了灰眼珠，身上T恤在「&」符號下面印著「打電話回家」。華盛頓對這圖案有印象，記得是個文字遊戲：「&」符號雖然是英語的「and」但在拉丁文要寫作「ET」，所以會連結到不知道哪部講外星人之類的電影。印象中緹莉是這樣解釋的，其實華盛頓聽一半思緒就飄到別的地方……

「抱歉，弗林督察，我剛剛去上廁所。」緹莉一開口又是不必要的細節，史蒂芬妮直接假裝沒聽見。

華盛頓見狀竊笑。緹莉是天才，但學生時代和職場經歷都繞著數學研究打轉，進入國家刑事局之前幾乎沒有人際圈。一般人在校園就慢慢培養出社交技能並理解潛規則，只有她什麼都不懂。

而且數學的世界是非分明，不存在太多選擇性詮釋空間，於是緹莉也沒學會表達個人見解的方法。討論數學不需要委婉、不需要斟酌，甚至不需要同理心，不是對的當然就是錯的。數學只會說真話，所以她也只會說真話，從未想過其他溝通模式。

幸好緹莉逐漸進步……否則幾個月前，她連自己在廁所做什麼都會一五一十報告出來。

「波在哪？」緹莉問。

「他看得見我們，我們看不見他。」

緹莉接手，問了華盛頓那邊的設定又叫他重開機，最後不耐煩地說：「你有沒有打開鏡頭蓋？」

「嗯，當然有啊。」華盛頓眼睛朝筆電螢幕頂端一瞟，原來鏡頭被一小塊塑膠擋住，連忙伸手取下。小方塊立刻變成會議室B的場景。

「傻蛋。」緹莉咕噥完打開包包，觀察史蒂芬妮之後用同樣方式將紙筆在桌面擺好。

史蒂芬妮抱著胸看在眼裡，嘴角微微上揚露出淺笑。火祭男案後一個月，緹莉．布雷蕭跌破眾人眼鏡爭取升職，其餘更早遞交申請書的人全部撤回。確定上位以後她問華盛頓如何管理小組比較好，華盛頓便建議以史蒂芬妮．弗林為榜樣。結果緹莉走火入魔，模仿史蒂芬妮大大小小每個動作。史蒂芬妮寫字她就寫字，史蒂芬妮看手機她就看手機，現在連紙筆怎麼擺也要照抄。

華盛頓看了覺得可愛，史蒂芬妮看了則是無奈。

「準備好了嗎？」史蒂芬妮問。

緹莉比對自己和史蒂芬妮的桌面之後才點頭。

「所以華盛頓，你那邊怎麼回事？」

「說出來老闆妳會生氣的。」

「好像你不說我就不會生氣一樣？」她不耐煩道。

華盛頓忍著沒回嘴。這幾個星期史蒂芬妮都在遷怒，沒人知道怎麼回事。他別無選擇只能和盤托出，科長靜靜聽著沒打斷。

「要我幫忙嗎，波？」緹莉等他說完才開口，表情是真的擔心。每次華盛頓捲進麻煩她都想要伸出援手。

「別緊張，緹莉。目前只是重啟調查，應該也不會要我待在這兒礙手礙腳，馬上就回去了吧。」

「好，不過還是把東西都傳過來給我看看。」

「不行，我們沒有權限。」

「你個人打算怎麼處理？」史蒂芬妮瞭解華盛頓的作風，他若自認犯錯就會設法修正彌補。

華盛頓聽了一呆。史蒂芬妮點破問題癥結——自己究竟可以做什麼？正遲疑時有人闖進會議室打開電燈化解了尷尬氣氛。他用力眨眼，舉起手掌擋光。

進來的人是甘孛，表情倒不像在生氣，而是氣餒和憂慮。

「老闆能等我五分鐘嗎？我猜甘孛警司有事要商量。」

史蒂芬妮伸手按了不知什麼東西，畫面轉黑。

「弗林督察嗎？」甘孛問。

華盛頓點頭：「待會兒我再向她解釋。」

警司走到咖啡機先給自己倒滿，又拿起空杯朝華盛頓示意。

雖然不該喝，華盛頓還是點頭了。甘孛端著兩杯過來一屁股坐下後遞出馬克杯，華盛頓淺嚐一口覺得很苦，符合當下的心境。熱氣模糊了老花眼鏡，他摘下來收進外套裡。兩個人就這樣小口小口喝著，一分鐘過去都還沒切入正題。

「弗林最近如何？」

「從代理轉成正式應該算是不錯吧，很適合她的位置。」

甘孛笑著點頭：「那緹莉呢？」

「表現良好。其實不只是好。在火祭男的案子大顯身手之後她沒有原地踏步，去考了駕照、買了一輛福特Ka，還當上分析師組長。看過那組人就不會覺得她怪了，一個個都該穿上反光背心，前後印上警告標語說『人際新手，注意安全』。他們自稱『史酷比小隊』，好像因為小時候都看過什麼吸血鬼連續劇，應該是《魔法奇兵》？[9]局裡大家都說他們就是群宅男宅女。不過那些傢伙是有一套，有沒有聽說斯卡布羅港那件事？」

「看似隨機傷人那個？」

華盛頓點頭：「史酷比純粹靠分析就結案了。她們研究監視器畫面，確認三次持刀傷人是同一個凶手。」

「緹莉解決的嗎？哇，好樣的。我記得凶手還男扮女裝不是？」

「而且每次打扮都不同，」華盛頓附和：「所以才說分析效率很可怕。他們建立犯人側寫的當天，北約克郡警署立刻逮到人。」

聊到這兒兩人同時沉默。華盛頓咖啡喝完，將兩杯都端過去裝滿，回到座位時甘孛已經做好心理準備。

「所以華盛頓你的判斷是？」他問：「錄影裡到底是不是伊麗莎白・基頓？」

華盛頓觀察了一下，警司滄桑很多，跟上次見面相比眼周紋路更長更深，頭髮也多了幾縷灰白。甘孛距離退休年紀不遠，加上火祭男一案導致降職，華盛頓本以為接下來他只打算守本分不多事，但……從此刻那張臉上的神情看來，甘孛心裡那把火尚未熄滅。

❾《魔法奇兵》（*Buffy the Vampire Slayer*）為一九九七至二〇〇三年間收視率極佳的美國電視影集，內容結合青少年與超自然主題。劇情中主角及其好友組成「史酷比小隊」聯手對抗邪惡勢力。英語文化中常以「史酷比」一詞代指少男少女合作調查神祕事件，其語源為一九六九年播出至今的卡通《史酷比》（*Scooby-Doo*），劇情裡小隊成員與會說話的大丹狗（名為史酷比）經由種種滑稽錯誤解開各種超自然生物謎團。

於是華盛頓也想通了，甘孛有任務要交代。

「長官找我來的真正用意是？」

甘孛沒馬上回答。

華盛頓追問：「其實我打電話就能回答瑞格那些問題，根本沒必要跑這趟才對。」

甘孛還是不出聲，喝了口咖啡之後閉上眼睛。

「而且除了與賈里德本人相關的傳聞，整個下午我解釋的每件事都寫在檔案裡。」

甘孛睜開眼睛望著他。

「長官覺得有疑點吧？」華盛頓逼問。

警司發出低沉長嘆，彷彿皮球在洩氣：「說老實話我不知道該怎麼想。這樣思考或許不公正了，可是我心裡清楚，當初火祭男的事情早點聽你的也許還有轉機。」

華盛頓沒講話。甘孛這是自我苛求，火祭男那種案情在刑警歷史上絕無僅有，負責調查的人從一開始就註定無法全身而退，換誰去都是同樣下場。

「我會打電話給弗林督察，要求重案分析科提供協助。」甘孛繼續：「官方說法是調查伊麗莎白．基頓綁架案，基於當初你涉入極深，就請你擔任聯絡人。」

「非官方說法呢？」

「我希望能有百分之百的把握。我要確定那個女孩子真的是伊麗莎白．基頓。在警界剩沒幾天了，最後一個大案還縱放殺人凶手的話未免太可悲。」

說完之後甘孛起身，杯子擱在桌上後忽然伸手。華盛頓抓住了，兩人用力相握，望進彼此眼底。

「你說是，我才相信是。」

12

華盛頓重新連回視訊會議，這次甘孛待在後面一起參與，稍微寒暄之後他進入正題：「我想正式請求重案分析科協助調查伊麗莎白．基頓的綁架監禁案，公文今晚送過去。」

另一頭先是沉默。片刻後史蒂芬妮才開口：「警司，重案分析科不能用來減輕華盛頓．波應負的責任。」

「弗林督察，我不是這意思。辦案過程如果出錯自然就得承擔，相信波警佐也是同樣態度。」

「你說『如果』是什麼意思？」史蒂芬妮問：「那位女性究竟是不是伊麗莎白．基頓？」

「老闆，我認為答案幾乎可以肯定。」華盛頓知道不必扯謊。

「但？」

「但，賈里德．基頓是我平生僅見最狡詐的人。如果有人能完成這種犯罪手法，必然非他莫屬。」

華盛頓並沒有誇大其詞，史蒂芬妮信或不信則是她的選擇。其實兩人不久前剛好聊到過賈里德，警察的深夜話題常常是「你辦過最慘的案子是什麼」這類，因此史蒂芬妮早就知道華盛頓對整件事情的印象。

過了整整三十秒她才開口。不出所料，做出的決斷非常務實，進可攻退可守。

「好的，警司。遭到陌生人綁票確實屬於重案分析科業務範圍，你要求的協助我都會授權。現階段僅派遣波警佐一人，但他可以自行判斷是否調度更多資源。」

討論完行政程序隨即散會，甘孛望向華盛頓：「你打算從哪裡切入？」

「血液。想先確定DNA測試如大家所相信的那樣牢不可破。」

「據說很可靠。」

華盛頓點頭，他大致理解科學原理，並不是將別人的血輸進身體就能改變自己的DNA，沒那麼好的事。但同時他也知道醫學知識持續進步，說不定檢驗技術有了新突破。

「還是查查看。」華盛頓回答：「我有認識的病理學家，能得到夠肯定的答案。」

「你臉色不大好，有什麼麻煩嗎？」

他嘆息：「那個人是真正的怪胎。」

第五天

13

生物證據會先儲藏在刑事調查部的冷藏冷凍櫃，之後回去卡爾頓大樓歸檔。女子在彭里斯警局抽血，樣本早就送達，華盛頓與甘孛約好翌日早上九點在大門碰頭。

離開的時候天色已暗，他卻仍打算回去自己在石跡丘陵上的小屋。感覺似乎得在坎布里亞郡待段時間，加上好幾星期沒回來，想住進去恐怕要忙個一陣子，首先給發電機加柴油、換濾網，水泵調整到夏季低水位，然後好好打掃清潔。

聽起來費事，但其實他挺想念那個窩。畢竟那才叫做自己家，不必付錢給別人、連周圍土地都能隨意使用。為了火祭男回到重案分析科之前華盛頓在這裡過著另一種生活。也得考慮艾德嘉，是他養的史賓格獵犬。華盛頓南下工作期間將狗兒交給鄰居湯瑪斯．修莫照顧，最近開始思考有什麼辦法能帶在身邊。

最後理智戰勝情感，他投宿彭里斯鎮上的北湖Spa酒店。雙人大床、乾淨床單與深夜仍提供餐點的酒吧實在太誘人。

刑事調查部倉庫開放前十五分鐘華盛頓已經在外頭等候。過了五分鐘甘孛也露面，他一大早先趕緊去找了新任警局局長。前任意圖掩蓋火祭男事件遭到撤換，現在這位則是非常不開心，原因並不僅僅是因為星期天還得工作。

「感覺她原本打算衝出去找最大臺的攝影機，上電視公開譴責之前的偵辦團隊。」甘孛這樣敘述局長的態度。

「她會嗎？」華盛頓還不認識現任局長，只知道自己隸屬坎布里亞警隊期間對方也在郡西區擔任警司，聽說她頗有人望、對內外壓力無所畏懼。

甘孛搖頭：「也不至於。就算想搞政治，敏感時刻還是得力挺自己人才行。」

負責管理調查部倉庫的年輕小姐安吉．莫里森出來招呼，解鎖大門後帶他們到了像籠子的接待區，自己繞到後面儲藏區。甘孛表示兩人為血液樣本而來，應該有一份還存放在此。

簽名領取後，華盛頓向甘孛道別，進了停車場找到重案分析科代租的車，自己的BMW X1還停在漢普郡沒開來。兩分鐘後上了M6公路，再二十分鐘從A69交流道進入新堡市。

駕駛在新堡市區，華盛頓變得像個慌張的觀光客。車馬輻輳、動線複雜還有許多單行道，加上本地人按喇叭毫不留情。華盛頓迷路時才會想要關廣播，關了廣播才發現這輛車有內建的衛星導航，有了導航很快找到正確方向和路線。

駛進皇家維多利亞醫院停車場找空位，運氣不差正好有人要走。後車氣呼呼猛按喇叭，華盛頓決定置之不理。

這兒是新堡市的教學醫院。他要找的幫手通常出現在醫院、講座廳與新堡實驗室三個地方。

艾絲琨勒．道爾在法醫病理學領域是真正的第一把交椅，世界各地病理學家爭相前來聽她講課。但如果她沒站在講臺，多半就是躲在皇家維多利亞醫院地底深處。

付了停車費，華盛頓開始渾身不自在。艾絲琨勒．道爾就是這麼厲害。她當然是非常了不起的學者，但……還有另外一面。

以切屍體為業的人不走陽光開朗路線華盛頓當然能理解，問題是以同業標準而言艾絲琨勒．道爾依舊特別奇怪。下樓梯朝太平間前進的路上，他不由得回想起之前找對方協助時都碰上些什麼狀況。

譬如某次艾絲琨勒從兒童冰櫃拿出瓶子，倒了一杯遞給華盛頓說是酒，還強調那是全醫院最好的冰櫃。華盛頓瞟一眼冰櫃上的漫畫字體標籤❿，決定婉拒她的好意。另一次，艾絲琨勒要華盛頓幫忙抬高正在解剖的死胖子手臂。「拉那條筋。」她指著遺體腋窩，邊吩咐邊遞上手術鑷子。華盛頓照做，結果看見死者朝自己比中指，嚇得整個人往後滾，但艾絲琨勒．道爾連個笑容也沒有。

太平間毛玻璃門上用透明膠帶貼了一張A4紙，寫著：「病理學家的病人最酷。」⓫華盛頓嘆口氣，深呼吸之後敲門入內。

彎腰檢查遺體的艾絲琨勒．道爾頭也沒抬就忽然開口：「欸，華盛頓，你來啦，這個看起來怎麼樣？」

他張大嘴巴難以置信。

❿ 除太平間環境特殊，歐美職場一般認為漫畫字體不夠正式缺乏專業感。

⓫ 此處是coolest的雙關（可詮釋為最「酷」或最「冷」）。

14

解剖臺上那具屍體早已發白生斑。是位乾癟枯瘦的年長女性，指甲泛黃彎曲，臉上皺紋滿佈，凹陷的雙眼渾濁矇矓。

但艾絲瑅勒．道爾居然在給人家腳趾甲上色。

還全都是紫色，每片深淺不同，與蒼白肌膚形成鮮明對比，濃濃哥德風。

華盛頓目瞪口呆。

「晚餐有約，想說先試試顏色。華盛頓你幫我看看，哪個比較搭我這雙鞋？」

她撩開長裙裙襬，底下是雙高跟鞋，黑色亮皮表面與大紅色鞋跟，一看就覺得貴。

「唔……這個吧。」華盛頓隨便朝最近的腳趾一比。

「啊，凍鬱金香，選得不錯。」她嘴角上揚：「這回找我什麼事？正想說你也一陣子沒來了呢。」

艾絲瑅勒塗完最後一片趾甲，端起死者腳掌輕輕吹氣，氣氛溫馨又詭異。

華盛頓總覺得她是算準時間做給自己看的。

艾絲瑅勒轉身朝他打量一圈，舌頭輕輕滑過下唇。華盛頓給這麼看得很侷促，覺得這女人既性感又駭人。

就算沒穿高跟鞋艾絲瑅勒也與他同高，黑眼線、紅眼影烘托出瞳孔的藍多深邃，白皙臉妝與豔紅唇彩相互輝映，墨水似的秀髮彷彿瀑布流淌在奶油色修長頸子上，顴骨高挺輪廓立體，兩條臂膀從肩膀到手腕都是刺青。

「華盛頓你好像瘦了？這樣好看。」

「去年很忙。」

「在報紙看到了，但你不還是靠著卡普拉風格熬過去？」⓬

「卡……什麼？」面對著艾絲瑅勒．道爾，華盛頓說話總是結結巴巴。

「你每次都當落水狗。感覺你就要這樣才有動力，能做到別人做不到的事。」

華盛頓沒回話，根本聽不懂艾絲瑅勒是什麼意思。

她嘆氣改口：「『火祭男』那個案子搞定了吧？」

他點點頭。

「那你又惹了新麻煩？」

他再次點頭，覺得自己該重整思緒，便指著剛被塗上指甲油的遺體說：「你們可以做這種事情嗎？」

艾絲瑅勒聳聳肩答道：「反正送出去之前還得再打理啊。」

⓬ 指法蘭克．卡普拉（Frank Capra），美國知名導演。

華盛頓沒再多言。以艾絲堤勒．道爾詭異量表而言這件事不值一提。

她抬起死者手臂，亮出手腕內側：「注意到了嗎？」

他戒慎恐懼地湊過去，看見一個小小的老式刺青。圓圈包住迷宮——這圖案還真不認識。

「是什麼？」

「赫卡蒂之輪，代表女神的三種面向：少女、母親、老嫗。」艾絲堤勒說完後溫柔地梳理老太太的頭髮。「幾乎可以肯定她是威卡教徒⑬。我覺得她應該會喜歡新指甲油。」她又低頭看看遺體。「你能想像她的人生嗎？光這個刺青就不知道會惹來多少麻煩。」

華盛頓發揮天生的好奇心仔細觀察。似乎是業餘人士自己紋上的，少說也有五十年歷史。

「多少有些不順心。」

「還是一樣喜歡輕描淡寫呢。」艾絲堤勒拉起白布覆蓋老婦。「今天什麼事？」

「碰上複雜棘手的狀況。」

「噢，謎語是嗎。」她語調平板像是快睡著一樣。「我最喜歡猜謎了，請繼續。」

華盛頓臉一紅，暗忖自己居然要問這種問題。「我想知道有沒有可能起死回生。」

「嗯，總算有趣起來了。」

華盛頓解釋了來龍去脈，艾絲堤勒聽完要他回溯到最初「烏荊子與黑刺李」餐館內的犯罪現場。他表示當年是根據失血量來判斷受害人存活與否。

「這是你犯的第一個錯誤。明明有我電話號碼，怎麼不打來問？警方找的鑑識人員總是高估現場血液量，尤其潑灑在廚房瓷磚那種低吸收率材質上，只要一點點血就很像屠宰場了。除非血液留在原地沒被清除，否則無法判斷實際分量，其他說法不是鬼扯就是經驗不足，幾年前我針對這個主題還寫了篇論文，你們都該好好讀一遍。」

「之後會去找。」華盛頓暗忖自己不夠細心，該把檔案帶來才對。艾絲堤勒・道爾靠照片研判比大多數專家的現場意見還值得參考。

「那位小姐長得很像伊麗莎白・基頓？」

「確實像。」

「她有沒有雙胞胎姊妹，無論同卵異卵？」

「我沒聽說。」

艾絲堤勒柳眉一挑。

「沒，她沒孿生姊妹。」華盛頓當警察這麼久還真沒碰上與孿生子有關的案件。

「你親眼盯著抽血嗎？」

「沒有親自在場，但看了監視攝影，監管鏈沒有漏洞。合作法醫與負責警官都明白事關重大，所以整個過程從血管到袋子都沒讓樣本離開視線。」

⓭ 以歐陸巫術和原始宗教為基礎的新興現代信仰，沒有中心組織，強調兼容並蓄。

「裝在防拆證物袋？」

華盛頓點頭。

「實驗室收到的時候還是同個袋子？」

他聳肩：「我會去關心，但經手的快遞公司長期與警方配合，遵守防變造的標準程序，所以出問題機率微乎其微。」

「這次是哪個實驗室？」

華盛頓說了名字，那間實驗室與西北部所有警隊都有往來。

艾絲堤勒點頭稱許。「名氣滿大的實驗室，表現也穩定。我想應該不必懷疑無關的一群人湊在一起以後居然特地掉包樣本才對？」

他搖搖頭。

「原始的DNA樣本，現在用來比對，可靠嗎？」

「可靠。我自己採的。」

艾絲堤勒點點頭。她性格如此，信任對方就不過問太多。

「那你來找我還真是找對了。」她伸手往辦公室一比。「這邊再一下就好，等會可以專心幫你。你先坐會兒吧？」

華盛頓在旁邊看著她做事，但看到她從老婦血管抽出血塊就忍不住別過頭。艾絲堤勒．道爾這間太平間也供作教學訓練用途，解剖臺上方設計了玻璃展示櫃，不過正好是週日所以裡面沒擺東西。其餘空間很普通，稍微現代感一些但與他去過的大同小異。冰櫃如音叉嗡嗡作響，有些調到零下二十度，可以永久保存遺體。空調說得好聽是「積極」，其實連他額頭冒的都變成冷汗。一股化學藥劑柑橘味四處瀰漫，不能說臭，卻又會刺激鼻子眼睛。大型水槽水管水閘靠在房間角落，牆壁貼了瓷磚和護貝過的安全衛生公告。這種地方尊重死者又以真相為先，但華盛頓討厭太平間，從沒喜歡過。他每踏進太平間一次，代表警察又多辜負人民信任一次。

片刻後艾絲琨勒過去找他，完全不想花時間繼續閒聊。

「華盛頓，我想了想還是不確定你找我做什麼，感覺事情經過你已經掌握得很清楚。」

「想借助妳的專業知識而已。我知道這麼說很蠢，但一個人身上會檢驗到另一個人的DNA嗎？過程還巧妙到足以矇騙實驗室？」

出乎意料，艾絲琨勒沒有當場狂笑，甚至連眉毛也沒挑。「最近確實有一組以色列科學家證明了偽造犯罪現場在技術上是可行的，從血液樣本中剔除所有原始DNA痕跡並替換為新的。」

華盛頓聽了瞳孔放大。果然世界之大無奇不有。

「成果非常好，連專業法醫都被騙了。」艾絲琨勒補上一句強心針。

他眼睛瞪得更大。國家刑事局應該站在執法技術尖端，但自己對業界發展卻毫無所悉是怎麼回事？之後該和史蒂芬妮討論討論。

艾絲琨勒繼續說：「另外，設備齊全的分子生物實驗室加上沒被當掉的生物學家就能合成DNA。」

華盛頓聽了一愣。雖說科技日新月異，電影《銀翼殺手》那種未來世界似乎不再遙遠，但這和眼前的問題似乎沒有直接關係。「我以為真人不適用……沒辦法合成DNA植入活人身體吧？」

「確實還不行。我說這些是希望你對血液有更清晰的概念。」

艾絲瑅勒不說廢話──她說華盛頓該瞭解，就代表華盛頓真的需要好好瞭解。

「血液維繫人類生命，是地球上最完美、目的性最強的液體形式，生物工程的精華。它滿足所有需求，餵養我們、保護我們，運送氧氣到身體各處，回收二氧化碳，調節體溫，也協助人類生殖。」

華盛頓不打斷。

「人類只要看到紅色就會心跳加速，因為大腦將紅色和血液連結在一起，通常見血都不是好事。」

這種現象華盛頓倒沒聽說過，暗忖人對自己身體的控制權還真低，但一點也不意外。

「別擔心，我想看多了的人或早或晚一定會克服這種本能反應。說不定下次講課的時候我就會提出這個假設，看看有沒有人想去證明。」她拿起筆寫下來。

「假如持有大量來自伊麗莎白．基頓的血液，有可能注入目標身體，造成DNA變化嗎？」

艾絲瑅勒搖頭：「不符合機制。DNA來自雙親配子的結合。」

華盛頓微微嘆息，與艾絲瑅勒或緹莉對話都有同樣感覺──她們怎麼能將原本就複雜的事情講得更複雜呢？艾絲瑅勒是臨床經驗豐富的教授，自己是基礎生物學都無法過關的呆瓜。他什麼也不懂，迷惘困惑想必全寫在臉上。

「『配子』就是人類的生殖細胞。我們繼承……」她望著華盛頓茫然神情，話鋒一轉：「我能幫忙解釋，但沒辦法幫你理解。」

慘。聽緹莉說話也是這種情況。

「抱歉。」他將注意力拉回講解內容。

「血液來自骨髓，不可逆。即使一個人全身換血，DNA也不會因此改變。由於人體每小時製造一千億紅血球和四千億白血球，除非輸血之後立刻檢驗DNA，否則很難蒙混過關。」

「意思是……不可能？」

「接近天方夜譚。」

一好球。

接續艾絲瑅勒所言，順便證明自己有認真聽，華盛頓提出新的疑問：「骨髓移植的話，會造成血液改變嗎？」

「你說的是所謂『嵌合體』，一個人身上有兩種DNA。」

「是我說的嗎？」

「是你。以前腫瘤科有這種治療，例如針對特定類型白血病，先去除病患原本的骨髓，再以捐贈者骨髓遞補。理論上這個做法會改變血液DNA，但身體其餘部分的DNA則維持原樣，還是病人出生時的狀態。」

華盛頓瞇起眼睛。好像聽出端倪了？

「可是——」艾絲堤勒立刻澆一桶冷水：「現在腫瘤科不會完全取出原始骨髓了，所以才有嵌合體，也就是自己與他人兩種DNA混合。」

兩好球。

「聽起來，既然那位小姐驗血出來是伊麗莎白．基頓，那就絕對是伊麗莎白．基頓沒錯？」

艾絲堤勒聳肩：「我可不敢說絕對。找個活體捐贈者過來，把監視都支開，我或許可以瞞過後續檢驗。但前提也要有實驗室環境。」

華盛頓又嘆氣：「問題來了。賈里德．基頓能找到的活體捐贈者只有自己女兒，但——」

「——如果女兒還在身邊，何必兜這麼一大圈？」

「完全正確。」

兩人一齊陷入沉默。

後來艾絲堤勒打破沉默，一如既往非常敏銳：「華盛頓，你過來也不是為了聊天吧？這些問題講電話就能解決，所以你到底有什麼打算直說無妨。」

華盛頓從手提包取出兩樣東西擺在辦公桌上。

「給我帶了什麼好貨？」

「首先是伊麗莎白．基頓的DNA報告，出自當年的原始調查檔案。來源有三個，我百分之百肯定是她。」

「不到一週之前彭里斯警察局採取的血液樣本，坎布里亞警署會用它與伊麗莎白．基頓比對。」

「另一樣？」

「你要我來做？」

「希望妳做盲測。聽說新堡這裡實驗室可以接非健保的工作，所以想請妳在自己的實驗室處理。證物袋上沒有姓名，序號也只有妳知道，完全匿名。」

艾絲琨勒回答時聲音變得輕柔低沉：「華盛頓，我為什麼要幫你呢？」

他想起昨晚甘孛對自己說過的話：「艾絲琨勒，只有妳說這是伊麗莎白．基頓的血，我才會相信這是伊麗莎白．基頓的血。」

15

華盛頓返回坎布里亞郡途中打電話給甘孛，提起艾絲琨勒．道爾答應會抽空盡快鑑定DNA。

「三點到得了卡爾頓大樓嗎？」甘孛問：「要開策略會議，正好認識大夥兒。」

華盛頓看看手錶，剛過中午，自己還沒吃，對那邊的販賣部已經不抱指望。幸好A69公路是東西向主幹道，很多地方方便停下來解決一餐。赫克瑟姆鎮有間小店不錯，他想點個裹粉香腸搭配冰雪碧填飽肚子。

「到時候見。」

華盛頓走進會議室A的時候，警察交換小道消息直到上級叫他們閉嘴的「事前會」正如火如荼進行，所以沒人搭理。那身打扮是沒什麼辨識度。

他自己走向咖啡壺倒了一杯，端回桌邊隨便找個位子坐下。隔壁的女性是生面孔，客氣笑了笑就轉頭繼續和別人聊天。

「什麼狀況，」忽然有人大吼：「這是國家刑事局還是國家閒事局啊？」

現場馬上安靜下來，大家錯愕地看著華盛頓居然還在喝咖啡。他緩緩將杯子放回小碟，望向適才出聲那人。對方身材矮壯、手臂肥厚還生了對內雙的眼睛。正好高個兒瑞格坐在他旁邊，至少還懂得這時候該擺出尷尬表情。

「華盛頓．波你這混帳為什麼來了？」矮壯男子問道：「不是早該滾蛋嗎？」

華盛頓再端起咖啡杯，慢慢喝光才回答：「你是？」

「他媽的是我在問你話！坎布里亞的案子關你屁事，你憑什麼出現在我的簡報室？」

「原來簡報室是你的啊，高級督察瓦賨先生？」甘孛趁那人沒留意時閃進會議室內：「另外雖然不關你的事，但華盛頓．波警佐是我找來的。」

「長官，可以問原因嗎？」他語氣壓抑著煩躁。

「不可以。」

瓦賨本就鐵青的臉一下子漲紅。

甘孛轉頭望向華盛頓。「警佐，我給你解釋一下：瓦賨督察是警校內軌直升，所以偶爾會忘記其他人得靠實績一步一步慢慢爬。」

瓦賨聽了怒目相向，顯然很希望別人認同他有實力坐在高級督察這位置上。警界戲稱內軌直升、一天制服都沒穿過的人是「少爺」，嫌棄他們基本功完全不紮實。華盛頓確實也沒見過辦事牢靠的少爺，而甘孛當著眾人面前戳破這點就是暗示他得自己小心謹慎。

「瓦賨督察，和華盛頓．波警佐握個手。」

甘孛那口吻不容拒絕。

瓦賨雖不甘願也只好朝華盛頓伸出手，簡單握了一下卻感覺他掌心有種魚皮的黏滑感。結果華盛頓又當著大家面前在褲子上抹了抹手。

「很好，」甘孛繼續說：「看來大家懂得和睦相處，可以該談正事了。不出所料，賈里德·基頓的律師團已經將案子送到刑案審查委員會了。」

華盛頓聽了心一沉。審查委員會是獨立機構，有權調查刑事案件內司法誤判的狀況。他們不能直接推翻判決，但若將案子送進上訴法院，法院按規定必須處理。

「不行吧？」瑞格說：「只有上訴失敗的案子才能交給委員會啊，賈里德根本沒上訴。」

「定義為特殊情況就行。」華盛頓開口。

甘孛點頭。「就是這麼一回事。文件裡說如今發現謀殺案被害人還活著，理所當然符合所謂特殊情況的要件。我剛才和審查委員會的案件處理人通過電話，那邊已經接受了，也會再做確認。在我看來現階段結果只有一個，他們勢必得將案子轉給上訴法庭。」

華盛頓有同感，審查委員會也是別無選擇。

「就目前局勢，檢察官不會在上訴聽證會提出證據。」甘孛停頓片刻讓與會者咀嚼這話背後的含義，視線在華盛頓上多停留了一會兒。「處理人說基頓案對委員會而言是急件，兩週內要辦好。檢方不提出抗議的話，上訴法庭隔週就會有動作。」

瑞格與華盛頓交換眼神。瑞格微微點頭，華盛頓跟著頷首示意。

「所以，各位先生女士，」甘孛宣布：「三星期過後，賈里德·基頓就會重獲自由。」

16

華盛頓暗自覺得三週都算是樂觀估計。幾乎可以肯定賈里德的律師團會向內庭申請保釋，法官一個人就能裁決。

換句話說，幾天之後賈里德．基頓就能回到「烏荊子與黑刺李」。

而他還有很多事情得辦妥，必須把握時間。首先應該和奧斯敦圖書館那位警察談談，有時候警員擔心多言顯得愚昧，會刻意略過一些細節，因此必須確認問題處理專員埃薩普是否將所見所聞悉數上報。再來也要拜訪合作法醫，那位小姐被送到警局後由她檢查診斷，所以能提供第一手的醫療意見。還有經手採檢樣本交給貨運公司的人，若有必要更得跑一趟實驗室直接詢問專家及其他接觸過樣本的人。

整條證物監管鏈必須通過高強度壓力測試。

但真正的當務之急是回家。有些事情得趁天還亮著才方便。

撇開蘇格蘭少數遙遠角落，賀德威克農場已算是不列顛本土偏僻的極致，地處石跡丘陵上開車也無法抵達的古老荒原。最近的鄰居是一棟旅館，二戰時曾作為德軍戰俘營，然而上去還有兩英里，所以華盛頓和旅館主人談好了能把汽車停在這兒。平常上山用的四輪越野車也放在旅館停車場，但上次一出門就好幾週，他有點不好意思，就先擺在家裡。

於是今天只好靠兩條腿爬上去。

本來也不是什麼大問題，甚至稱得上休閒，偏偏這趟要帶些民生用品回去。農場仰賴發電機，出遠門前得將電器全關掉。擔心食材腐壞，每次出門前都得清空冰箱，幸好還有艾德嘉幫忙。一個人提著大包小包肉品、根莖類蔬菜及雜物在荒原走上兩英里實在挺辛苦，到達農場時累得汗流浹背。主屋外觀不漂亮，比起人造建築更像是從地裡蹦出的大石頭。華盛頓將東西先擱在戶外桌，坐下休息五分鐘才開門踏進屋內。

總算到家了。

雖是日暮時分，賀德威克農場的空氣仍凝滯悶熱，而且所有東西都覆著一層灰。他先打開百葉窗通風，清理就留待明日。

灌了一瓶溫過的「金絲」啤酒[14]，華盛頓換上舊短褲開始對付發電機，三兩下全拆開後發現有個密封圈有腐蝕初期跡象。幾星期內是不至於洩漏，但既然手邊有備品就順便換了。其實也該換濾網，但那個按照排程比較好。他勞動時不禁嘴角上揚，兩年前開始碰這些玩意兒的時候什麼都不懂，桌腳搖搖晃晃也只能拿一疊紙塞底下。對當時的他而言，修理發電機就像舔自己的手肘一樣，門兒也沒有。可是現在他想都不必想，雙手自己就會動起來。

發電機裝好，按下啟動，第一次就成功。華盛頓打開緹莉送的數位收音機，待會兒就播新聞了，他和全國人民一樣關心風暴走向。邊整理冰箱邊聽，但沒什麼新資訊，專家只能肯定風暴一定會登陸卻無法預測時間。他轉到六號音樂臺，這裡的隨機歌單什麼都有，從龐克到蒙古人氣勢宏偉的哼唱不一而足，通常都能聽得開心。

有電力之後就要維修水泵。住在這地方最麻煩的就是清水，不過華盛頓運氣很好，之前請人過來鑽洞，第一次就找到底下水源，而且還不算很深，因此不需要高階機器也能打水上來。檢查馬達的時候他轉了幾個角度觀察，應該沒有大問題，於是接上電線啟動，片刻後房子就有水可用。

最後是點燃火爐，家裡是燒柴的。雖然今晚天氣暖和，但沒火爐也不能燒水，他總得洗澡。

隔天華盛頓想先把狗兒接回來，兩小時後下山抵達石跡丘陵威爾斯酒店，點了鹹派和啤酒，取出特地帶來的筆電，吃飽以後用電子郵件問問緹莉最新狀況。

她立刻回信了，看來很不妙：賈里德·基頓的律師團已經找到內庭法官申請保釋。緹莉放了

⑭ 卡萊爾釀酒廠的產品。

一個連結是律師團新聞稿，內容本身就未審先判，反覆以「無能」、「嚴重疏失」、「前所未見的冤案」這類說法抨擊警方。措辭聳動在意料之內，意圖傳遞的訊息一目瞭然——他們自認已將警方逼到絕境，再不放人就要鬧上媒體。華盛頓沒猜錯，甘孛預估三星期是過分樂觀了，他們能把握機會的時間是幾天而不是幾週。

緹莉大概設定了已讀回條，所以十分鐘之後馬上接著發信：波，你還好嗎？

他一邊思考如何回應一邊以兩指神功打字。必須字斟句酌，否則自己下山前緹莉會越來越焦慮。她第一次參與外勤就救了華盛頓的命，後來華盛頓自己亂跑聯絡不上的時候她會非常擔心。想到最後華盛頓回覆：狀況棘手但還在意料之中。按下發送的瞬間黑莓機響起，而且是不認得的電話號碼。

「請問是偵緝警佐華盛頓．波嗎？」雖然知道是男性，但聲音高得有些雌雄難辨，還帶著蘇格蘭口音。

「是。」

「波先生，我是記者，叫做葛拉罕．史密斯。不知道你方不方便針對剛公布的新證據發表意見？」

他不講話。

「波先生，你六年前真的誤判了嗎？」

「滾。」他將手機往桌子甩過去，撞在喝了一半的玻璃杯上。

混帳東西，對方已經洩露消息給媒體，自己輸在起跑點了。

另一個問題：史密斯怎麼會知道他的電話號碼？

第六天

17

甘孛要求問題處理專員埃薩普早上八點過去肯德爾市。那裡警察局距離賀德威克農場最近，但華盛頓上次露臉就被趕走，一方面是他惹了麻煩事，另一方面多年前待在坎布里亞警隊的期間樹敵不少。

今天好不了多少。換作一週前或許還能得到幾個好臉色，畢竟自己挖出火祭男事件真相，警隊裡不分男女人狗都喜歡水落石出。

然而一星期時間在其他地方足夠發酵，換作坎布里亞更是不得了。檯面上沒人公開指責他得為基頓冤案負起全責，但大家冰冷的態度已經說明一切，好不容易才等到人願意幫忙通傳和倒杯咖啡。

幾分鐘後埃薩普來了。華盛頓對這警員挺有好感，氣質粗獷又不拘小節，感覺就是辦事牢靠而且不會推三阻四。他劈頭就問埃薩普是否有什麼事情沒寫進官方紀錄，無論看似多微不足道都要說出來。

但其實也是白問，以埃薩普的資歷早就開竅了，明白自己看不出門道不代表別人也不行。他回溯那天早晨所見所聞，中途只翻了一次紀錄，陳述內容也都是已知事實，最後華盛頓只能給他名片並表達感謝。

計劃是照順序找到所有接觸過目標的人問話。下一個是合作法醫。

合作法醫以前稱作警醫，是警界超過一百年的制度，多變角色中最常見者有前往現場確認死狀死因、對警方保護下的傷者提供檢查照護、對酒駕犯抽血送驗。擔任合作法醫前得接受很多訓練，包括法醫學、鑑識技術、警察暨刑事證據法、合意與保密原則、向法庭及驗屍官作證的程序等等。

儘管十分專業，但坎布里亞郡這種規模較小的警隊都只能透過外聘發案找幾位固定配合，因此華盛頓沒辦法在警察局找到菲莉希蒂・杰克曼，必須親自驅車南下到她在阿爾弗斯頓鎮的診所。

幸好華盛頓對阿爾弗斯頓鎮印象很好。史丹・勞萊[15]的出生地，加上當地人自詡為坎布里亞節慶之都，每年從大型美食展到小眾音樂節始終很熱鬧，吸引非常多外地觀光客。還有號稱世界最短卻又最寬最深的運河，卵石老街蜿蜒在一排排老屋間，逛起來就像個迷宮。

診所含菲莉希蒂・杰克曼在內有八位醫師。華盛頓事前知會過，約好早上門診過後再碰面。如果沒有緊急出診，她大概中午能騰出足夠時間。

還有一小時，華盛頓隨便找了小館子打發時間，一踏進店內就有肉桂、焦糖、剛出爐餅乾的

[15] 英國喜劇演員。

香味撲鼻而來。肚子咕嚕兩聲，但他決定先忍住，在窗邊坐下後向穿著傳統圍裙的未成年服務生點了美式黑咖啡。這裡不僅採用骨瓷杯，飲料口感也很好。華盛頓手指在桌面水漬畫圈圈，望著小鎮街頭放空休息。

腦袋還是開始整理情報。其實資訊量太少，兜來轉去終歸回到自己交給艾絲堤勒・道爾的血液樣本。如果她同意坎布里亞警署得出的結論代表事情沒有轉圜餘地，賈里德・基頓不是弒女凶手，屆時華盛頓必須親自致歉。

小館門口的串鈴發出清脆聲響，他眼前一下子被橘色與栗紅色填滿。原來阿爾弗斯頓鎮上還有一座國際知名的佛寺兼冥想中心，尼姑們提早過來用午餐。換作坎布里亞郡其他地方，這樣一大群穿著鮮豔袍子的光頭女性絕對會引起圍觀和警戒，但她們扎根已久早已是小鎮的一部分。

佛教給人寧靜祥和的感受。華盛頓不知道怎麼定義禪，但在賀德威克農場那種連電視也沒有、只能與自然和大地和諧共存的環境中，他覺得自己一定有過很接近的體驗。

一個尼姑察覺目光便朝他淺笑。華盛頓回以笑容後看看手錶，菲莉希蒂・杰克曼的門診應該再十分鐘就結束，他一飲而盡——濃稠黑咖啡簡直像是一劑強心針——接著在桌上放了兩鎊硬幣當小費起身離開。

阿爾弗斯頓發展很好。鄰近的巴羅法內斯明明面積更大，但完全被比了下去。診所等候室的裝潢也是高水準：色調溫潤，以最新出刊的雜誌和活盆栽妝點。椅子坐起來很舒適，不是硬得能斷背的塑膠製品。居然還有飲水機。

告知掛號櫃檯之後華盛頓就自己找地方坐下。晨間門診即將告一段落，等待看診的病人所剩不多，幾個位置外的老太太朝手帕輕聲咳嗽。

「杰克曼醫師可以見您了，波警佐。」櫃檯小姐叫道：「三號診間，就在飲水機旁邊。」

華盛頓向她道謝。

菲莉希蒂．杰克曼穿著很輕鬆，印有倫敦大學附設醫院圖案的褪色運動衫搭配牛仔褲，臉上只化了淡妝，及肩赤褐色頭髮束成低馬尾。

她已經開始用餐，塞了一大口亞洲沙拉[16]說最多二十分鐘，似乎並不很想見到華盛頓，恐怕心裡也認為「都是這傢伙的錯」。才幾天時間，自己已經成了眾矢之的……

診間很普通，採用機能性家具，牆上貼了兩張人體解剖圖，電腦連接處方箋列印機，檢驗臺罩著藍色紙床單。桌子上有一張她爬貓鈴山的照片，山體外觀特殊所以很好認。貓鈴山靠近凱西克鎮，非旺季依舊人滿為患，所以華盛頓並不喜歡。

他走到辦公桌旁坐下。杰克曼醫師身子前傾望過來，彷彿華盛頓開口要了兩週份病假證明。

[16] 歐美社會基於想像而發明的沙拉，特色是生菜上搭配口感酥脆的食物（乾泡麵、油炸麵皮、堅果類等等）並搭配薑或芝麻口味醬料。

醫師長得挺漂亮，可能比艾絲瑅勒．道爾年長三四歲。不過診斷對象若是死人自然沒有病情惡化的問題，應付活人的壓力顯而易見，她像大部分醫生一樣渾身散發疲累感，眼角都是魚尾紋，頭髮也已經夾雜著銀白色。

杰克曼醫師吞下嘴裡的東西，同時繼續打量華盛頓，過了一會兒才聳聳肩做出要笑不笑的表情。或許終於意識到警察沒事並不想過來找麻煩。

「不介意我自個兒吃吧？值班十二小時以後看到什麼都想吃，所以我白天盡量找些健康的東西。」

「沒關係。杰克曼醫師，能不能──」

「拜託，叫我阿菲就好。『杰克曼醫師』這幾個字聽了就想到前夫。」

華盛頓不大喜歡叫別人外號，感覺好像拉近了距離很不自在──但眼下這情況由不得他。低頭一看，醫生的左手引起注意。沒辦法，是這國家出錢要他當個多管閒事的混球。對方左手無名指雖然沒有色差卻仍有戴過戒指的微微凹痕，不仔細看不會發現，應該過了好一段時間，推測至少相隔一年。

「抱歉。」他下意識答道。

醫生聳肩，放下沙拉碗：「只能說高中就找到的未必是天作之合，也可能遇人不淑。」

「所以妳才搬到這麼北邊？」

「你查過我啦？」她忽然帶著笑意眼睛一亮。

「其實沒有，妳穿著倫敦大學的衣服，腔調也像外地人。」

「嗯，原本在倫敦的醫院，分手以後想做些改變。以前會來湖區度假，我覺得乾脆直接搬過來定居，幾年下來挺滿意，風俗風景都很棒。」

滿健談的女醫生，有機會多聊聊也不錯，可是華盛頓心裡清楚二十分鐘早就開始計時。「請描述一下伊麗莎白．基頓現身當天的情況。」

她雙臂交叉：「檢查還不夠完整？」

「足夠了，我也明白自己和現在的局面脫不了干係，但想先專注在揪出擄走她的人。」

阿菲嘆口氣：「想知道什麼呢？」

「全部。」華盛頓回答。

那天阿菲早上十點半被叫醒，當時並不知道那位小姐身分特殊，所以第一輪檢查也只是如常進行。畢竟身為醫生，無論面對的是證人、凶手、被害者、警察，她都應該盡心盡力。但那位小姐不肯去醫院。阿菲發現警方詢問會持續很長時間，便決定在警局就地處理。

「她很虛弱，營養不良，幸好沒有立即危險。另外，雖然熬過最糟糕階段，還是處於鴉片類藥物戒斷症狀中。然後你看她那些自殘傷疤就知道，心理創傷恐怕需要治療很多年。」

「有新的傷口嗎？」

阿菲點頭：「手掌、腳踝、臉頰都有擦傷和撕裂傷，兩片指甲裂開，吻合未做防護在樹林奔跑的陳述。我還從傷口取出一些棘刺才能包紮，之後上了點滴，打了一袋生理食鹽水。」

「妳相信她的故事嗎？」

「這不關我的事喔。我只負責醫療和檢驗。」

「那妳為什麼要抽血？」

「你是指為何不用拭子嗎？」

華盛頓點頭。

「和負責警官討論之後，認為這是刺激最小的方法。」

「是指驗孕？」瑞格當初這樣解釋。

醫生點頭。「驗血準確率有百分之九十九，受孕後最快七天就能偵測到孕期荷爾蒙 hCG。」

「結果她沒懷孕吧？」

「沒有。」

「也沒有性病，或是其他靜脈注射海洛因可能造成的病毒感染？」

阿菲搖頭：「沒有。」

「證物袋應該沒有異常吧？」

「波警佐，房間裡每個人都知道事情嚴重性。我猜你一定也看過錄影了，證物監管鏈滴水不漏。即使出庭作證，我還是會這樣回答。」

「她為什麼不肯去醫院，也不肯去性侵害防治中心？」

「當場就拒絕了，後來和我說想獨處，她爸爸出獄之前連那間餐廳也不想進去。之所以在警局待那麼久，也只是配合警方必要的取證而已。」

「驗血有針對鴉片類毒品嗎？」

「有，可是本來就不抱指望。」

「怎麼說？」

「海洛因只會在血液停留幾小時，伊麗莎白逃走前四天就已經沒碰過，檢驗結果當然是陰性。所有檢驗都陰性，沒懷孕、沒感染、沒藥物反應。」

華盛頓一聽暗忖要記得打電話問問艾絲琨勒・道爾。不是不相信阿菲，自己也認為重複檢驗只會得到同樣結論，但覺得雙重確認有其必要，每個層面都要顧到。

後續問題得到的資訊與檔案內容並無二致，他向阿菲道謝以後留下名片。起身走向診間門口時，醫生已經透過對講機叫下一位病人進去。

看來忙碌的不只警察而已……

18

華盛頓開著租車回程途中撥電話給艾絲瑅勒，響了四聲接起。

「活人的DNA圖譜也沒這麼快喔，有結果會立刻打給你。今天不可能。」

「不是要問這件事。妳有用光血液樣本嗎？」

「當然沒有。」

「那能幫我多做些其他檢驗嗎？」

「坎布里亞警隊會付錢嗎？」

「好問題。帳單直接開給國家刑事局如何？收據填上『偵緝督察史蒂芬妮·弗林』，我寫電子郵件告訴妳地址。」

「所以要查什麼？」

他立刻列出阿菲醫生說過的項目：「性病、懷孕、鴉片類藥物。」

艾絲瑅勒複述一遍，「就這些？」

「還有什麼可以驗？」

「貴的，和貴爆的。」

「貴爆的是什麼？」

「液相層析質譜儀。」

華盛頓向來只關切工具有什麼功用而不是如何作用，何況他懷疑艾絲堤勒是故意搬出技術詞彙整自己，索性隨便回了句：「好用是吧？」

「業界黃金標準，能把樣本裡所有化學物質分析出來。」

「多貴？」

她說了數字，華盛頓聽完眉頭一皺，的確很大一筆。這樣必須先對史蒂芬妮做報告，重案分析科並未授權警佐這麼大的採購金額。但……史蒂芬妮不大可能同意。只能先斬後奏了，等她收到帳單再假裝和坎布里亞警隊溝通失誤也罷。

「就這樣辦。」他說。

「確定？」

「不確定，但做吧。」

「華盛頓，你到底想幹嘛呢？」

「我猜是找一根救命浮木吧，艾絲堤勒。」

再來他打電話向甘孛詢問下一步所需資訊：當初是誰負責將血液樣本交給快遞？甘孛說可以叫那人過去肯德爾警察局，華盛頓先謝過了，但表示自己還打算去彭里斯鎮找送貨員，所以約在總部見面即可。

穿過M6轉入一般公路時他撥給幫忙照顧艾德嘉的農夫湯瑪斯．修莫，打算下午順道過去。接電話的破天荒是女性。以修莫那種臭脾氣，華盛頓總以為他和自己一樣是情愛絕緣體。

「我找湯瑪斯。」

「請問哪位？」

華盛頓報上身分以後對方遲疑片刻才回答：「請問找他什麼事？」

「想把我的狗接走。出差期間託湯瑪斯照顧艾德嘉。」

「啊，原來如此。好的，五點之後方便嗎？」

「五點後？可以。」華盛頓掛掉後覺得氣氛很怪，那女人聽見名字似乎特別提防，發現自己要找的是狗卻好像鬆了口氣。又一件事情懸在心上，只能按部就班慢慢來。

負責證物室的警員叫做約翰．朗利，是個腿不直的胖子，單單從座位起身就彷彿複習槓桿原理，需要一連串支點與力矩配合，前後搖晃半天才能將身體從高承重座椅撐起來，一拐一拐走到門口讓華盛頓入內。

「打橄欖球的舊傷。」他這樣解釋。

華盛頓不以為然。人類膝蓋本質就是負載體重的鉸鏈，朗利給膝蓋的壓力明顯過大。甘孛也提過，朗利現在只能做些簡單勤務，看是膝蓋先康復還是他先被遣散，因此已經在證物室待了超過一年，對流程十分清楚才對。不出所料，受到質疑時朗利態度尖銳起來。

尖銳就尖銳，樣本從警察到貨運這段是監管鏈裡的重要環節，華盛頓加以查核沒有不妥，不爽的人自己有毛病。

「伊麗莎白．基頓。當初是你將她的血液樣本包裝好交給快遞？」

朗利沒回答。

華盛頓就等著。

後來朗利熬不住說：「我得查查。」

「請。」

朗利緩緩走向休眠的電腦，動了下滑鼠喚醒系統，螢幕一亮奇蹟似地就停在伊麗莎白．基頓的頁面。

查個屁，華盛頓心裡罵道。這傢伙大概聽甘孛說自己會過來就開始緊張了。

「嗯，是我。」朗利將頁面列印出來交給華盛頓，與筆記本上的序號比對之後兩者相符。

「麻煩回想一下流程，從頭到尾，任何細節也別漏。」

朗利開始敲鍵盤，華盛頓看了看發現他竟然只能用一隻指頭打字，除了等也沒別的辦法。好不容易，螢幕畫面切換到警隊針對生物鑑識證據的處理、包裝、標籤、運送所建立的規範。接著三十分鐘，朗利說明每個步驟：一開始經由負責警官——這次就是瑞格——整理表單，記載需要送交實驗室的樣本內容。接著朗利發送電子郵件給貨運公司，安排交遞時間，同時也會告知實驗室準備接收的項目以及證物袋序號。距離快遞人員抵達前十五分鐘，他本人簽署後將樣本取出，與另一位管理人員共同確認序號及袋子密封狀態。由於本案是生物材料證據，朗利在證物袋外多加一層包裝，是實驗室提供的透明防水塑膠袋。封緊以後貼上生物危害警告標誌。

快遞員到達，檢查序號並看著朗利將東西裝進聚苯乙烯材質的箱子。密封後每一面都要貼上生物危害警告標誌。快遞員簽收帶走。

「很好。」華盛頓聽完以後說：「假設的程序講完了，可以談談實際的經過了嗎？」

這問題很不客氣，對方也聽得出話中有話。

朗利聲音一沉：「我姑且當作沒聽見。」

華盛頓卻也沒有讓步的意思。

「這裡是證物室，你自己抬頭看看好嗎，白痴。」

他抬頭一看，有三架監視攝影機，其中一個鏡頭就在傳遞窗口上方。

「再看看那邊。」朗利指著房間深處，還有一臺攝影機：「你不會是第一個自己搞砸之後想要證物室背黑鍋的警察。我們的監視器影像保存五年，甘孛警司授權你隨時調閱。說難聽些，這地方和拉斯維加斯賭場沒兩樣，每筆交易都被盯得死死的，出紕漏的不會是我們。」

華盛頓先低姿態道歉。坎布里亞警隊本來就表現優異，不至於派個沒見識的傻子鎮守重要的證物室。

朗利開了新視窗然後躺在椅子上。華盛頓自己看完他們與快遞交接的過程，確實與紀錄沒有出入。

又一個環節沒指望。

下一站是卡萊爾市的ANL快遞。

根據官網說法，金摩爾園區曾經是軍方的倉儲設施，轉型後成為坎布里亞郡首屈一指的商業地段，面積兩百萬平方英尺，辦公室與倉庫林立。園區位於市區北面，華盛頓從M6公路四十四號交流道下去，接到北卡萊爾都市發展道路，又名A689（西）。上百間公司行號進駐其中，ANL快遞也在裡頭。

華盛頓一下就找到了，事前刻意不知會，假裝自己代表政府進行隨機抽查。國家刑事局的證件足以說服對方配合，找到那位司機並研究他們的包裹追蹤系統。

他停車在本該保留給副經理的車位上，直接走向接待區。盯著螢幕的高挑女子抬起頭，她戴著耳麥，黑色套裝胸前口袋繡有金色ANL包裹圖案，華盛頓的第一印象是這間公司頗具專業形象。

對方比手勢表示再兩分鐘，低頭繼續處理那通電話，聽起來正在接洽訂單。華盛頓找位子坐下，翻閱銅版紙印刷的廣告小冊，從內容來看ANL致力開發本地業務，與公家單位如北坎布里亞大學醫院、坎布里亞警隊以及許多中小企業都有往來。

接待小姐請他過去，華盛頓掏出證件，要求與業務經理談話。

不到兩分鐘他就被請到控制室內，裡頭那位女性對快遞事業的熱忱有點超過華盛頓的承受力。她叫蘿希，非常積極配合警方的「抽查」。

又過了三分鐘，華盛頓開始覺得貨運公司好像也可以放掉了，目前看不出掉包包裹的機會。蘿希的說法是：ANL以彈性快速為考量，快遞員每天路線都是隨機分配。他又詢問包裹轉運途中，是否有可能擱置半小時等待處理。

「理論上有可能。」對方坦承：「但實務上，未經內部處理的貨件就沒有收發路線，所以我想不出什麼條件下會真的發生你說的情況。快遞員沒辦法『安排』自己去收取特定貨物，系統從設計之初就排除這種漏洞。」

華盛頓看著手機讀出朗利在證物袋上標註的ANL追蹤碼：「可以查查這個貨號是誰送出去的嗎？」

「感覺今天不是隨機抽查吧？」蘿希問。

「確實不是。」

她在鍵盤按了按，挪動人體工學滑鼠：「馬汀・艾文斯，那天值班時間比較短，一開始從巴羅法內斯綜合醫院收貨，再送貨到蘭卡斯特，最後把你們的包裹送到聯合科學服務中心。」

「他在這兒上班很久嗎？」

「至少十年。」

「妳覺得他有沒有可能偷換東西？」

「馬汀・艾文斯嗎？呵呵，不可能。」蘿希笑道：「怎麼說才合適呢……波警佐，快遞員不需要太多聰明才智，人品可靠、沒有違規駕駛紀錄就合格。以馬汀的腦袋，點菜大概就是他最複雜的思考活動了。」

華盛頓聽完暗自嘆息，ANL這裡也落空。

下一站，聯合科學服務中心。應該是最後一站，但先緩緩。該去接狗了。

19

華盛頓小時候養過一隻狗，其實是他爸意外收養的前牧羊犬。那時他與朋友出去外頭撿馬栗就會順便遛一下泰絲，走去附近公園才五百碼路，但牠罹患關節炎，所以回家以後會立刻癱在火爐前面呼呼大睡。

當史賓格犬的主人，體驗天差地別。

華盛頓沒見過精力如此旺盛的生物。頭一年艾德嘉只有三種狀態：吃、睡、衝。每次離開賀德威克農場以後移動距離都是預計的五倍，因為艾德嘉似乎沒辦法跑直線，非得迂迴曲折甚至朝反方向奔馳好幾哩，徹底偏離正確路線。

那十二個月，華盛頓差點被艾德嘉氣死。

幸好時候到了狗兒也就成熟了，華盛頓終於體會到為何養過史賓格的人忘不了牠們。與艾德嘉在一起，日子變得有趣起來。牠像個跟屁蟲、喜歡咬華盛頓的袖子，一點風吹草動立刻吠叫提醒。明明敢跳進結冰的溪流卻總不肯乖乖洗澡。華盛頓試了這麼久，還沒找到艾德嘉不吃的東西，但發現牠特別喜歡起司與羊屎，曾經花兩分鐘弄髒全身然後花十小時想把自己舔乾淨。艾德嘉會先跑去喝馬桶水，再走過來滴在華盛頓臉上。還會從主人盤子偷東西吃，想搶回去竟會被牠吼。

但華盛頓就喜歡這樣的艾德嘉。

湯瑪斯．修莫的住處距離賀德威克農場若依直線距離來看不過三英里多，但開車得繞路。以前華盛頓會直接開自己的 BMW X1 進去院子帶走狗兒，不必打擾愛咕噥的老人家。石跡丘陵這一帶情報流通很快，他大概早就聽說狗主人回到坎布里亞。不過今天開的是租來的車，不先打聲招呼或許擋風玻璃就要吃上幾顆獵鹿彈——修莫這人易受驚嚇，隨身帶著一把十二號口徑的狩獵霰彈槍。

所以華盛頓將車子停在可供曳引機通過的道路底端，下車靠雙腿步行。轉了個彎，他察覺氣氛不對勁。

湯瑪斯．修莫的農場往日是名副其實的雞飛狗跳，總是鬧哄哄，此刻竟然一片死寂。他那臺破破爛爛的賓士停在原處，旁邊卻多了三輛車，都小而新，該出現在市區而不是這種偏僻地方。坎布里亞鄉村地帶的汽車就該髒兮兮，不過偶爾得開在荒地上，馬力必須強大。

華盛頓想起先前打電話是個女人接聽，對方沒有表明身分，聽見自己名字還有點戒備，等他說了只是接狗又鬆口氣。修莫該不會惹上麻煩？最近他在丘陵地種田賺得不多，有什麼財務糾紛也不奇怪。那女人搞不好是他女兒，將華盛頓誤認為債主。

總之這次悄悄進出帶走艾德嘉不太合適了，華盛頓猶豫著如何處理才好，最後卻只覺得管他的，又不是沒見過大風大浪的人，索性大刺刺朝前門走去。

這裡與賀德威克農場一樣，多數房舍都以斑點灰岩堆砌而成。應該說坎布里亞郡內靠這一帶所有農家都一樣，選擇實在不多，只有較新的剪毛棚、分群棚、洗羊槽會用上不鏽鋼瓦楞鐵等等現代建材。

前門沒裝鈴，華盛頓盡可能客氣敲門，但沒人應門也沒聽見任何聲響。他將耳朵靠在木頭門板以後再敲敲看，力道放大了些，裡頭總算有些動靜：微弱的說話聲、哭聲以及腳步聲。華盛頓後退一步耐心等待。

一個女人開了門以後不說話上下打量。她看起來與華盛頓差不多年紀，臉頰濕的、眼睛腫的，妝都給哭花了，不過現在情緒還算平靜。

「請問有什麼事？」女子聲音沙啞低沉，彷彿抽了很久的俄羅斯香菸。

「呃……妳好。」華盛頓一向不擅長應付別人的情緒：「我叫華盛頓．波，先前打電話來過。我出遠門會請湯瑪斯幫忙照顧狗，之前電話是妳接的吧？」

對方點點頭。

「湯瑪斯在嗎？方便和他說一聲？」

她搖頭，卻又不解釋。

「他還好吧？」

華盛頓看電視演員的哭戲總覺得演錯了，因為很少有人哭起來是一瞬間爆發，多半是慢慢醞釀到極限，被某件事情觸動情緒，從「勉強能夠克制」跨越到「怎麼也忍不住」的階段。

眼前這位就是例子。

她從鼻尖開始漲紅，嘴角微微抽動，眼睛比方才更腫了。一滴淚順著面頰滑落，然後是第二滴、第三滴，緊接著渾身顫抖啜泣不已，但還竭力壓抑不出聲。

華盛頓別過頭。看人家傷心欲絕的模樣不會得到什麼偷窺快感。一分鐘過去，女子逐漸緩和，他才有勇氣抬頭觀察。一雙紅眼睛盯著自己，他已經猜得到回答。

「波先生，我父親過世了。」

他點頭：「節哀順變。妳是……？」

「維多利亞．修莫，他的長女。」

維多利亞沒再多說什麼，兩人陷入尷尬沉默。華盛頓只好試著找話講：「我沒聽說。是生病了嗎？」

「中風。」

「很遺憾。」華盛頓除了一再致哀也不知道能怎麼辦，直接開口要狗顯得不近人情，這氣氛卻也很難閒話家常。要是緹莉在場該有多好，她大概會直接表明來意，或許隨口就說出每年多少人死於中風。最後來救援的是狗吠——艾德嘉從小穀倉後頭竄出，兩隻邊境牧羊犬尾隨，殿後的傑克羅素㹴腿速是牠們兩倍才追上。發現主人來了，艾德嘉歡天喜地興奮狂叫。

真不會看場合。

維多利亞擠出苦笑：「真熱情。」

一句「不然呢」差點脫口而出，華盛頓暗忖修莫家裡應該還有別的問題，畢竟之前她在電話裡的戒心太奇怪，顯然還有什麼隱瞞，而且與湯瑪斯過世無關。

「唔，」然而就華盛頓的立場此時多一事不如少一事：「妳也別太難過了。在這種時候來打擾真是過意不去，以前我和湯瑪斯交情不錯，他常常幫我照顧艾德嘉。」

維多利亞淺淺一笑沒回話，感覺並不想代替父親繼續幫忙。之後華盛頓得另想辦法，就算要開口也不會挑今天。

眼看華盛頓沒有立刻轉身離去，維多利亞．修莫或許以為他別有所圖，咬緊牙關雙臂環抱瞪了過來：「抱歉，波先生，我現在沒辦法和你討論別的事情。」

華盛頓也盯著她，完全不明白這話是什麼意思。

「就不送了。」她逕自關門入內。

華盛頓看著橡木門板好一會兒才彎腰摸摸艾德嘉耳朵：「唔，挺古怪的對吧。夥計你想吃點心了嗎？」

狗兒抬起頭，褐色眼珠水汪汪的，只是聽見主人聲音就開心成這樣，喉嚨含著一聲低鳴。

「好，走吧，回家去。」

第七天

20

聯合科學服務中心位於普雷斯頓市，早上八點開放，華盛頓打算衝第一。外頭園區很大，他乾脆把艾德嘉也帶過去。實際上應該說是別無選擇，總不能強逼維多利亞幫忙顧狗。

事前他和中心執行長約好九點，但想先看看環境，尤其留意證物處理流程是否有瑕疵。M6公路不算特別擁塞，抵達時間比預期還早了十五分鐘，他就牽著艾德嘉到處遛遛並且觀察建築群，不過沒什麼特殊。

華盛頓在心裡複習擬定的問話策略。想必執行長會很戒備，這間公司的業務有三成來自警方，若被抓到證物污染是有可能倒閉的。然而她也無法躲在律師團隊背後避不見面，那麼做就好像心虛了一樣，依舊會導致警方撤銷所有委託，下場同樣慘。但話說回來，以今天的情況，執行長或許會改採所謂魅力攻勢，為自己公司隱惡揚善。華盛頓倒不很擔心，以前有過調查大企業的經驗。

手機響起，是艾絲琵勒・道爾。

「你要的報告昨晚連夜做出來了。」

「結果？」

她停頓。說好消息的時候不會停頓。華盛頓忽然覺得嘴巴很乾。

「完整報告寄給你了，很可惜派不上用場。你給的樣本與對照組一致，也就是的確取自伊麗莎白．基頓。」

甘孛將華盛頓領進自己辦公室。警司神情疲憊，鬍子也沒刮。他坐下之後就開始轉脖子扭肩膀。

「確定了嗎？」

「嗯。我到聯合科學服務中心的時候，艾絲堤勒．道爾正好也打電話通知。我還是進去轉了一圈。」

有了艾絲堤勒的檢驗報告，其實就沒必要執著於科學中心的監管鏈，他只是預防萬一，但也只證明了那間實驗室確實不只名聲響亮還品質一流。華盛頓只能據實以告。

「反正他們品質好不好也無所謂了，」甘孛說：「那個女的就是伊麗莎白．基頓，代表賈里德．基頓就是被冤枉的。」

華盛頓點頭，想不出其他可能性。

「別過度自責，這種事情不是一個人的錯。警方、檢方、他的律師團，大家都砸鍋。」

甘孛這番話自然無誤，華盛頓不過是巨大機器裡的小小齒輪。可惜媒體不會這樣詮釋，坎布里亞警隊上上下下難以認同，而他自己也無法接受。

「我會去見賈里德，親口告訴他。」

甘孛點頭，但注意力似乎放在別處，就像聆聽著只有他能聽見的樂曲。「獄政單位已經把他調到達拉謨，大概覺得很快就得放人。」

合理。英國獄政慣例是會把即將釋放的囚犯轉調到最靠近出獄後住址的地點。

「已經安排在明天，」甘孛自顧自說著：「瑞格探員會陪同。」

「你料到我會主動提？」

「其實沒有。」

「那……怎麼就安排好了呢？」

甘孛目光終於聚焦，射進華盛頓眼底。「因為，我也想不通，賈里德．基頓為什麼會要求與你見面。」

第八天

21

夜裡華盛頓精神狀態很奇怪：睡著了，卻又知道自己睡著。他不懂賈里德·基頓為何要求見面，清醒時想著，入睡後潛意識也放不下。如果想罵人，又何必選擇監獄會客室那種隱密環境？賈里德那麼重視曝光，當著全世界媒體的面羞辱自己才合乎他風格。

不合理。所以華盛頓開始緊張。

賈里德·基頓這種人做事情必有用意。

華盛頓一大清早醒來，就著水槽和平底鍋吃了早餐，剩的讓艾德嘉舔乾淨。修莫走了，他女兒似乎對自己沒好感，華盛頓別無選擇，找到長期解決方案之前只能先將就，因此儘管他曾經心裡發誓不這樣做，終究是將艾德嘉暫時送去外面的犬舍。

表面上是代表坎布里亞警隊前去會晤，因此由瑞格駕駛。七點鐘他車子開到卡爾頓大樓前面，華盛頓上車關門這幾秒鐘引擎都沒有熄火持續移動。

繞過A66的山路以後順著A1開一小段就是達拉謨監獄。途中瑞格沒講話，甚至沒朝華盛頓那側轉過頭。穿過軍方的沃克普靶場時已經開了三十分鐘，他唯一一次開口只是生硬地回答華盛頓的問話。

「你覺得他為什麼想見我？」

瑞格沒出聲，只是咬著牙，面部肌肉微微抽動。

華盛頓繼續說：「說老實話我有點擔心。」

瑞格終於壓著嗓子吐出一句話。

「抱歉，我沒聽清楚。」

「我是說，我有點擔心。」

雖然有蔑視上級的嫌疑，但華盛頓不想追究。他生氣也是理所當然，另外儘管原因不明確，華盛頓希望瑞格站在自己這邊。

或許他自覺與瑞格有點像。

達拉謨監獄是少數自十九世紀保存至今的古蹟，想當然耳非常老舊。好幾位英國歷史上的凶神惡煞進去過，例如殺人犯羅絲瑪莉・韋斯特、米拉・韓德莉與伊恩・布雷迪，以及黑幫大佬羅納德・克雷、逃獄成功的約翰・麥維卡、弗蘭基・弗雷澤。這些人都曾經關在裡頭。建築物已有兩百歲，囚犯超過千名，人數過多但經費不足，夏季酷熱與冬季嚴寒都危害獄友健康，五十年前就應該廢棄。華盛頓一直覺得達拉謨監獄是英國司法體系敗壞沉淪的血淋淋見證。

不過這座監獄近年被視為高危險建築，也就是說門禁採用最高規格。首先檢查證件，列印通行證，然後接受徹底搜身才能前往公務探訪者使用的套房。「套房」這個詞太美好，實際上只是走道左右兩側各八個不怎麼乾淨的大箱子，有點像第三世界國家販賣山寨藥品的電話中心。牆壁是壓克力板，裡面沒什麼裝潢，只有濃濃消毒水氣味刺激大家鼻子。

他們分配到三號房，左手邊第二間，消毒水與上一組人的體味混雜，華盛頓和瑞格同時皺起眉頭。房間裡有四把椅子一張桌子，都釘死在油漆過的混凝土地板上，除此之外只剩下一個廉價錫製菸灰缸。

會客套房兩側都有出入口。華盛頓和瑞格從訪客側進入，對面連接到監獄深處。金屬門毫無動靜，但他卻挪不開視線。其他房間都空著，接下來露面的不會是別人，必定是賈里德．基頓。

一聲悶響，金屬門開啟，糾纏於昨晚夢境那人終於現身。

賈里德．基頓走到三號房，沒等任何人開口就自己進來並找了空位坐下。起初他和華盛頓瞪著彼此，彷彿瑞格根本不存在。

定罪那日以後華盛頓沒再見過賈里德。儘管他不像審判期間梳理整齊精心打扮，明明經過六年卻風采未減。或許牙齒沒那麼潔白了，金髮也不再由專業造型師而是給監獄理髮師修剪，賈里德．基頓的偶像明星特質並未消失：完美對稱的臉龐，輪廓深邃的顴骨與方正下顎，短鬍碴營造出藝術家的氣息，還有許多人著迷的憂鬱藍色瞳孔。粗獷得不顯陰柔，細緻得能夠觸動所有人，生來註定是電視臺與出版社的寵兒。

被捕前，賈里德．基頓每天早餐前去跑步五英里，在健身房運動一小時。現在肌肉線條沒那麼清楚了，但監獄配發的汗衫藏不住他的胸肌和二頭肌。雖然從他身上嗅得到菸味，但華盛頓知道他不抽。話說回來，監獄裡頭每個人都會沾到菸味，一點也不奇怪。

瑞格清喉嚨準備開口，賈里德卻舉起手示意他先別講話，還露出十分淘氣的笑容。以前每週一次的廚藝節目上，他對那些極盡諂媚的來賓講解複雜烹飪技巧時也會朝鏡頭露出同樣表情。那模樣透露出得意，卻又不會挑起觀眾反感，於是霸佔許多雜誌封面或報紙跨頁，甚至有記者以「能得獎的笑容」稱之。

賈里德轉頭望向華盛頓。

「開始之前，波先生，你有話想對我說嗎？」他造作的法國口音竟然沒被監獄嚴苛的環境磨掉。

華盛頓沒講話。原本準備開場就道歉，承擔一切後果。賈里德被冤枉，有權利發火，畢竟自己單憑直覺硬生生奪走他和他女兒六年歲月。

問題是，氣氛不對。

如果賈里德面紅耳赤暴跳如雷破口大罵……那就沒錯了。但他沒有，反倒像條響尾蛇，隨時能撲上前。

兩人就這樣默不作聲緊盯對方。

好一會兒以後，確定沒人會開口，瑞格忍不住跳出來，花了三十分鐘解釋警方開始搜捕綁架伊麗莎白的犯人、著手處理可能有冤情的這樁案件，刑案審查委員會很可能協助提起上訴。

賈里德的目光沒離開過華盛頓。

想必他早就從律師團口中得知一切。瑞格絮絮叨叨說完，滿臉期盼望過去，但賈里德那神情像是完全沒在聽。

「基頓先生，請問有沒有疑問？」探員問。

對方看也不看他一眼，卻重複了三十分鐘前同樣一句話：「波先生，你有話想對我說嗎？」

事已至此，華盛頓再悶著也不是辦法。

「基頓先生你的經歷很特殊。」旁人一聽就明白：他沒打算道歉。

賈里德眉毛一挑，笑得更加燦爛。

瑞格則是眉頭緊蹙。「我想他的意思是——」

賈里德手一翻又要他住口，盯著華盛頓卻說：「瑞格探員，他沒說錯，我確實經歷特殊。」

瑞格吞了口口水。

「你們懂得被當作殺人犯、受到親朋好友唾棄是什麼滋味？能體會身敗名裂，失去畢生心血是怎麼一回事？不知探員是否能夠想像。」

瑞格搖搖頭。

華盛頓在旁邊看著，心裡只有佩服。賈里德·基頓太懂得操縱人心的祕訣，連瑞格這種見識過無數訊問的老手竟然也震懾到嘴巴合不攏難以置信。

片刻後瑞格回過神說：「可是基頓先生，你笑了。」

賈里德轉頭望著他：「是嗎？」

「是。」

「大概因為我開心吧，瑞格探員。正義即使遲來了六年依舊是正義。」

這次換瑞格不答腔。

賈里德又回頭朝華盛頓眨眼，一點掩蓋的意思也沒有。

「又或者是因為，我知道接下來事情會怎麼發展。」

22

「波警佐，你異常安靜呢。」

華盛頓也能對瑞格說同一句話，但這是回程途中瑞格初次開口。他已經偷偷打量華盛頓將近半小時，似乎少看兩眼都沒法安心，上A1之後手指就一直在方向盤上輕輕敲打，很明顯是受到賈里德・基頓那種強勢男性形象的刺激了，於是之前那種惱怒消失，取而代之的是沉思。華盛頓非常理解——自己與賈里德初次會面後也是這個精神狀態。對方就是有這種魔力，無論何時何地何種場合都能取得當下的主導地位。他是被定罪過的殺人犯，瑞格是個經驗老到的警官，但兩人身分差距無用武之地，賈里德只是翻一下手就彷彿閹割了他，令瑞格沒有插嘴餘地。

「安德魯，你別被他趁虛而入。」

瑞格抓著方向盤的手忽然收緊，指節微微發白。「你說誰趁虛而入？」

「賈里德・基頓。別被他牽著鼻子走，否則會很難擺脫。相信過來人。」

瑞格轉過頭，瞇起眼睛怒問：「華盛頓你他媽以為自己是誰啊？」

他不講話。

瑞格指著他：「給我聽清楚，我可沒怕了賈里德・基頓那傢伙。」

「瞭解。」

「懶得理你。」瑞格的手回到方向盤，眼睛直視前方，但嘴角仍微微顫抖。

「當然。」華盛頓並不在乎當沙包給瑞格充面子，自顧自翻開筆記本寫下想法，寫完以後讀一遍，意識到有什麼地方不對勁卻一下子說不上來，只是異樣感在腦海揮之不去。重新讀一遍以後總算明白了，想不到自己竟會錯過這樣明顯的事情，人家賈里德可根本藏也不藏。他瞟了下瑞格，瑞格還在氣頭上，但有些事情不能等。

「你印象中，賈里德．基頓問過女兒的事嗎？」

瑞格轉頭，但沒再罵人，畢竟還是個稱職警官。「說真的，沒印象。」

華盛頓很肯定賈里德根本沒認真提起過女兒，完全不在乎她現況如何。即使瑞格說到警方搜索綁架犯，他也完全不想知道後續，反而一臉厭煩的樣子。

「不覺得很奇怪嗎？」

「幾天前父女通過電話，」瑞格說：「也許他安心了。」

「也許。」

華盛頓曾經向瑞格和甘孛解釋心理病態職業排名，名廚高居第三位，但那也只是方便解釋而已，就他所知賈里德．基頓並未接受正式診斷。事實上他拒絕所有求刑前的就醫機會，最後法官求處無期徒刑，得報假釋期二十五年。

全部拒絕，或許是因為他知道結果。

那又如何？身為重案分析科一員，華盛頓很清楚數據，全人口裡高達百分之一都符合所謂心理病態標準。很多人下意識將心理病態等同連續殺人犯，原因不過是好萊塢濫用精神分析名義硬生生貼上的標籤。真相是即使被診斷為心理病態，絕大多數病人依舊是守法公民，與其他人和諧共存於同一個社會。

所以華盛頓對賈里德・基頓是個心理病態毫無懷疑。除了他符合所有特徵，心理病態還能解釋為何他事業成就非凡——為了爬到同業頭上，他會不擇手段。

不過也正因為想達到目的，賈里德・基頓必須隱瞞自己的特殊人格，做法就是精通如何偽裝出內心欠缺的那些情感情緒，好比色盲明明不知道紅色是什麼卻能理解紅綠燈的意義。可想而知，他經過反覆練習才像現在收放自如，即使自己沒有同理心也能在需要的場合演出來，與旁人同時大笑，聽別人聊小孩聊天氣聊休假都一副津津有味的模樣。賈里德心裡覺得別人講話無趣、將所有人當作牲畜，卻沒有人能夠察覺。除非他有求於人，否則在他眼裡無論誰都不具存在意義，能得到他關心單純因為還有利用價值。

就華盛頓看來，賈里德・基頓對人心的操弄已臻化境，完美拿捏了旁人的渴望欲求。

正因如此，忘記對女兒的慘痛經歷表現出虛假同情更為突兀。他應該演出憤怒，應該隨口發誓要綁票犯付出代價，應該將失能瀆職的警察炮轟得體無完膚。

為什麼他要脫下假面？

答案顯然是：故意的。但只衍生出下一個為什麼。

手套櫃傳出嗡嗡聲打斷華盛頓思緒。他將手機忘在裡頭，因為即使是國家刑事局的人也不准帶手機進入監獄，直到機身震動他才想起。

看了號碼，是艾絲瑅勒．道爾。「是我。」他接聽。

「你要的檢驗做完了，」艾絲瑅勒還是一副菸嗓。

「謝了，老闆。」他不想透露甘孛私下要自己複查驗血結果，畢竟瑞格還不知道都已經氣呼呼成那副德行。

「你不方便明說是吧？」

「嗯。」

「華盛頓你打什麼鬼主意呢？」

他聽得出對方話語藏著笑意。「老闆妳那邊有什麼消息？」

「海洛因檢測是陰性。畢竟只在體內停留幾小時，沒什麼意外。」

「確實預料內，但還是謝——」

「親愛的，等我說完如何？沒找到海洛因，但有些東西不對喔，跟你提到被害人經歷的苦難折磨有矛盾。」

華盛頓身子一緊：「然後？」

「如果沒用上液相層析質譜儀確實不可能發現，但既然刑事局願意撥出四千英鎊費用……」

華盛頓一聽差點噎到，他都忘了那玩意兒多貴。「我們找到樣本之中的異常了，起初看似四氫大麻酚。如果是的話，至少和你描述的事情經過還算兜得起來。」

「是嗎？」

「四氫大麻酚代表曾吸食大麻，大麻比起海洛因會在體內停留較久，如果能偵測到藥物大概也就是這個成分。」

「結果並不是……對吧？」

「的確不是呢。換成普通的病理學家說不定不會發現，但你也知道我並不是普通的病理學家。那不是四氫大麻酚，而是完全不同的東西。分離蛋白質重新檢驗以後，發現是一種只能在夏塊菌裡找到的物質。」

「『夏塊菌』？」華盛頓不在乎說給瑞格聽，因為想必他同樣聽不懂。

「就是夏季黑松露啊，華盛頓。一磅松露比一磅黃金還貴的那個黑松露。」

「意思是——」

「別裝傻了，華盛頓。意思是『伊麗莎白．基頓』走進奧斯敦圖書館前不久才吃過最頂級的珍饈。」

23

華盛頓繼續隱瞞對話內容，壓住真相不讓瑞格察覺。還沒想好下一步。

伊麗莎白．基頓若能在前往奧斯敦圖書館之前吃到黑松露，可能解釋有兩種：或許她被世上難得一見的美食家給綁走了，再不然……就是她從未淪為階下囚。

華盛頓不怎麼相信她會正好被饕客綁走。

賈里德．基頓對女兒處境毫不關心的原因也明朗了：他始終知道伊麗莎白人在何處。

有其父必有其女……

更進一步的問題在於：既然伊麗莎白沒被綁架，他們兩個究竟有什麼詭計，還願意為此拋棄六年光陰？背後存在怎樣的動機？

而且與他有何干係？賈里德顯然衝著自己來，不但要求會面還用那種玄之又玄摸不著邊際的言語刻意提醒。華盛頓知道對方要釣自己上鉤，但還想不出謎題的解答。

該是與伊麗莎白．基頓談談的時候了。他向瑞格提起。

「為什麼？」

搪塞的說法華盛頓當然已經想好：「害她遇上那種事總該去道歉，也想瞭解一下爸爸沒問起女兒是否有什麼隱情。」

本以為瑞格會拒絕，理由都幫他想好了——伊麗莎白還很敏感脆弱，此刻與將她推進六年地獄的人見面會刺激過甚。

但，瑞格沒有，因為他連拒絕的立場也沒有。

「伊麗莎白不見了。」

「『不見』是什麼意思？」

「我們聯絡不到伊麗莎白．基頓。最後一次談話之後家庭聯絡專員開始找不到人，受害者扶助組織那邊全部爽約，也沒有去過烏荊子與黑刺李名下的親屬安置設施。抱歉，我們目前無法確定她人在何處。」

瑞格繼續說了些什麼，華盛頓已經自顧自將思緒轉到另一個方向。不合理，伊麗莎白為什麼又要鬧失蹤？除非……除非賈里德．基頓那番莫名其妙的說法就是指現在這情況，可是還是看不出意義何在。加上這計劃橫跨六年時間，他為什麼自認能夠掌握得精準？

能確定的還是有一項：無論這對父女打什麼鬼主意，他們沒打算讓華盛頓好過。就像潛藏渾水中的鱷魚，明知道威脅存在，卻又看不清方位。

發現伊麗莎白去奧斯敦之前吃過黑松露完全是走運，恐怕就是個無心之失。而且這事情太細微，法律層面而言毫無意義——賈里德因女兒死亡而遭到定罪，但女兒還活著已成事實，是否遭到綁架影響不大，殺人罪名難以成立。

所以賈里德．基頓可以獲釋。華盛頓知道屆時自己會碰上大麻煩。

他還知道眼下這狀況不能再拖，必須丟出王牌丟出核彈。於是解鎖黑莓機，輸入一行訊息化作電波傳送。

這六個字絕對不在賈里德・基頓算計之內：**緹莉，我有狀況。**

24

華盛頓認為此時此刻必須回到原點。賈里德・基頓這個人他自己調查過，但這回得改採國家刑事局的模式：挖得更深，建立完整心理側寫，徹底掌握他的思維與動機，篩選出他爬上美食界巔峰路上會傷害的有誰。只有那些人願意說出別人不敢講的真相。

包括他的女兒在內，儘管之前伊麗莎白是以被害者而非共犯身分接受調查。華盛頓一向篤信「任何人都有祕密」，伊麗莎白顯然還有很多事情沒能公諸於世。不知道查下去會是怎樣一番光景。

回去賀德威克農場途中，華盛頓計算了緹莉移動所需時間。他知道緹莉一定會過來，現在兩點鐘了，訊息是三十分鐘前發送。假設她立刻點開閱讀——這假設不誇張，緹莉是個手機不離身的人——大概隔天傍晚才能到，因為現在的緹莉已經不能說走就走，工作必須交代好，最早動身約是明天午餐時段。也好，華盛頓可以先張羅那些他覺得古怪的麵包與口味特殊的茶包。

去犬舍接回艾德嘉以後一人一狗返回農場。離開卡爾頓大樓前他列印一份原始調查檔案副本，就是初次見面時瑞格手上的資料。為了用影印機還向甘孛借了員工證號碼。不知道裡頭內容是否齊全，完整資訊通常得存在硬碟內不能隨便外流。華盛頓懶得管那麼多，最糟狀況就是違反資訊安全規範，罰就罰吧。緹莉到之前，自己得先好好熟悉其中細節。

到家已經過四點，他做了個炒蛋三明治吃掉，多的食材又進入艾德嘉肚子。也不知道還有多少機會能餵牠。

大風暴何時來依舊不得而知，天氣從下午晴朗到黃昏，一股夏季的芬芳四處瀰漫。這麼舒服的日子不多，華盛頓就去外頭院子乘涼，桌椅擺好就著光源之後坐下。加壓處理過的沉重戶外家具當初買來是融入自然的淡綠色，但將近兩年風吹日曬以後變成外層覆蓋著漂流木的漂亮銀灰光澤。

他將文件攤開在桌上，地上隨手撿來的石塊充作紙鎮。艾德嘉好奇主人這兒有什麼好玩不斷左右繞圈，周圍綿羊群一直盯著看。

華盛頓用袖子擦拭眼鏡，快速瀏覽了檔案梗概。現場照片惹人注目，但既然知道是障眼法了，他就自我克制以免浪費時間鑽研假象，稍微瞅一眼喚起記憶便擱置。

病理學家的報告他也跳過。最初當作綁架處理時，病理學家的說法是血液量並不足以致死，但後來從高風險失蹤人口轉為謀殺案偵辦時，他竟然改口說其實足夠。顯然這位專家只是見人說人話，換作艾絲瑅勒·道爾的話可就不同，她才不管自己的判斷是否符合警察當下的推論，有一分證據說一分話。

華盛頓從伊麗莎白失蹤那週前的氣象報告看起，而且預計要緹莉再幫忙確認一次。父女檔最初有什麼打算目前不得而知，但感覺沒有完全按照計劃進行，當年的強烈寒流或許是個重要因素。

接著又有兩份文件放進「待確認」名單中，一個是賈里德．基頓購買去骨刀、大菜刀、屠宰鋸的訂單，以及實際到貨的時間差距。或許賈里德假裝粗心，不過華盛頓仍希望緹莉幫忙檢查，從新角度檢視舊證據無論如何都是好事一樁。

真正有興趣的是證人證詞，很可能在這裡挖到金子。他們都和誰講過話？又沒和誰講過話？有沒有人問了不該問的問題，或者在該問的問題上給出不對勁的答案？

華盛頓並不奢望直接從檔案得到具體結論，畢竟蹊蹺太明顯的話六年前自己也該發現才對。倒是可以整理出名單，看看自己第二波要找的人有哪些。

排除現在可忽略的文件，挑出需要重新審視以及自己早已熟悉內容的部分，他切入最後的新領域：有些東西今天第一次接觸。

主要都是判刑確認後的資料。其中有殺人犯跨單位風險評估小組的會議紀錄，華盛頓立刻翻開看，因為是賈里德．基頓被判無期徒刑之後的第一步動作。會議地點就在達拉謨監獄，與會者有之前與之後會經手本案的各方人士。名字很多，有些認得有些陌生，他從名單找到專門負責賈里德．基頓的獄警，這也是鎖定目標之一。達拉謨是分散式監獄[17]，而且賈里德在裡面並沒有待太久，但負責獄警總能觀察囚犯入獄頭幾天的狀態變化。另外也要設法取得賈里德在監獄裡的各種紀錄，尤其得查查過去六年內有誰申請會面。

華盛頓盡可能多讀，可是眼睛總是會酸，不得不休息。文件他就擺桌上沒收，走向小屋順便在狗碗撒了一堆狗糧，也給自己來了杯啤酒。

後來他坐在外頭看夕陽，天光隨著日落黯淡，化作石榴色雲霞。華盛頓點一根菸，賀德威克農場的靜謐與踏實正是心中所愛，今天這種暮色能化作靈魂的補藥。太陽被地平線切成兩半，古老荒野就是他稱之為家的地方。華盛頓暗忖自己不能繼續餵養餓狼，自怨自艾並非母親所願，更談不上回報她所做的犧牲。

香菸燒完，天空也從爐子餘燼的顏色變成覆蓋萬物的黑，幽暗中還能看見的只剩下荒原輪廓。華盛頓將文件疊好就走進屋子。

簡單做了乳酪吐司當晚餐，他在沙發上伸懶腰，把判斷為關鍵的紀錄再拿起來細讀。艾德嘉跳過來挨著主人，轉三圈以後翻倒在坐墊上，沒過多久就打呼。

「過得真悠哉。」他悶哼。但也不能怪狗兒，自己眼皮也好重，將近午夜時開始打瞌睡，趁還有意識就關了檯燈。華盛頓不想驚醒艾德嘉也懶得爬上樓，連刷牙也拖到早上不遲。

睡眠環境好得不得了：艾德嘉的輕鼾、柔軟的沙發，還有煦煦和風從打開的百葉窗吹入。華盛頓闔上眼睛，儘管腦海中千絲萬縷還是幾秒鐘就沉入夢鄉。

三小時後艾德嘉卻低吼起來。

⑰ 用於關押最危險的人犯。

坎布里亞不是闖空門的好地方。理論上地廣人稀應該方便下手，有些住家距離警察局一小時以上車程，還有很多掩蔽能夠利用。安裝現代保全系統的居民少之又少，有些人連自家大門都不鎖。

然而想闖進別人家要面對兩大麻煩。

首先是狗。鄉下地方多數人至少養一隻，地方空曠造成狗吠聲比起市鎮傳得更遠。小偷拿著工具靠近窗戶時很可能早就有人守株待兔，手裡還有把上膛的槍。

槍就是第二個麻煩——很多居民合法持有霰彈槍。

挑錯對象的話，輕則被邊境牧羊犬狠狠咬住腳踝，重則身上直接被轟出蜂窩。

艾德嘉不擅長看家，史賓格犬天性不合適。杜賓與德國牧羊犬這種大型犬培育之初就是為了攻擊獵物或引開猛獸，但史賓格犬屬於激飛獵犬，負責在狩獵中追趕與啣回獵物，因此體型小動作快，遇上狼或熊之類的對手無法構成什麼威脅。幸好先天不足可以靠後天彌補：艾德嘉不太懂得如何保護地盤，卻正好很愛管閒事。

華盛頓記不得自己多少次夜裡被牠吵醒。通常是綿羊。牠會吼幾聲，但大半不肯離開沙發或床，只要讓對方知難而退就夠了。

沒想到今夜起身，竟看見艾德嘉站得直挺挺肌肉繃緊。牠瞪著正門持續低鳴，且耳朵尾巴甚至頸毛都豎得高高的，嘴巴打開露出獠牙，渾身纏繞一股凶氣。華盛頓從未見過自己的寵物有這種表現。

外頭有動靜。「艾德嘉，知道是誰嗎？」

狗兒只轉身看他一眼，立刻回頭盯著門口不放。

華盛頓悄悄起身，不想驚動對方，在黑暗中摸索到廚房，從水槽邊取了先前削乳酪吃的刀，然後緩緩挪步到門口，另一手按住艾德嘉腦袋。狗兒會意停止低吼。

他調整呼吸，心想艾德嘉的聽力與嗅覺同樣好，所以現在他無法判斷門外那個人距離多遠。或許就在門板前面，卻也有可能還在半英里外。

但艾德嘉又突如其來仰起頭小小叫了聲，鼻子左搖右擺捕捉氣味，連尾巴都開始晃，顯然是個牠見過的人。

華盛頓看看手錶。誰會半夜三點跑來這種地方？湯瑪斯・修莫過世之後，坎布里亞郡內與艾德嘉能談上有交情的就剩下甘孛了，修莫家的長女維多利亞或許也算，可是幾乎能肯定不是他們。

忽然咚了一聲，似乎是當作紙鎮的石塊砸到椅子，代表外頭那人已經在桌子邊。

「嗷嗚——」

這是跟我開玩笑嗎……

華盛頓忍不住嘴角上揚，艾德嘉也歡天喜地拚命轉圈像發瘋了一樣。

「波？波？醒著嗎？」

艾德嘉叫得更大聲。

外頭聲音停下來。

「啊，艾德嘉，我有帶你的點心喔。」

緹莉．布雷蕭找到他的時間，比預計早了十五個鐘頭之多。

25

「嘿，波，我收到訊息了。」緹莉表情羞怯中有點期盼。

華盛頓按下門邊燈開關，緹莉伸手遮住眼睛。她如往常穿著工作褲與運動鞋，羊毛衫下也依舊是超級英雄圖樣的T恤。剛進入刑事局時史蒂芬妮就跟她解釋過儀容規範，但緹莉覺得這很蠢，還直接說出口。

幸好史蒂芬妮也是聰明人，明白有些事情再怎麼辯也是白費唇舌。聘用緹莉．布雷蕭又不是看上她的服裝品味，而是要她發揮全國最強大的資料分析能力，解開別人看不破的謎團。人盡其才，各有千秋。

緹莉手裡拿著手電筒和裝在透明塑膠盒內的地圖，身上還有大背包與一頂毛帽，綁了兩根辮子。

華盛頓一頭霧水呆立原地，艾德嘉倒是自顧自地撲過去。緹莉見狀樂得尖叫，蹲下來給狗兒一個熊抱又用力搓脖子，接著從外套口袋掏出牛皮骨給牠：「好想你喔，艾德嘉！」

「搞什麼呀，緹莉……妳為什麼會在這兒？」

她一聽笑容垮了。「你不希望我來嗎？」

「當然希望，但不是凌晨三點！外頭伸手不見五指，妳一個人摸黑走山路在想什麼啊？」換作華盛頓自己，因為熟悉地形，腦袋自然能判斷各個溝壑的位置甚至每塊岩石的形狀。即便如此，山區草原白天平靜，晚上則危機四伏。「天黑以後連我都不會在這片山上閒晃。」

「華盛頓你睜眼說瞎話耶，」她呵呵笑道：「明明常常夜裡回家，還大半都喝醉了上山。」記憶力強的人真討厭。

「我知道路啊。妳又不知道，」他反駁：「迷路了怎麼辦？」

緹莉擺出經典表情，舉起手電筒和地圖，再從口袋掏出羅盤。「我又不笨。」真的是在開玩笑吧？地圖，羅盤？多少人帶著這兩樣東西還是葬身群山之間，有的墜崖、有的迷途、有的不敵天候驟變……想到這兒他閃過另一個疑惑：「緹莉，妳什麼時候學會了看地圖？」

她笑道：「下午啊，Google了方法，上山前買了羅盤。手電筒是新車附贈的所以不用準備。」

華盛頓大口嘆氣，感慨這年頭為什麼會有一堆野營活動用品店，好多初生之犢拿著羅盤就自以為熟門熟路勇闖英國各地極端地形。「這樣啊……」話說回來緹莉・布雷蕭的智商比史蒂芬・霍金還高，如果有人上網就能學會正確的地圖判讀那也非她莫屬。只不過緹莉對自己太過關心，這份情誼會害她惹上不必要的危險。

「對，而且你別嘮叨了，會去學怎麼看地圖只是備案。我老早就給賀德威克農場做了衛星定位標籤，所以跟著手機就能找到，根本不需要地圖。」

「手機？」

「對啊，手機。我去什麼地方都會先設地理標籤，你沒有嗎？」

華盛頓搖頭。先別說他根本不知道地理標籤是什麼玩意兒，就算弄明白了也未必懂得怎麼操作系統。

「既然不需要，幹嘛把地圖拿在手上？」

她目光閃爍。「想拿著而已。」

很明顯緹莉隱瞞了什麼，但華盛頓不想打破砂鍋。反正吵也是白吵，緹莉邏輯比他縝密太多，一定她吵贏——就算錯了她也能說成對的。

「你沒生氣吧？我用最快速度趕到，在旅館辦好入住手續就直接走上來。」

他沒生氣，應該說怎麼有臉生氣，是自己請人家來幫忙，而緹莉真的拋下一切趕到。問題是有別人會生氣，因為這樣看來緹莉沒在辦公室交代清楚就跑了，史蒂芬妮得找人接手工作，一定會怪在他頭上。華盛頓將心中顧慮說出來。

「偵組督察史蒂芬妮．弗林今天都是外出行程，所以我留言說你這邊要人幫忙。」

「但妳不能這樣——」

「她說沒關係啊。我買帽子的時候她打電話過來了。」

「真的？」華盛頓很訝異，緹莉．布雷蕭可是她的祕密武器，科裡多數案件都要仰賴分析師團隊。

「嗯，她本人的說法是：『好吧，緹莉妳就去坎布里亞一趟，把我們的警佐從那坨狗狗排泄物裡撈出來。』不過科長沒用到五個字，只用了兩個字。」

這還差不多。華盛頓覺得緹莉大概讓史蒂芬妮別無選擇，而且就像服裝規定一樣不必浪費口水。緹莉．布雷蕭這人一旦打定主意就直接忽略反對的人，與她較勁反而還要苦惱如何處分。

他忽然意識到兩個人在外頭站了快五分鐘。

「唉，傻丫頭，快進屋裡吧。我去燒開水，妳最好自己帶了茶葉來，我以為妳明天才到，還沒下山買東西。」

「為什麼呢？」

「就……不順路。我想妳上次帶來的家裡還有剩一些吧，翻翻看應該——」

「我是說，為什麼你覺得我會明天才到？不是下午發的訊息嗎？」

「覺得妳總得先把辦公室搞定。」

緹莉抿起嘴，一副很悶的樣子。「假如是我發訊息找你幫忙，你會等到隔天？」

說得對。立場顛倒的話，華盛頓同樣會先斬後奏，上路才打電話向史蒂芬妮報告。緹莉是他的摯友——但他偶爾會忘記自己也是她的摯友。

「所以？」他問。

「所以什麼？」

「妳那個味道奇怪的茶包，自己到底有沒有準備？」

緹莉咧嘴一笑。「有。邊燒水邊聽你說明事情經過吧。」

華盛頓說了去監獄會面的經過，提起賈里德．基頓那番含糊不清的說詞、艾絲堤勒．道爾在藥物檢測中發現的異樣，以及伊麗莎白．基頓二度失蹤的現況。

中間緹莉都沒打斷，靜靜聆聽並從背包取出筆電整理想法。她沒有提出任何質疑，華盛頓知道這是緹莉的標準做法——先將能蒐集到的資料全部拿到手。

倒了第二杯茶之後，兩人都認為凌晨四點的腦袋不適合分析案情，決定先安頓好緹莉的行李。

「妳都帶什麼來啦？看起來很重。」

緹莉一副得意模樣，打開背包又拿出兩臺筆電、五顏六色粗細不等的纜線，還有像是小型投影機的裝置。她全放在廚房長凳上，又回頭在背包翻找。「有啦。」

一個深藍色扁平小盒擱在沙發旁邊桌子上，開了檯燈以後華盛頓終於看清楚。緹莉眼睛亮了起來。「好啦！」

華盛頓沒講話。

「覺得如何？」

他是挺好奇的，眼前這物體有不鏽鋼接頭能接線，頂端好幾條一吋深的冷卻槽，可是自己猜半天大概也猜不到實際用途。如果外殼是卡其綠，他會以為是電池——華盛頓待過英國陸軍黑衛士軍團，那些年常在通訊兵手裡看到類似的東西，專供代號「宗族」（Clansman）的無線電使用。可是緹莉又拿出兩支天線、一個盤子和一根長條。他看得糊裡糊塗，只能聳聳肩。

緹莉板著臉說：「你居然不知道這是什麼嗎！」

「真的不知道。」

等她咯咯笑，華盛頓才意識到自己被誆了。緹莉早算準他不可能懂這些。

「還記得上次在這裡做事為什麼很不方便嗎？」

「沒網路？」

緹莉點頭。「說得好！這是手機訊號的強波器，只要找到最近的基地臺，放在旁邊的建築物，它就能截取訊號然後發送到這邊的訊號中繼放大機。」她舉起另一個裝置。「這樣我在屋子裡也能正常運作。」

「這麼厲害？」華盛頓總是佩服別人的科技水準，但並不覺得自己需要發展這一塊。

「沒錯。」

「這些東西總共多少錢？」

「全部加起來不到六百鎊。」

「聽起來很划算。」

「是吧！」

「但為什麼要帶這些來？」

緹莉搖頭道：「你找我過來應該不是看上我的社交長才吧？」

看來所有裝置都指向網際網路。上次大家躲在賀德威克農場分析案情，她試著用了什麼「熱點」，總之能分享手機的網路訊號給電腦。問題是速度很慢，顯然這裡太過荒郊野外，頻寬非常低，想收的東西不是簡單文字檔的話緹莉寧可下山用旅館的免費WiFi。

「有這些東西我就能在山上做事了。還有印表機什麼的先放在旅館，目前這樣就夠了。我知道你說可以等早上再開始，不過呢……波，現在已經早上了喔。」她看看手機說：「早上四點二十二分。」

下午兩點收到訊息，十三小時後抵達賀德威克農場，期間放著辦公室業務不處理，跑去買了一堆莫名其妙的電子設備和野外用品，學會看地圖、行車悲傷三百五十英里，還扛著大背包在崎嶇危險的荒原徒步兩英里。

無畏夜色。

此刻她又說要立刻開始辦事。

太誇張了。

基頓父女絕對料想不到自己碰上怎樣的對手。

第九天

26

「波……」

「波……」

「波……」

同一個聲音不死心持續糾纏，他覺得自己已經聽了好一會兒，努力撐開惺忪睡眼，面前有個朦朧身影。

緹莉．布雷蕭的臉距離不到六吋。華盛頓嚇得往後縮，對方也是。

「搞什麼……」

「懶骨頭快起床。」緹莉朝沙發上華盛頓旁邊的空位擠進去，他連忙收起雙腿騰出空間。艾德嘉跳上來朝她脖子猛蹭。

「緹莉……現在幾點？」他只記得自己坐在沙發，看緹莉照自己計劃執行什麼資料庫診斷連接的東西，後來雖然有對話但完全是單向交流，華盛頓唯一能做到的就是別睡著。顯而易見他沒有熬到最後，不知道究竟睡著多久。木頭百葉窗縫隙間射進光線，屋內一半亮得像舞臺。時值盛夏，這海拔的日出相對更早。

「五點半嘍。」

華盛頓發出呻吟。這不才睡不到一小時嗎。

緹莉一副精氣神飽滿的樣子。「我想了想該怎麼找出規律建立規則。」

「我也想啊。」

「現在問題是，雖然有資料，類型卻不對。」

「我的天……緹莉，等我清醒，先泡個咖啡。」

她瞪大眼睛，華盛頓見狀連忙道歉。畢竟也不是人家害他睡著。

「沒關係的，波。你壓力一定很大。」她伸出手，笨拙地拍拍華盛頓的頭。

「呃……唔，大概。」

「知道你習慣喝咖啡，已經先幫你煮好了。」她說完就遞上杯子，液體幾乎滿出來，飄出熱騰騰蒸氣。

「很好喝呢，緹莉。」她自己不喝咖啡，應該抓不準濃淡，可是這杯味道居然很不錯。暖了肚子以後華盛頓開始思考剛才她講過的話：資料類型錯誤。才要開口問清楚，緹莉忽然將話題帶往令人心煩的方向。

「波，我安排了十一點鐘和偵緝督察史蒂芬妮·弗林做視訊會議喔。」

「妳什麼？」

「我說我安排了——」

「妳幹嘛那樣做呀？」華盛頓本想自己一早先打電話過去解釋情況，這下子反倒變得好像他想避不見面。

「是科長開的條件，每天都要做報告。她說她要監督調查內容，確保我們遵守重案分析科的內部規範。」

華盛頓聽了一愣。這句話比較像緹莉，而不是史蒂芬妮。「她本人的說法是？」

緹莉兩頰一紅。

「『華盛頓以為自己一個躲在那邊就家裡沒大人了嗎？他頭腦最好清楚點。』」

「只有這樣？」

「就這樣，嗯……她不只說『他』啦，還有『媽』，和『的』。」

「真是個文明人。」

「要開始了嗎？」

「來吧，緹莉，把石頭都挖起來，看看底下藏了什麼不可告人的東西。」

她點點頭：「說得好。」

喝茶吃吐司時，華盛頓問了個緹莉露面之後就不知道該不該提的事情。

「妳媽媽知道妳過來我這邊嗎？」這種問法有點傻，但他不得不確認，因為布雷蕭太太有他的電話號碼。雖然緹莉實際上只比華盛頓小幾歲，在她母親眼裡這女兒就不該離開學術界去什麼國家刑事局。

「知道啊。」

華盛頓聽得出弦外之音：緹莉並沒提到母親是否贊同女兒為了結果難料的外務孤身北上。上回兩人在坎布里亞郡的經歷就……太多不必要的刺激，竟然要緹莉拉他逃離起了大火的房子，兩人身上都多了幾道疤痕。

「然後？」

「就不太高興。」

「她實際上怎麼說？」

「說你沒資格做那種要求，而且一定又會害我碰上危險。」

「妳爸呢，什麼反應？」

「『華盛頓．波那傢伙他ㄇ——他人很好呀』這樣。」緹莉回答：「然後就被我媽唸了一頓，要他別講粗話。」

聽完以後華盛頓苦笑。緹莉的父親他只見過一次，是個焊接工人，典型的藍領，非常好相處、也很愛妻女。話說很難理解這對夫妻的基因怎麼能拼湊出面前這位天才。

不過緹莉變了很多。頭一次見面，華盛頓和她立刻不對盤，因為一個幾乎是盧德主義者[18]，另一個則是學歷超高的生活白痴。沒想到……後來化學效果很不錯，於是雙方態度都有所軟化。

---

[18] 十九世紀反對工業革命、毀壞紡織機的人。

華盛頓還是對數學科學這些東西非常無感，但緹莉不再因此生悶氣。她的社交言行還是很可怕，華盛頓也不再逐一嘮叨糾正，反而有些樂在其中了。緹莉能叫人尷尬卻也能令人感動，她有她獨一無二的面貌，華盛頓並不希望她變成別人。

話雖如此，緹莉已經能擺脫身上一些稚拙，比方說交談時不會牢牢盯著對方眼睛，不會常常提起排泄相關話題，也不會總是用「猜一猜」[19]當句子開頭。甚至她自言自語到一半，可以發現華盛頓眼神逐漸渙散。

以前即使華盛頓聽到睡著，醒過來會看見她還對著自己一股腦兒講個沒完沒了。

[19]《蝙蝠俠》漫畫中反派「謎語人」的口頭禪。

27

緹莉將所有筆電打開，一臺連到國家刑事局內部網路，一臺開著Google首頁和她的筆記，還有一臺是華盛頓沒見過的奇怪搜尋引擎，說不定用來搜尋暗網？他想著發電機燃料得多備點貨，緹莉這工作模式消耗很快，而且有個風暴即將來襲。

「要不要趁著還沒和科長連線，先整理一下目前的線索？」

「好主意。」要是在上司面前還各說各話可不太妙。

「你認為賈里德和伊麗莎白有什麼背地裡的盤算？」

「沒錯，但我也不是沒誤判過。」

「他們計劃的一個環節就是捏造出伊麗莎白的死亡。」華盛頓點頭。「不過事情發展不如預期，賈里德．基頓還是被判刑了。」

華盛頓聳肩：「開庭我有去旁聽，他看起來確實沒料到自己要去蹲苦窯。」

「然後不知道什麼理由，對方竟然蟄伏六年，現在才讓伊麗莎白出面證明父親沒殺人。」

他沒回話。單是這樣聽旁人陳述事情經過就覺得太不真實。

「接著伊麗莎白又一次鬧失蹤。」緹莉補充。

「似乎是。」

「而且還發生在你查到血液有異狀之前？」

他點頭。

緹莉望著他：「那得加快節奏了，有太多東西要查。」

「是嗎？」

「是。問題堆積如山。」

緹莉說得沒錯，而面對問題首先就該蒐集資料。只要得到正確資料，緹莉・布雷蕭幾乎什麼都能夠回答。

「在我看來，有五個主要問題和幾個次要問題，各有直接或間接方式得到資訊。其中一些我現在能處理，一些需要獲得許可，還有一些得出門去辦。」

華盛頓靠著椅背拿起筆記本：「說吧。」

緹莉比出一根手指：「得確認之前六年伊麗莎白・基頓到底躲在哪裡。」

「同意。」

她比出第二根手指：「還得查清楚她現在下落，或許是同一個地方，也或許遷移了？」

華盛頓暗忖能藏身六年的地方自然可以再多藏匿幾日，但沒說出口。

「第三：賈里德・基頓是否曾經與你結怨，也就是你以前辦過的案子有沒有牽扯到他？」

華盛頓一直沒從這角度思考。他自認與對方素昧平生，但其實難說得很，警察這行幹久了樹敵眾多很正常，某某人與賈里德．基頓連上線並非不可能。

她比出第四根手指：「究竟什麼事情這麼重要，讓父女倆加起來賠掉十二年也甘願？」

「第五是？」

「有沒有共犯？」

華盛頓點頭附和。他早就懷疑整樁案子不只基頓父女兩人，畢竟伊麗莎白要給監獄裡的父親通風報信太危險，電話會被錄音、郵件會被攔截，透過第三方才保險。

「得調閱他在監獄的紀錄，」華盛頓說：「看看跟誰會面過、交談過，有什麼人偷偷在背後幫他。」

「獄政資料我沒辦法查，」緹莉說：「沒授權無法從外部進入。」

「所以需要和史蒂芬妮視訊。」

她點頭。

華盛頓心裡清楚：自己傳訊息給緹莉求援之後，她一定會把視訊會議、郵件、簡訊等等內容都匯整起來，在那顆天才腦袋裡面好好梳理，模擬出幾種可能劇本，每個路線都有對應的行動方案。

也因此要趁早與科長視訊——緹莉的計劃勢必要用到賈里德的監獄紀錄，而監獄紀錄又異常冗雜、不易釐清。英國獄政體系像隻失控怪獸，犯人每待一座監獄都會有無數人寫的無數報告，舍房獄警、個人獄警、風紀獄警、隱私安全管控，還有教育、訓練、勞務部門，獄友金融、行為矯治、身心醫療……多不勝數，資訊量極其龐大。

幸好緹莉最喜歡這種超大規模的資料。樣本越多，分析越準確，按照她本人說法是：只要對的資料給足夠，就能從任何事物找出規律。華盛頓親眼見識過，緹莉絕對不是吹牛。

加上目前為止沒有任何人有任何理由去碰這些東西。大家都信了賈里德．基頓的說法。這樣最好，代表只要找得出有意義的情報，他們就能先下手為強，不必擔心有人從中作梗。

華盛頓不禁好奇緹莉離開漢普郡之前還忙了什麼。她已經比自己更加清楚目前局勢。一個念頭閃過腦海，偶爾也有緹莉捕捉不到的漏網之魚。「還得考慮一點。」

她將眼鏡扶上鼻梁滿臉期待。

「賈里德．基頓自我膨脹的程度遠遠超過一般人。」

緹莉馬上開了新檔案，鍵入「自我膨脹」這幾個字。

「他的思考迴路與常人不同，對他而言所謂勝利是要徹底擊垮對手信念。我相信他拋出那些像暗示的句子也是別有用心，但我們可以反過來利用這點。」

緹莉在某個軟體輸入一連串數據和字母，程式碼映在鏡片上，也映入華盛頓眼睛。

「那是叫做『離群值』的概念。」

「我正要說。」

她咧嘴一笑。

被緹莉一大早叫醒有個好處：本來準備下午做的事情現在就先處理好，最主要是為即將到來的風暴、口味奇特的素食客人張羅吃的用的。

有個好的開始，至少緹莉這麼想。她已經將不知道哪裡來的大量數據輸入自己設計的軟體。儘管有HOLMES2，也就是「內政部大型重要查詢系統」第二版[20]，而且幾乎所有警隊都藉此處理複雜案件，但緹莉從來不用。「一個不能分析和預測的大型資料庫有什麼存在價值？」她這樣說的時候華盛頓也在場，HOLMES2的技術領班特地解釋這套系統也有分析預測功能，可是緹莉聽完冷冷一笑，對方差點兒沒哭出來。

她跟華盛頓說軟體會運行大約九十分鐘，再來就需要賈里德·基頓的獄內文件。華盛頓算了算，時間夠他出門購物，趕得上與史蒂芬妮視訊，便將購物單拿給緹莉，吩咐她有什麼別的需求就寫在上頭。

她真的寫了，而且寫得異常久。

華盛頓先靠越野車去旅館，再換乘自己的汽車前往肯德爾市的布斯超市。平常在石跡丘陵的農村隨便買點東西就好，但看完緹莉在單子補上的要求，他發現必須得找個更中產階級的購物地點才成。至少他不覺得習慣去的蔬果攤會有石榴、金柑這種難得一見的水果。

[20] Home Office Large Major Enquiry System，其縮寫拼字等同於「福爾摩斯」。

超市蔬果區佈置得像是市集，華盛頓什麼也找不到，只好向個身上有刺青的店員打聽。找到緹莉要的水果之後，他又詢問普伊扁豆、有機全穀麵條和豆腐放在什麼位置，但問到最後決定將購物單撕成兩半，緹莉寫的部分請對方幫忙，約好在肉品櫃後面會合。

店員看了單子笑道：「這麼養生？」

「去找就對了，多嘴什麼？」華盛頓悶哼，他本人可不怎麼爽，而且緹莉那些都像是用來洗腸子的東西，怎麼想也不會喜歡。

走到陳列肉品的櫃位他心情才好了點，犒賞自己一片油花分佈很漂亮的肋排，多囤了些培根、黑布丁㉑、坎伯蘭香腸。有刺青的店員來了，手中籐籃裝滿他不認識的食物。華盛頓給了他兩磅硬幣當小費，為剛才失禮道歉。「沒事沒事，」對方先看看籃子裡滿滿高纖維食物又看看他：「對了，衛生紙放在那邊……」

回到賀德威克農場，緹莉已經沒在打字，一邊蹺著腳喝綠茶一邊看YouTube上的烹飪節目。當然，是賈里德．基頓的節目。

㉑英國的一種香腸，內容物為豬血、豬油、燕麥等等。

28

「烏荊子與黑刺李」二〇〇八年開幕後獲得盛讚，但其實賈里德・基頓更久以前就站上美食界的山巔，未成年時就贏得大獎，不久後知名雜誌評價他是英國有史以來最具潛力的天才廚師。倫敦業界許多人爭相延攬，賈里德卻出人意料選擇前往法國里昂，拜名廚翟爾斯・葛尼爾[22]繼續磨練。年輕的賈里德・基頓很快掌握法國料理的精髓並被師父提拔為副主廚，餐廳菜單上兩道招牌都換成他的新作。另外賈里德在索恩河畔租了公寓，很快學會一口流利法語。

然後他又離開那裡。

賈里德・基頓出過兩本自傳，其一提到某天早晨醒過來忽然不再對料理感到興奮。姑且不論真實原因，他再次成為焦點時已經結婚還有了小女兒，並且投靠到知名的無國界料理名廚伊蓮・吉戈多[23]門下，似乎重拾對美食的熱情。那間餐廳十年內從米其林沒星躍升至三星，兩人關係也突飛猛進。接著賈里德自巴黎遷居倫敦，但沒有待很久。一次電視訪談中，他表示英國首都的料理都過分保守，所以想要換個地方闖出自己一片天。

[22] 與法國十四世紀連續殺人犯同名（Gilles Garnier）。
[23] 與法國十九世紀連續殺人犯同名（Hélène Jégado）。

那片新天地就是「烏荊子與黑刺李」。賈里德向伊蓮．吉戈多借錢開了自己的餐廳，地點是坎布里亞郡柯特希爾村外廢棄的水車磨坊。

得到米其林一星殊榮之後，他成為週六晨間烹飪教學的固定班底。升上米其林二星，他有了自己專屬的電視節目。烏荊子與黑刺李躋身世界頂尖的三星精英餐廳時，他開什麼價碼都有人願意請過去當客座大廚。

賺了很多錢，早該可以退休。就算烏荊子與黑刺李來客其實沒有想像中多，靠電視通路也有每年七位數英鎊的收入，還沒將出版品算進來。

但，賈里德．基頓喜歡做菜。

這年頭要價兩百鎊的品嚐菜單[24]常常不是掛名主廚親自製作，而是他的弟子的學徒這種三手貨。然而烏荊子與黑刺李不太一樣，點的東西就算不是賈里德．基頓親手完成，他至少會在出菜口盯著東西品質。

「有什麼發現？」

緹莉一根手指按著嘴巴示意保持安靜。她調整家具位置築起小窩，一排螢幕不再被白天太陽曬得刺眼。工作區是個月牙形狀，讓人想到企業號艦橋中央的寇克船長[25]。觀看YouTube影片同時，緹莉用擱在肚子上的無線鍵盤打字，輸入內容似乎跑到左側筆電裡，她完全沒有轉頭檢查。華盛頓好奇看了眼，確實沒有任何錯誤，連格式也很整齊。緹莉右邊的電腦上五顏六色的線條上下跳動，像是混音軟體會有的圖示，一九八〇年代最頂尖的音響系統上常看得到。

她按了暫停，所有螢幕都靜止。

「波，你沒看錯，他是教科書等級的心理病態，更精確的說法是自戀型人格偏差，說話裡『我』這個字出現的頻率、和節目來賓互動的薄弱程度都是證據。其他人講話的時候他根本沒在聽，只是等著輪到自己發言而已。」

「但那是烹飪節目，本來就得一個人獨挑大梁，所以他得設法鎮住全場。」華盛頓也不是想幫賈里德講話，只是擔心兩人都有偏見。

緹莉已經考慮過這點。

「我用的文本分析工具能著重語言學上所謂的『功能詞』，看出人類交談中不需思考的自然措辭比例。排除節目腳本以後可以看到『我』和『我的』這類代名詞比例高於其他大廚，更是遠遠超過一般人。」

「那至少我也不是全錯，」華盛頓咕噥。畢竟一直只有他堅信賈里德・基頓是心理病態。

「有新發現嗎？」

「沒拿到監獄紀錄都是空談。不過呢……還有些有意思的東西。」緹莉轉頭望向 YouTube，點

㉔ 提供種類多分量小的系列料理以展現廚師特長的點餐模式。

㉕《星艦迷航記》（*Star Trek*）的典故。

了另一個影片按下播放。畫面上是年輕時的伊麗莎白・基頓，當時大概十五歲，參加父親的電視節目。還有一個廚師作為特別來賓，也帶了女兒，以兩個女孩品嚐兩位父親做的佳餚作為對決噱頭。

之前華盛頓一直只看過照片。他察覺旁邊電腦的混音程式又動了，還有影片下方進度條顯示總長二十七分鐘。

緹莉按下暫停。「可以之後再認真看，想先讓你聽聽她怎麼說話。」

聽了一會兒，緹莉又按暫停。

「伊麗莎白的言談模式並沒有複製她父親那種自戀特質。」

「是嗎？」

「目前沒有跡象。」

「她那時候年紀還小，會不會要過幾年才發展出來？」

「言談這部分相反，未成年人尚未學習隱藏自我，說話方式通常很少修飾。」

華盛頓沒來得及回應，中間的筆電發出尖銳鈴聲，緹莉按按鍵以後跳出史蒂芬妮・弗林的面孔。

喝了不少酒然後沒得好好睡，醒來時當然頭痛欲裂，但只要能醒來精神還是清楚的，頂多就是隔天一躺下就睡死——身體用這種方式提醒自己已經不是二十一歲的年輕人了。

然而有種疲勞像是裹在身上壓得骨頭都痛，無論睡多久都不夠，彷彿精氣不停流失，分分秒秒活在倦怠中。

史蒂芬妮．弗林最近似乎就是這狀態，整個人垂頭喪氣、眼白微微泛黃，連儀容都不大整齊，可能在車上過夜。她這模樣持續至少一個月了。

「偵緝督察史蒂芬妮．弗林早安。」緹莉開口。

史蒂芬妮單刀直入，目標是她。

「他那坨屎有多深？」

緹莉聽了臉一紅。「科長，我還不確定。表面上看來，審查坎布里亞警隊送來的文件以後，不得不說他們評估無誤。波警佐調查證物監管鏈的結果也沒問題，血液樣本從採取、運送到測試都沒有疏漏。所以伊麗莎白．基頓確實還活著，賈里德．基頓先生沒有謀殺女兒。」

「『但是』？」

「但是波警佐這裡還有事情要報告。」她轉頭望過去。

華盛頓解釋了藥物檢驗找到黑松露殘留，至於帳單很快會送到她桌上這件事就先略過不提。

「有沒有可能綁架犯真的餵了她松露？以前你常說罪犯承受巨大心理壓力，每個行為一一檢視沒有太大意義。」

「當然無法完全排除。」話雖如此華盛頓並不相信，畢竟從伊麗莎白．基頓的身家背景來看，更有可能是她即使隱姓埋名避風頭也無法放棄口腹之慾。

史蒂芬妮沒繼續講話，華盛頓看得出她覺得沒把握。「你們兩個就查到這些？」

華盛頓本想老實招認，卻被緹莉插嘴打斷。

「科長，這邊還有其他線索。伊麗莎白．基頓這六年期間身在何處值得追查，應該能支持波警佐的假設。」

「妳不相信她被綁架？」史蒂芬妮問。

「她的說法有幾個地方無法交代。」

「例如？」

「奧斯敦圖書館開放時間裡找得到警察的機率只有百分之三點二九。就當作是機率極低的機緣巧合也罷，她還聲稱自己是走路過去。昨天晚上我親自測試步行到波警佐住處的時間，並且與伊麗莎白．基頓的故事版本做了比較。」

華盛頓朝緹莉瞪大眼睛，果然還有內情。她之所以立刻北上，另一個理由是要把握機會實驗山區加上深夜兩個條件下的移動速度。

「她自稱四天沒進食，我用九公斤的背包來平衡雙方狀態，並且採用漸近展開理論做了必要的參數調整。」

史蒂芬妮雙手抱胸盯著鏡頭。

有時候緹莉腦袋裡的東西沒辦法轉換成其他人能聽懂的文字。以前她與地球上智商在金字塔尖端的那群人共事，每個人不但理解還習慣純粹的科學語言。進入國家刑事局以後，緹莉沒辦法因應不同對象轉換溝通模式，所以總顯得唐突無禮甚至自命不凡。儘管華盛頓試著幫忙修正措辭語氣，但他自己也談不上是什麼公關高手，所以進步十分有限。

「緹莉，說個我能聽懂的版本？」他趕緊介入。

緹莉嘆氣：「就是計算了伊麗莎白．基頓可能的移動距離，在地圖上表示了範圍。」

「喔，像電影那樣。《絕命追殺令》對吧？」華盛頓點頭會意。

「不是基礎統計學嗎，你們以前上課都學什麼呀？」緹莉喃喃自語。

「重點是？」史蒂芬妮拉回正題。

「將計算結果與奧斯敦周邊的衛星地圖重疊。」緹莉說：「那是山村，附近根本沒什麼人住的地方。如果她真的是從建築物裡逃出來，警察不可能到現在還沒找到。」

史蒂芬妮雙手靠攏、指尖相觸：「會不會我們一直誤判方向？比方說伊麗莎白是生父親的氣才躲起來，假裝自己死了等著看好戲？」

華盛頓思考過這個劇本。表面上更合理，也比較少難以解答的疑問。「科長說的當然有可能。」

「但你不同意對吧？」

「對。」

「原因？」

「因為賈里德．基頓根本不生氣，也幾乎沒主動提起過伊麗莎白。如果將伊麗莎白視為整件事情的主謀，賈里德不可能壓得住怒氣，但現在敵意都衝著我來。」

「好，」史蒂芬妮說：「畢竟只有你當時在場，我們都沒看到他的反應。」

史蒂芬妮．弗林之所以勝任現在這職位，原因之一是她不搞小動作也不猜忌部屬，用人不疑、信任團隊。

「那退一步，你認為實際情況是？」

「父女聯手。」華盛頓回答。

「科長，我附議。」

史蒂芬妮沉思幾秒才又開口：「真他媽混亂。」

「科長說的我也同意，這個案子真……的亂七八糟。」緹莉接著說。

「你們有什麼需求？」

「以重案分析科權限調閱這對父女的所有資料，」華盛頓回答。

「六年前沒有對賈里德．基頓做過側寫？」

「經手的都是些狀況外的人。」

「好吧。」

「還需要即時資料分析。」

「意思是……」

「得請緹莉先留在這邊。」

沒想到史蒂芬妮居然同意了，更意外的是她沒表態說要親自支援。兩人也有不錯交情，他已經半個人跌進泥沼，本以為史蒂芬妮會準備搭最早一班車過來。她最近什麼情況？

「另外需要賈里德・基頓在監獄的各種紀錄。」華盛頓繼續說：「判刑以後他的一切都無人聞問，所以現在不知道六年裡誰去見過他、他請的律師是誰，除了達拉謨之外還待過哪些監獄。」

史蒂芬妮做了筆記。「今天早上會處理好。還有嗎？」

「科長，我需要一些資料庫的臨時授權。」緹莉開口。

「列出清單給我，」史蒂芬妮回答：「你們下一步是？」

「從基礎做起，」華盛頓說：「擬定追訪排計劃，收集有用的情報。」

現階段能做的不多。追訪排——追蹤、訪談、排除——是警方辦案基本步驟。首先鎖定該問話的對象，盡可能從對方口中得到資訊，判斷消息是否有價值。過程像是打水漂起漣漪，第一波追訪排名單會衍生出第二波追訪排名單。

史蒂芬妮點頭同意：「緹莉，除了資料庫和獄政紀錄，你們還需要什麼？」

她搖頭道：「科長，我想波警佐開始以後很快就會有新的想法。」

「也對。好，你們聽著，我一時半刻無法離開漢普郡，你們兩個先撐住。算我拜託你們，別捅什麼大婁子讓我或刑事局顏面無光就好。」

兩人竟同時噤聲不語。

半晌後華盛頓才問：「妳說那句話的時候盯著我幹嘛？」

史蒂芬妮鼻子哼了一下：「你最好還跟我裝蒜。」她身子前傾按了什麼，一閃之後筆電螢幕上只剩刑事局標誌。

29

史蒂芬妮效率十足，才三十分鐘就有很多壓縮檔進了緹莉的電子信箱，裡頭有各監獄和各階層獄政單位保留的賈里德．基頓相關資料。此外還有一條連結可以下載名為P-NOMIS的軟體，後面的NOMIS全名應該是「全國罪犯管理資訊系統」，由獄政和觀護雙方共享和維護。緹莉這人好像知道司法系統底下所有縮寫，她說P就只是代表「監獄」。㉖

緹莉開印表機送進一疊疊白紙的同時華盛頓開始做午餐。他沒看過普伊扁豆這種食材，心想既然是豆子做成豆泥糊總沒錯，所以直接打成稠狀再加入乾炒香料。等待燉煮的時間他給自己準備兩份白麵包、給緹莉拿了兩片叫做全麥麵包的東西，裝了一壺冷開水，全部端到戶外，大大吸一口新鮮空氣。

瞇起眼睛抬頭看，金黃色太陽高掛空中，晴朗藍天萬里無雲，只有一條飛機留下的白線。氣象局警告多日，卻始終感覺不到風暴將至。

而且還很熱，熱得綿羊受不了。賀德威克羊的血統要追溯到幾千年前的北歐，所以現在全躲到陰涼地方。反正外頭也沒東西給牠們吃，這種海拔野草不綠也不高，石楠顏色暗沉一碰就碎，

㉖ NOMIS為National Offender Management Information System的縮寫。P則是Prison。

連山羊都不想嚼。

然而這片石楠荒地美得令人屏息，而且一望無垠，艾德嘉在外頭溜達一整個星期也始終留在華盛頓目所能及範圍內。此地唯一的人類活動痕跡是花崗岩堆砌出來的斷垣殘壁。

他注意到遠處有東西移動，拿起放在越野車上的雙筒望遠鏡觀察，結果只是平板卡車從礦場出發。車斗裝滿砂石，不知道送去什麼地方。轉頭望向小屋，建築石材與聖潘克拉斯車站、艾伯特紀念亭相同，彷彿自己與這國家血脈相連，榮譽感油然而生。

而且他第一次意識到「家」並不只是地點，還是一種狀態。感受是個說不清楚的概念，就像他也不懂為什麼某些音樂聽了開心、又有某些聽了會消沉。每次回到這裡都越來越不想離開，身在漢普郡卻心繫霧氣裡的山丘、綿羊與靜謐，懷念此處獨有的生活步調。華盛頓不再適應大都會，那裡的景色不隨季節更迭，人類忘記自己仍未跳脫生命的循環。

有一次幫忙湯瑪斯．修莫修理圍牆，老農夫問華盛頓懂不懂怎麼「留羊」，他當然不懂。湯瑪斯解釋說：那是古時候牧羊人發現的技巧，無需石牆也能維持羊群停留在固定區域內，訣竅在於每天晚上於同地點放置食物，羊群就會習慣傍晚聚集過去，天黑後到隔天白天牠們也不會想要跑太遠。只要這個習性在不同羊群世代間傳遞，就可以說牠們被留住了。如今華盛頓覺得自己身上有同樣現象，他被賀德威克農場的環境給留住，再也不想遠離。

「還好嗎，波？」

緹莉拿著一疊紙走出來。

「沒事。」

「在看什麼？」

「亂看而已，一陣子沒回來有點想念。」

緹莉幾乎一輩子都活在室內，此刻朝著華盛頓遠眺的方向望去，伸長脖子還是沒找到什麼值得一看的東西，皺眉頭之後放棄。「我把賈里德．基頓的訪客名單印出來了，不知道對你來說是好消息還是壞消息。」

緹莉特地將名單分為官方和私人兩欄。所謂官方是指因法律層面而需要與囚犯見面的情況，所以沒什麼奇怪的地方。律師團在入獄初期頻繁前往，想必是為了討論上訴相關事宜。最近也去了幾次，應該是伊麗莎白現身後需要告知刑案審查委員會的回應。這部分華盛頓略過不看，雖然也有律師參與不法的前例，但這家事務所規模大名聲好，成為共犯的利益太少風險太大，動機完全不存在。再來則是觀護人每年例行探視，同樣沒什麼特別，是人家的工作內容。華盛頓覺得她不大可能涉及本案，但還是打算找機會拜訪。還有一些無關緊要的人，例如之前唐突來電的記者葛拉罕．史密斯，他想去見賈里德．基頓但吃了閉門羹，或許是名廚這輩子第一次拒絕免費宣傳。

私人探視需要囚犯本人同意。華盛頓看了名單不知道該訝異還是該理所當然。太短了，根本只有一個人。

弒女這種罪名當然能讓親友避之唯恐不及，但華盛頓可沒想過能嚴重到這種地步，畢竟對方曾經過著眾星拱月的日子，影劇圈「A咖」們去用餐合照，部長級官員度假特地安排在附近好抽空去品嚐美食，連王室成員前往巴摩拉城堡也會刻意在坎布里亞郡停留。儘管賈里德．基頓自己想見的人可能不多，加上原本支持他的同業在陪審團宣判時暗自欣喜的一定也很多，總還會有一兩個不離不棄的死忠追隨者才是。詎料竟然半個也沒有。

難道是心理病態者的宿命嗎？他們交不到朋友。

名單上唯一一個人叫做克勞佛．邦尼。

緹莉已經Google並列印出資料，兩人吃燉豆泥的同時華盛頓快速看了內容。

克勞佛．邦尼，愛丁堡人，是烏荊子與黑刺李創始初期就在裡面服務的老員工，一開始負責蔬菜，後來轉去做醬料。他受到賈里德．基頓器重，短短三年內就升格為副主廚，也就是餐廳內權力第三大的人。接受《卡萊爾生活》訪問時，克勞佛．邦尼對老闆有罪表達不可置信，堅持未來會有水落石出的一天，也據此對烏荊子與黑刺李的營運做出必要調整。華盛頓認為有必要瞭解何謂「必要調整」，根據緹莉查到的資料，餐廳所有權至今仍僅屬於賈里德．基頓一個人。

接著他拿起另一疊文件，是賈里德．基頓的電話通聯紀錄。這部分參考價值稍低，因為英國監獄內私藏手機情況很嚴重。資料上只有同一間律師事務所，只列了電話號碼連人名也沒有。然而能觀察到賈里德．基頓定期與克勞佛．邦尼通話，其中一部分被獄方錄音並謄寫內容。華盛頓讀了其中一份，兩人聊著烏荊子與黑刺李的魚類供應商。讀到一半，旁邊傳來嗶嗶聲。

緹莉舉起手腕，是現在流行的智慧手錶，華盛頓猜想一定和手機連線。她拿了水杯咕嚕咕嚕吞一大口之後才按了一下手機螢幕。

「幹嘛？」緹莉察覺華盛頓盯著自己。

「沒事，想說如果妳覺得豆泥太燙，我可以加點奶油拌一拌？」他也是瞎說，根本沒買奶油回來。正確說法是他應該從來沒買過奶油這東西。

「波，我每天喝六大杯水喔。你也該多喝點。」

「我喝很多了。」

「沒有吧。從我昨天過來到現在，你喝了四杯茶、七杯咖啡和兩品脫啤酒。另外你肉類買過量了，冰箱裡的香腸都夠開店用。這種飲食習慣不好。」

華盛頓被講得兩頰微熱。他知道自己不注重營養，也清楚老了絕對會出問題，但……他就是抵抗不了坎伯蘭香腸的誘惑，寧死也要吃。

「下次我經過藥局，給你買個膽固醇試劑。」緹莉這話簡直是給無肉不歡的他釘上棺材板。

「好、好、好……」反正華盛頓也吵不贏。

「你坐著等，」緹莉還沒說完：「我去弄點水果沙拉配布丁。」

華盛頓嘆口氣之後拿了另一份資料起來讀，讀著讀著偷偷笑了起來。偶爾被人打亂生活步調其實也很有趣。

忙到將近傍晚，華盛頓都坐在外頭讀資料。儘管天氣宜人緹莉還是不肯坐在他旁邊，因為陽光打在筆電螢幕很刺眼。他看過緹莉針對克勞佛．邦尼調查到的情報，沒有多大意義。所有東西讀過兩次，筆記本上寫滿心得、疑問與行動規劃後他也回到室內。緹莉依舊沒找到他與賈里德．基頓之間有何關係，但表示不會放棄，還準備了另一份資料庫權限申請清單寄到史蒂芬妮．弗林那兒。

華盛頓要她也休息片刻，以全麥麵條蘸罐頭番茄羅勒醬汁當點心。他在自己那盤加了培根，還是覺得味道不對。

緹莉開口說：「我準備開始給伊麗莎白．基頓建立側寫。」

他點點頭，重案分析科的側寫模式會觸及原始調查中沒有涵蓋到的目標情報，而且緹莉能換個角度切入被害者檔案。

剛說完緹莉就回頭繼續工作。她和華盛頓的兩指神功真是天壤之別，雙手在鍵盤上快得看不清，眼睛完全不用離開螢幕：「波，這邊要花些時間，今天就先這樣好了，我回去旅館比較方便。強波器和放大機雖然正常發揮作用，還是頻寬大的地方才有效率。現在出發的話，明天就有東西能研究。」

理由充分，何況華盛頓非常疲憊，只是考慮到緹莉睡得比自己更少所以一直不好意思說出口。現在眼皮也越來越重，今天早點睡應該對兩人都是好事。

「那整理一下吧，我送妳過去。」

旅館酒吧坐滿客人。華盛頓對觀光客的想法和文豪威廉・華茲渥斯一樣——「就讓美被玷污吧」。但他倒不介意威爾斯酒店這兒多些人，畢竟即便時值盛夏也只有真正享受踏青登山的人才會來到坎布里亞郡的丘陵地。這一帶不像國家公園有什麼明信片等級的地標風景，也沒有大湖、峻嶺或淳樸古村、蒸汽火車，換句話說從二十一世紀旅遊業角度毫無賣點。石跡丘陵的環境荒蕪嚴酷，連棵樹也很難找到，舉目所及是綿延不絕的花崗岩嶺與高沼地。明明也有數萬頭綿羊與幾十人以此為家，但這地方和蝮蛇很像：外表不錯，卻會害慘粗心大意的人。就像現在看似晴朗但沒人知道會不會幾分鐘後變了天，即使這種季節也不例外。

華盛頓點了一品脫金絲啤酒，是卡萊爾酒廠結合大麥和啤酒花的產品。然後幫緹莉叫了無酒精飲料，還順便拿包洋芋片要給艾德嘉。

他一口喝掉大半，暗忖回家前要不要再一杯時緹莉冷不防開口：「波，你怎麼沒女朋友？」

呃……

接觸外界太少這點能解釋緹莉獨特性格的大半，卻並非全部，尤其與過度直率沒什麼關係。有時兩個人靜靜各做各的事，她突如其來冒出一句：「波，我喜歡你。」說完繼續忙，彷彿這言行絲毫不奇怪。換句話說，假如緹莉對自己有超過友誼的想法應該早就會挑明。

那她幹嘛問這個？

他又該如何回答？

華盛頓說不出真相。不僅對緹莉，而是對任何人都難以啟齒——要怎麼說明過去自認為被母親遺棄，解不開的心結導致戀情總是失敗？無論遇上怎樣的女子他都下意識列舉出為何與對方不會成、執著於關係中任何一丁點矛盾衝突直到不可免地各走各路斷了聯繫。他最長的一次交往為時半年，能撐那麼久是因為其中四個月要當臥底。

如今他明白自己並非被遺棄，母親是為了他能好好長大才忍痛遠離。他對戀愛確實開始產生新的期盼，但這種轉變又要怎樣和緹莉說明呢？最近幾天心裡常常想到認識的女性，包括能嚇到他的艾絲瑅勒·道爾、離過婚但性感不減的杰克曼醫師，最離譜的是連仍在服喪哀慟的維多利亞·修莫也進入過腦海。

「緹莉——」

「怎麼了，波？」

「記不記得我們聊過說話要婉轉這件事？」

「記得，我還在iPad做過筆記。放在房間，要去拿過來嗎？」

他苦笑搖頭，喝完啤酒說：「妳找時間再看看就好。」

「那晚上我再看一遍……」緹莉頓時會意，「噢，對不起。」

「也說過，如果對象是我，妳永遠不必道歉，記得吧？我要再來一杯，妳呢？」

緹莉看看手錶。「唔，不了，謝謝。刷牙前還要喝些水，喝太多夜裡會起來尿——」她立刻改口，「總之不了。」

華盛頓又笑了起來。換作一年前，緹莉會直接說自己不想拖著裝滿的膀胱上床睡覺。實際上他才是年紀到了，上次整夜好眠不起床小便已經是遙遠的記憶。但既然都是要醒，那就享受點，所以他到吧檯再要一杯。

回到座位，緹莉對他說：「波，我在想你是不是該和史蒂芬妮・弗林科長約會。」

「怎麼會有這種念頭？」

「她最近情緒很不好。」

華盛頓點點頭。史蒂芬妮的狀態確實很糟，他很高興也有別人察覺。尤其緹莉・布雷蕭這人的非語言溝通能力只能以不成熟來形容，這代表大家一定都留意到了。時機到了再開口問吧，立場顛倒的話史蒂芬妮也會關心自己。

「波，你也是喔。雖然你一直掩飾，但我看得出來。火祭男的案子之後到現在。」

華盛頓並不想對緹莉有所隱瞞，可是還沒做好準備。他覺得最少自己得先調整好心態，問題是都這把年紀才要重塑人生觀說不定太遲。

「我沒事。」他回答。

「你和史蒂芬妮・弗林科長對彼此有好感，可以找時間一起看電影。」

華盛頓將啤酒全吞進肚子。「緹莉，妳好像不知道科長她是同性戀？」這算公開的祕密，所以談不上侵犯隱私。「她有對象了，在一起將近十五年，過得很幸福。就算她不幸福好了……我想和我出門約會應該不是幫她振作的好辦法。」

「喔——」緹莉兩頰漲紅。

他第一次看到緹莉臉紅。以前別人尷尬的事情對她而言都像海浪之於海鷗那樣不著痕跡。

「但妳說得沒錯，她確實有心事。」

緹莉沉默好一會兒才說：「大概你又幹了什麼好事。」

「我想也是。」兩人碰拳結束這話題。「好了，妳要調查伊麗莎白．基頓，我要準備早點睡覺，那就明天七點整在這邊集合。」

「我自己上山就好？」

「明天不必上山了，我們要出外勤。」

她揚起眉毛：「去哪裡？」

華盛頓沉吟一會兒才說出口。這念頭從離開達拉謨監獄就如鯁在喉，他像飛蛾受到火光吸引，撲過去是時間早晚問題。

「去『烏荊子與黑刺李』。」

第十天

30

華盛頓醒來看見所謂魚鱗天：一排排捲積雲掛在天空，排列起來彷彿鱗片。儘管他不是牧羊人、也不具備預測天候的神奇能力，住在這片山上夠久還是看得出何時要變天。雨還沒下來，可是出現這種雲層代表差不多了，溫蒂風暴即將登陸。他在水槽前面吃完吐司便去淋浴更衣，然後因為沒有湯瑪斯．修莫幫忙只好帶著艾德嘉一道出門。烏荊子與黑刺李位於坎布里亞北部郊外，正事辦完狗兒可以跑一跑。

駕駛越野車下山到了旅館，緹莉已經在租來的車子旁邊等候，揹著一個小包包，今天衣服圖案好像是神力女超人。少數華盛頓小時候就看過的超級英雄，但故事半點也記不起來，反倒曾經迷過琳達．卡特[27]……

華盛頓從M6公路走四十二號交流道進入威瑟洛路，找到康惠騰村時右轉，不久遇上一輛賓士拖著大露營車慢慢走，他忍不住埋怨這些遊客根本沒在專心駕駛。

「歡迎來到坎布里亞郡，」他自言自語：「請保持時速二十英里，別忘記每一百碼下車拍照一次。」

追到拖車後頭以後他還是按了喇叭，對方總算找到一塊空地讓路。華盛頓腳底用力一踩，租來的車子雖然性能不怎樣還是衝了出去。

「波，你還好吧？」緹莉伸手抓住副駕座車門把手。

他聽了踩剎車減速，暗忖自己確實緊張卻不確定原因。並非重返烏荊子與黑刺李的緣故，之前就去過那麼一次，沒有留下特別負面的印象。

也不是深陷至今為止最懸疑的奇案。

捉摸不到卻揮之不去的陰霾才最令人害怕。

又轉了彎到達小村柯特希爾，漆白的房子一棟棟挨著彼此。華盛頓試著打起精神，焦慮這種情緒先擱到一邊，目標就在眼前。

烏荊子與黑刺李開在村落外，前身是水車磨坊，頗有來頭，列為二級古跡。根據餐廳官網說明，歷史可以追溯至《末日審判書》[28]，外觀也頗有英格蘭古老風情——很久以前，建築物曾經以屹立不搖為設計原則。磨坊位於伊登河一條支流河畔，河道經人工加寬加深方便水車運轉。當然時至今日水車成了單純的裝置藝術。

最初它只是長方形兩層建築，一樓作為磨坊，二樓存放穀物。經年累月改建擴增下來變得亂

---

[27] 美國電視劇《神力女超人》的主角。

[28] 諾曼第征服英格蘭期間，征服者威廉命令部下於一〇八六年完成的大規模民情調查。

糟糟，但建材與華盛頓住處一樣是斑駁的灰色石頭。曝露於外的木頭屋梁未經打磨，幾經寒暑、風吹日曬之後彎曲龜裂卻像是沒抛光的鐵條那樣堅硬。

基頓家以二樓為客廳及臥房，一樓作為普通廚房、開發菜色的廚房、儲藏室等等用途。餐館設在最古老的磨坊大廳中，因為是二級古跡所以能更動的部分很少，原本與水車連接的木柱、輪軸、機具、石臼等等一切照舊。

停車場在馬路對面。華盛頓下車以後伸個懶腰，帶艾德嘉到旁邊草地晃晃，給牠五分鐘大小便以後再塞回車內。雖然停在樹下，還是所有窗子都打開。

「準備好了嗎？」他問緹莉。

「好了。」緹莉將眼鏡戴正，拉好辮子以後扛起小背包。華盛頓也不知道那裡面裝了什麼，但怎麼想都只有「電腦」這個答案。

到了馬路另一側，他沒走正面大門，而是繞到建築物後方。鋪了磚的臨停區有輛貨車，車門開著，車廂內都是蔬菜。綠色工作服男子搬起一木箱紅蘿蔔朝後門靠近，華盛頓小跑步上前幫忙推開門板。對方只是送貨的，點頭道謝後直接進去。

華盛頓壓住門，招手要緹莉跟上。準備好法院許可與警察證件之後，兩人步入烏荊子與黑刺李的後臺一探虛實。

31

「他媽的馬鈴薯放哪兒去啦？」操著蘇格蘭口音的叫聲又快又急。

華盛頓和緹莉一路走進廚房，並未受到阻攔，途中除了方才送菜的沒見到其他人。朝喊叫方向走過去，走道兩側有櫥櫃和堆滿白布的房間，還有一扇門上刻了「酒窖」兩個字。走到底才找到比較現代外形的門，釘著塑膠看板標示為「主廚房」。

華盛頓推開門走進去。

雖然磨坊有幾百年歷史，烏荊子與黑刺李的廚房仍採現代化的流線寬敞風格。不鏽鋼長凳上擺了許多看不懂用途的器材，刀架砧板看似散落各處又好像亂中有序，裝有蔬果香草和上百種不同原料的塑膠容器一列列整齊排在金屬櫃上。現場有六個火爐，三個一列像骨牌，平底鍋汁液飛濺、煮鍋煙霧蒸騰，還有許多器皿從天花板垂吊下來。牆壁鑲嵌白色瓷磚，整個廚房乾乾淨淨找不到污垢。

距離上次造訪已經過了六年，但與華盛頓記憶中的模樣沒有絲毫分別。

其實還是有的：溫度不同。上次時值嚴冬，而且裡面沒在製作料理。此刻明明才剛過早上八點，廚房裡面已經人聲鼎沸。華盛頓原本以為一堆客人要來花錢才是餐館最忙的時段，他發現自己必須修正認知了，眼前有十位大廚正忙得不可開交。

其中一人熟練地給鮭魚去鱗、切片，然後以紗布裹好對半剖開的檸檬並綁上絲帶。另一人將看似鴨或鴿的胸肉裝在透明塑膠袋內放入四四方方像壓褲機的東西底下，機器噴出氣流嘶嘶作響，袋子出來以後都變成真空密封包裝。華盛頓看著那位女廚師將袋子輕輕泡進熱水缸，確認儀表板顯示的溫度、設定計時功能之後反覆操作。

「好厲害。」緹莉讚嘆。

「的確。」華盛頓附和。廚房就像精密的瑞士鐘錶，設計了最為高效省時的工作流程。而且華盛頓忍不住伸手指探探自己領口，發現已經濕透了，這些人怎麼有辦法在這種環境底下日復一日勞動呢？貝里斯[29]雨林都沒濕熱得如此誇張。

「你們兩個他媽的誰啊，跑進我廚房裡幹嘛？」

又是蘇格蘭口音，剛才大叫要馬鈴薯的人。

華盛頓轉身，因為讀過雜誌報導，所以認得出克勞佛．邦尼。他穿著牛仔褲和T恤，身材瘦高，兩條手臂白皙多毛而且比例特長，給人猿猴的印象。邦尼生了個鷹鉤鼻，鼻子上毛孔大得肉眼可見，因為剃了頭反而凸顯雄性禿——頂端光滑、兩側卻還留著毫毛，兩頰泛紅有血絲，雙目明亮但此刻充滿戒備。

「克勞佛．邦尼對嗎？」華盛頓問。

對方打量一陣，仰起頭才點了點。「你又是誰？」

華盛頓遞出證件。

邦尼看了聳聳肩。「找我什麼事？」

「聊聊而已。」

「我被捕了嗎？」

「沒有。」

「唔，那你們真不會挑日子。」邦尼回頭朝櫃檯大叫：「他媽的馬鈴薯到底在哪兒啦！」

「馬上到！」遠處傳來回應。

「今天兩個廚師沒來，我一個人又要做醬料又要備蔬菜，完全沒空停下來。要嘛我邊做事邊講話，要嘛就是你們明天來。」

華盛頓倒覺得今天正是好日子，人越忙碌越難耍心機[29]。

年輕女子抱著箱子過來，裡頭馬鈴薯連泥巴都沒洗乾淨。她也穿著廚師制服：白色上衣、藍白格子長褲，汗水濡濕的金髮黏在前額。女廚師朝華盛頓和緹莉瞥一眼，露出沒空打招呼的那種苦笑。

「什麼鬼東西？」邦尼氣呼呼叫道：「洗了再拿來啊！把行政主廚當成雜工嗎？」

華盛頓察覺緹莉在旁邊偷偷做事。她拿出手機一直打字。

「小姐，這邊沒訊號喔，」邦尼見狀提醒：「得到外頭才行。」

㉙中美洲沿岸的國家。

「邦尼主廚，請問『雜工』負責什麼？昨天我查了專業廚房用詞，沒有找到這個職稱。」

「主要是洗碗盤。」邦尼盯著金髮女廚急忙跑到水槽前面開始洗刷馬鈴薯，嘴唇越抿越薄，等待期間又吼了一些命令。都是法語，華盛頓聽不懂，但每句話說完其他人就高聲回答：「*Oui*[30]，主廚！」

「抱歉啊。」邦尼回頭朝兩人說：「年輕一輩不肯好好打基礎，就妄想一步登天上電視。」他說著將T恤拉過頭頂脫下來扔進污衣籃並換上白色制服，扣好釦子時金髮女廚也送回乾淨馬鈴薯。邦尼挑了一顆唰唰幾刀削出七個面變成漂亮橄欖形，同樣時間華盛頓頂多就是給紅蘿蔔削皮而已。邦尼將削好的馬鈴薯放進一大碗水，拿了下一顆起來繼續削，沒過多久碗裡裝滿大小形狀完全一樣的馬鈴薯塊。而且他刀工精準迅速好比機器的同時，視線持續巡視廚房每個角落。

留意到華盛頓目不轉睛，邦尼板起臉：「做廚師的就該會切菜還要手腳俐落。當年我剛進來，基頓主廚叫我一袋一袋拚命練，練到手指流血。」

華盛頓看得很困惑，因為就他所知大部分馬鈴薯之後還會再加工。但拿這件事情當成開場白也不錯，於是他問：「為什麼要找自己麻煩？」

邦尼嗤之以鼻：「你想聽官方還是非官方說法？」

「官方的是？」

「保持大小一致才會受熱均勻。能在炒鍋上靈活滾動才會每一面都上到色。」

「非官方呢？」

「因為以前這麼做了，現在給米其林評審看到沒切好的馬鈴薯就會掉星等啊。」

「你們保住星等了。」華盛頓說：「我猜基頓離開以後大家都認為你們水準會降低。」

邦尼低聲咕噥。

「我沒聽清楚。」華盛頓問。

「我說，我欠他的。」

「基頓？」

「對，我們的基頓主廚。」邦尼放下菜刀，拉了毛巾抹去後頸汗水：「這是得投入生命的工作。以前我給基頓主廚當副手，每週就要上班七十小時。那時候可從來沒想過有一天變成行政主廚了工時還能更長！我月薪不過五萬英鎊，除以我的工作時數，說不定連最低工資都達不到。」

他拿起刀又將一顆馬鈴薯切成橄欖形：「通常早上七點就上工，過午夜還不能回家。今天更慘，螃蟹進貨，得先挑好選好，之後開會討論基頓主廚的秋季新菜單，而且剛剛才通知說肉品供應商沒了，所以得抽空聯絡新廠商。我真他媽不知道從哪裡騰出這時間。」

馬鈴薯撲通落入早已滿載的大碗，另一個廚子連忙過來端走。邦尼重複同樣操作，華盛頓很想直接詢問關於新菜單的事情，尤其為何賈里德．基頓這麼快就參與其中，但覺得看狀況先讓邦尼將牢騷發完比較妥當。

㉚ 法語的「是」。

緹莉倒是把握短暫空檔開了口：「邦尼主廚，換作我就不願意累成這樣，你為什麼願意做下去呢？」

邦尼爽快地笑了：「上癮了吧，工作這種事不是喜歡就是討厭，我就是愛上工作的那種類型，看到新鮮食材心裡就會燃起一把火，能夠每天這樣子處理食材就覺得自己很幸運。」他張開雙臂指指四周：「能和大夥兒共事也很開心。沒待過這種專業廚房的人很難理解我們的革命情感。因為工時很長、忙起來非常誇張，最後所有人組成沒血緣的大家族，畢竟我和他們相處比我見自己老婆還要多。」

緹莉用力點頭的模樣顯然是要提供統計數據了。

「對，有工作的父母平均每天只陪伴孩子三十四分鐘。假設一般人每週工時為三十到三十八小時，將你多出來的工時算進去，尤其考慮到這份工作嚴重缺乏社交性，計算結果是你會低於全國平均的一半。」

她等著兩人反應。華盛頓早知道緹莉心裡只有數學，就算這幾個月下來同理心有進步，本能反應終究是科學先於人性。

邦尼聽得一頭霧水。

華盛頓只好幫忙解釋：「她有一套獨特的思考邏輯，你聽了當參考就好。」

廚師聳肩：「聽起來倒是說得有道理。我就早餐時能跟老婆講講話，接下來一整天都碰不到面。這時候得慶幸沒生小孩了。」

「留在這裡，額外的負擔非常沉重。」華盛頓問：「你已經有了米其林星級餐館的資歷，去其他地方找工作想必不成問題，壓力反而輕得多。」

「剛剛不是說過了，我欠基頓主廚的。」

「意思是？」

「當年我敲門應徵，還是個十七歲滿臉痘痘的小鬼，連後半輩子想幹嘛都沒有頭緒。基頓主廚接納我，讓我當洗碗工，住進員工宿舍。你們警察一定調查過我的底細吧，應該知道我是從洗碗到備菜一路被他拉拔到成了副主廚。這麼多年下來我身上多的不是只有燙傷，還有身分和認同。隨便去一家有點水準的餐廳問問基頓主廚的副手是誰，沒人不知道。」

「即使如此——」

「所以我怎麼能辜負他，拋下烏荊子與黑刺李不管？明知道他總有一天還會在大家歡呼聲中回來的。這兒沒人相信他會殺死自己女兒。」

華盛頓聽了微微一愣。先前還覺得邦尼是個直來直往的性子，偏偏最後這句太油滑，彷彿早就排練過，難以判斷是不是心底話。

邦尼削好馬鈴薯走向熱水缸，用金屬鉗夾了一袋肉，伸食指戳戳看。現在距離比較近，華盛頓終於看清楚了真空密封袋內既不是鴨肉也不是鴿肉，而是豬腹肉。廚師悶哼後將袋子又放回水中。

「隔著袋子煮？」華盛頓想讓他繼續講話。

「這叫做『舒肥』㉛，低溫平均加熱，可以避免外皮過熟又能將水分鎖在食材裡。舒肥的東西等出菜前才進鍋子，用烤焦的蘋果醋和蔗糖當作焦糖淋上去，搭配我剛才削好的馬鈴薯。」他指著熱水缸，總共六個：「這些是我們最常用的機器，真的很方便。這邊這臺──」他指著最大那個，「是廚房主力，容量五十六公升，內部安裝了循環推進器，還直接接在水管上，連挪都不必挪。」

華盛頓聽是聽著但沒多大興趣，因為六年前調查時就見過這些東西，鑑識人員沒能從舒肥機找到什麼異狀。

邦尼朝處理豬腹肉的廚師點頭示意，接著走到大鍋前面，從外套掏出湯匙試吃了裡頭的東西，然後抓了個筒子撒鹽，超過華盛頓一整個星期能用的量。他看得目不轉睛又被廚師察覺，對方淺淺一笑：「跟你說個營業機密吧？想長壽健康的話少吃點鹽巴，但想要東西好吃還是多加點進去。波警佐，自家與餐館料理最大差異就在於鹽，我們會在不過鹹的前提加到最多。鹽可以帶出食材真正的風味。」

華盛頓聽了轉頭對緹莉說：「妳聽聽人家怎麼說的。」

電話響了，他接聽後大叫：「『烏荊子與黑刺李』他媽的只用本地出產的羊肉！誰要從蘇格蘭來的東西！」又聽了一會兒他繼續罵道，「不對，你這白痴！他媽的用坎布里亞郡的羊，而且一定要賀德威克綿羊！」

掛斷以後邦尼轉頭過來說：「抱歉我得去翻一下電話簿，這件事情不處理好的話整份菜單都得重寫。」

「別耽誤工作。」華盛頓問：「不過方便允許我們留在這兒嗎？」

廚師點頭。「別打斷他們工作就好，已經夠忙了。」

回來的時候邦尼表示已經找到新的供應商，情緒也明顯好了很多，在廚房四處遊走，又下指示又給大夥兒打氣。除此之外什麼都試吃，每一站都取出湯匙舀些屬下製作的成品嚐嚐味道，而且會試兩口。「這樣才能確定調味對不對。」他解釋。每次試吃完，邦尼通常都再加些東西，偶爾才單純點頭讚許。華盛頓觀察到邦尼過去監督時，每個廚師肢體都非常緊繃，不過廚房整體運作順暢，蔬菜準備就緒之後主廚稍微放鬆。

華盛頓決定趁此機會提起賈里德．基頓。

邦尼眼睛微閉。「聽說他下星期就出獄，到時候你自己問他不就得了？」

「想聽你的看法。」

「但我不想說。人家可是我的老闆，警察打聽他的閒話還不就是想給自己留點面子，對我只有壞處沒有好處。」

「邦尼先生，我們不是來打聽閒話。」華盛頓只能昧著良心：「而是希望透過徹查來瞭解完

㉛法式料理手法。

整事情經過，避免未來重蹈覆轍犯下同樣錯誤。」

邦尼沉默好一陣：「你們可能聽過一句話：『經營餐飲業最簡單的方法就是砸大錢賺小錢。』」

「有。」實際上當然沒有。

「可是這就是九成九餐館收掉的原因。沒辦法給客人留下足夠印象，人家就不會回頭再訂桌。做的菜和別家一樣，得到的成績又怎麼會不一樣？基頓主廚明白這個道理，想在業界出頭就得將創作和單純的烹調切割開來。一般人做菜照著食譜來，雖然理解鍋子裡發生了什麼、掌握多鹹多酸之類的事情也是技巧沒錯，但理論上任何人經過足夠訓練都做得到。」

華盛頓挺懷疑對方說法，至少自己照著簡單食譜做菜還是失敗好多次。後來只要不是隨便炒就好、夾進白麵包就好、丟在鍋裡熬個十小時也不會走味太多的東西他都不想嘗試。

邦尼繼續說：「創作一道菜，得先在腦海有想像，組合不同的味道、口感、火候與技巧，產生出超越獨立元素的綜合效應。」

「基頓做得到？」華盛頓還是不習慣給他加上頭銜。

「基頓主廚做得到。不僅如此，他還是第一個會親自外出採集原料的廚師，第一個活用分子美食學的廚師，第一個按照當天早上進貨每天修改菜單的廚師。我們也率先推出無菜單料理，很長一段時間，『烏荊子與黑刺李』是英國美食界最新鮮刺激又特別的體驗。」

華盛頓有所耳聞：烏荊子與黑刺李不給菜單。除非客人事前提出特殊需求，否則無論誰上門都會吃到同樣料理。有時候九道菜，有時候卻又超過二十道。從華盛頓的角度不知道這叫創新還是做作。應該是做作吧，但他很清楚自己對於美食的認知是原始人等級。

「另外，基頓主廚對於歐陸興起、倫敦跟進的經營模式不屑一顧。別的廚師覺得自己的創作優先於客人的享受，他則希望客人面對餐點的時候完全放鬆。為了這個理念我們甚至甘願不翻桌，晚上六點進來可以待到十一點，吃快吃慢由客人自己決定。現在很多地方搞起『大廚說了算』的文化，餐廳訂了規矩要客人遵守，我們不甩那一套。就因為這樣，『烏荊子與黑刺李』到現在依舊是美食界龍頭。」

華盛頓聽夠了他對賈里德．基頓歌功頌德。至今還沒從邦尼口裡聽到老闆究竟是怎樣一個人，於是開口問。

「很嚴格。」邦尼也坦承。

「但是公平？」緹莉接口，似乎很開心能參與。

然而邦尼卻笑了起來：「不對，就只是嚴格而已。」他捲起褲管給兩人看看小腿上一道能反光的傷疤：「這是被湯勺燙的。那時候我們拚命要保住二星，壓力很重，大家火氣都大。我做開心果脆片的時候搞砸了，放錯堅果卻一直到羊肉要上菜才被人發現。基頓主廚一時失控。」

「噢……」華盛頓嘆道。

「好處是，從此以後我再也不會弄錯堅果。」

「就算你這麼說——」

「沒有什麼『就算』。那年的二星岌岌可危，容不得一丁點錯誤。」

「為什麼星等有危險？」

「學徒等級的錯誤。」邦尼回答：「第四道菜是醃鯖魚，沒想到評審在裡面找到一塊骨頭。」

「不會太小題大做嗎？」華盛頓這輩子沒吃過不帶刺的魚。

「這個等級的餐館不行。」

「幸好最後沒有掉星？」華盛頓回頭向緹莉確認。

她搖搖頭。「沒有喔，波。」

邦尼忽然眼神閃爍，視線亂飄，好像想找藉口趕快離開現場。

「邦尼主廚，」華盛頓等到高個兒主廚望向自己才出聲：「發生什麼事？烏荊子與黑刺李靠什麼方法保住星等？」

廚師又低聲咕噥。

「抱歉，我沒聽到。」

邦尼神情既不滿卻又尷尬，操著蘇格蘭腔答道：「我剛剛說——他老婆車禍過世，所以餐廳星等暫緩三個月再做評鑑。」

32

「意思是基於同情給他機會？」華盛頓記下這件事，之後要跟史蒂芬妮調閱車禍相關報告。自己對洛倫．基頓之死所知甚少，基本上就只知道是交通意外。

「可以這麼說吧，」邦尼也無法否認，「主廚的太太剛過世，他們不好意思在這種時候給人家降等，但也只是暫緩。基頓主廚明白評審遲早還會上門，所以我們壓力特別大。」

「然後你們做到了。」得知賈里德．基頓連自己妻子過世也當成籌碼，華盛頓並不特別意外，這種冷酷投機的性格恰好符合對方給他的印象。

「太小看我們了，波警佐。洛倫走了大家都難過，但基頓主廚化悲憤為力量更上一層樓。他重新設計菜單、聯絡新的食材廠商，還安排自己女兒負責外場業務。」

華盛頓問起：伊麗莎白回來以後，餐館員工有沒有人與她說上話。

「她沒來過。我以為警方給她準備了旅館。她的房間還在樓上，沒人動過，回來的話可以直接住進去。我還先換了床單，開門窗透氣。」

「大家應該很興奮？」

邦尼搖頭道：「其他人還不知道。基頓主廚即將回歸就夠大家消化了。他們只聽說有新證據幫主廚擺脫罪嫌，細節我也打算讓主廚本人來解釋。」

緹莉似乎想要趕進度，翻開筆記本以後問：「邦尼主廚，你去監牢與基頓主廚見面三十六次，為什麼呢？」

對方皺起眉頭：「按照工作合約我必須去啊。那是行政主廚的職責。除了事前計劃好的季節性調度，其他情況要更改菜單內容都得告知。而且每一季還要對餐廳營運狀況做完整報告。」

「但資料顯示你一個月去了三次，」緹莉連查都沒查就說出來：「是他在彭頓維爾監獄期間。這又是為什麼呢？」

問得非常好。從卡萊爾到倫敦絕對不是什麼輕鬆路途，無論邦尼對賈里德．基頓多感恩，一個月三次實在太誇張。

邦尼想了想回答：「應該是他被人拿刀刺了以後？」

華盛頓與緹莉面面相覷。兩人表示檔案上完全沒記載這件事。

「真的？」廚師說：「他住院超過一個月喔。」

「抱歉我們說句話，」華盛頓湊到緹莉耳邊：「安排一下，今天晚上與弗林科長視訊，請她先調查賈里德．基頓遇刺是怎麼回事，為什麼監獄紀錄裡面沒寫。還有，順便調閱賈里德．基頓他妻子車禍的相關報告。」

「那我先去外面，訊號比較好。你車鑰匙給我，剛好放艾德嘉出去跑跑。」

緹莉出去之後，華盛頓轉頭問：「然後呢？」

「就這樣啊。他被人捅刀，住院休養。我心想也許是個契機，或許他會考慮接班之類的事情，就試著談談看修改契約，給我多點主導權，甚至告訴我那該死的松露林到底在哪兒。」

華盛頓不由得揚起眉毛。松露這玩意兒第二次出現在案情。

「差不多一半菜色都要用，成本他媽的高啊！利潤都被吃掉了。以前是基頓主廚親自去採，但他不肯透露位置。也能體諒啦，黑松露的生長地點寥寥可數太過稀罕了。」

「所以得採購？」

「而且價格高得嚇死人，單位重量比黃金還貴。」

「聽說過。」

邦尼仰頭，似乎在等他解釋。華盛頓懶得多費唇舌，比較好奇賈里德・基頓那種都市長大的人怎麼會知道野生松露長在什麼地方。但現在應該專注於他在監獄遇刺的事情，徹頭徹尾的新發現，必須追查到底。

「弄到住院，他應該很虛弱？」

「恰好相反，基頓主廚變得比較有活力。前一個月我去奧特寇斯監獄探視的時候他反而比較消沉，大概因為上訴又遭到駁回，他可能覺得自己至少得坐滿二十五年，或許還更久。所以有道新菜色他連利潤都沒算過就答應了。」

「被人捅了一刀反而打起精神？這也太奇怪了吧。」

「不是那意思啦，他出意外之前已經好轉了。其實就是我第一次去彭頓維爾監獄那時候，他容光煥發，又提起想在湖區中央開新餐廳、或者在倫敦開快閃餐廳，叫我回去想想看。聊天過程基頓主廚一反常態，從頭到尾都有說有笑。」

「結果就被人拿刀插了？」

「對，結果就吃刀子了。」邦尼回答得很肯定。

「而且沒有因此情緒惡劣？」

「一點也沒有。我去醫院探病兩次，他都很開心。」

華盛頓覺得有必要請科長調查邦尼最後去奧特寇斯、初次去彭頓維爾這中間究竟什麼情況，居然能讓賈里德．基頓被捅了都還不改好心情。

緹莉回到廚房內：「波，視訊安排在今天晚上七點。」

邦尼逮到機會又開始吩咐屬下做事。華盛頓暗忖自己大概也沒辦法再待多久，能在忙碌的廚房環境問到這麼多已經十分幸運。再一個問題就好。

「能和我說說伊麗莎白的事情嗎？我想你應該和她很熟？」

對方卻搖頭：「恐怕沒你想像的那麼熟。她外場我內場，在這種餐廳裡頭兩邊交流不算多。」

「下班以後總會碰面吧？」

「基頓主廚很保護女兒。也能理解，畢竟他在這行很久了，知道大家混久了下班以後都玩很瘋，尤其住員工宿舍的那群。」

「會上床的那種？」

「還會玩藥。工作環境壓力很大，基頓主廚就睜隻眼閉隻眼，只要沒在工作上鬧出亂子他不會干涉下班後的個人生活。」

「有出過什麼狀況嗎？」

進來以後頭一遭——邦尼表現得很不自在。「我是沒看過啦。」避重就輕，沒有肯定也沒有否定。簡單來說就是有所保留。

「那能不能推薦適合的訪談對象給我？」

「抱歉，」廚師回答：「進入出菜階段，我真的要忙了。」

華盛頓與他握手：「時間還早，有機會安插午餐的位子給我們嗎？」

邦尼轉頭大叫：「珍！」

「*Oui*，主廚。」

「還有兩人位子嗎？」

停頓幾秒以後那邊回答：「*Oui*，主廚。可以將四人位拆成二二。」

「看樣子有兩人組的客人本來被安排在四人桌，」邦尼解釋：「調一下桌椅就行。」

華盛頓點點頭，心裡慶幸還能在烏荊子與黑刺李多待一陣子。他覺得邦尼欲言又止，應該是想告訴自己什麼，但沒辦法當著廚房這麼多人的面說出口。午餐時段過後要是還有機會，或許能夠套出話。

「十二點過來可以吧？今天有很多道菜。」

華盛頓看看手錶，還有一個半小時，附近有政府林業委員會的公家土地，正好帶艾德嘉進去森林遛達，不然明明是狗卻沒見過自然生長的樹木該是什麼模樣。石跡丘陵那邊不只樹少，還都個頭矮小又歪七扭八。

33

再次來到烏荊子與黑刺李，兩人走正門進去。細高桌子後面站了一位女性接待，整張臉蒙上電腦螢幕的光芒。他們報上姓名，然後走入小小候位區。

穿著硬挺白襯衫與黑夾克的男人領帶上有烏荊子與黑刺李字樣。他過來坐在兩人旁邊，手裡有個皮革資料夾。

「兩位好，我是餐廳經理喬．道格拉斯。你們有在這兒用餐過嗎？」他們回答沒有，道格拉斯便開始解釋用餐方式：「今天我們提供十四道菜的品嚐菜單，每十二分鐘出一道，整個用餐體驗大約需要三小時。」

對華盛頓而言非常新鮮，這餐不是用來吃，而是用來體驗。一次還得花三個鐘頭更妙了，他認知裡的午餐晚餐可以在辦公桌、車子或自家水槽前面隨便打發。不過這或許有助進入賈里德．基頓的思維，嚐嚐他發明的料理不算什麼天大壞事。

「請問先生想要和侍酒師談談，還是我們有榮幸直接為您搭配？」

華盛頓不知道有什麼好搭配，反正不重要——他不喜歡紅酒：「給我一品脫苦啤酒。」

「給我氣泡水，謝謝。」緹莉也說。

道格拉斯畢恭畢敬鞠躬後從皮夾子裡取出iPad Mini為兩人點了飲料：「請問有沒有特殊飲食

習慣要提醒邦尼主廚？」

緹莉表示自己吃素。

道格拉斯又在平板按了幾下：「準備就緒了，現在帶二位入座，請跟我來。」

牆壁露出磚塊，磨坊古老機具保存完整。沒有繪畫、照片，甚至沒有窗簾，完全沒有其他東西分散客人注意力。

坐下之後發現極簡主義還沒結束：餐桌本身是質樸無裝飾的木頭，桌上只有素白餐巾、訂製餐具與銅綠花瓶裡的一朵白玫瑰，連胡椒和鹽巴罐子也找不到。華盛頓特地張望一陣，想確認是不是特別待遇，但看來即使是顧客自己要吃的東西，這餐廳也不會輕易交出調味的權力。

接近中午，餐廳客滿，氣氛寧靜中有種肅穆感。侍者無論男女都是一身燙得平整的制服外衣配上白領帶，三人一組移動起來悄然無聲，一人端盤、一人上菜、一人向顧客解釋菜色內容。還有侍酒師目光如炬在一旁隨時準備上前斟酒。

烏荊子與黑刺李內部空間不算小，華盛頓沒感到什麼壓迫感，但他不免懷疑那位來自愛丁堡的高瘦大廚為何真的願意留二人用餐。完全無此必要，座席確實都被預訂了，他大可以客滿為由拒絕。問題就在於邦尼竟然還答應，單純因為這家餐廳標榜以客為尊的服務，或者藏了其他的動機？

一個髮色偏紅的女侍提著麵包籃走近，用精緻夾子在他們的盤子上各放一個。又一人過來在桌子中央擺上石鍋，裡面裝滿奶油。

最後一個侍者開始排練好的介紹詞：「本日匠人麵包[32]是邦尼主廚以有機酸種麵團搭配採摘的野生百里香，奶油原料則是坎布里亞本地農場出產的牛奶運送到店內製作而成。」她語氣彷彿耶穌基督親手攪拌過一樣。

儘管聽得不明就裡，熱麵包香味的確是生命中的單純美好。華盛頓與緹莉深深呼吸，之後他將麵包掰開塗上大量奶油咬下去，忍不住發出讚嘆。確實美味。

下個服務生三人組送上第一道菜，很符合華盛頓期待：小而美，且精緻得叫人難以置信。

「兩位現在看到的是邦尼主廚特製的尼斯沙拉，」同樣第三位侍者開口解說：「以藍鰭鮪魚生魚片、脫水蛋黃、番茄雪酪及橄欖醬製作而成。」

不過緹莉那盤內容略有不同。侍者解釋餐廳為她以水煮豆腐替換鮪魚，同時間華盛頓已經開吃。兩小口，稍微多些的第三口，沒了。說可以是還可以，但他覺得自己品味不足以理解其中奧妙，為這玩意兒候位兩個月太奇怪了。還比不過坎伯蘭香腸。

緹莉將每樣東西分開來小口小口好好試了味道，最後才全部混在一起一叉子吃光。「很棒。」吃完以後她這麼評價。

下一道本來就素食所以兩人沒分別，寬邊帽大小的白碗正中央擺了一顆義大利餃，長寬和名

[32] artisan bread，指非工業化大量生產的麵包。通常為手工製作，可能遵循古法或避免使用現代化學添加物。

片近似，邊緣壓出波紋，上面覆蓋的醬料像痰。

「這是野菇義大利餃佐以蒜蓉、熟成帕瑪森乳酪絲，最後撒上黑松露粉。」

濃郁香味傳來，華盛頓盡量表現得從容。他發現放慢節奏以後，自己也能夠好好品嚐出白色麵糊內外的滋味。蒜蓉醬外表不怎麼體面，然而與餃子非常互補。再來黑松露那份屬於大地的芳香也與乳酪的鹹達成巧妙平衡。

「嗯……確實不錯。」他也必須承認。由於是第一次進這種超高級餐館，華盛頓總覺得格格不入。相較之下，緹莉．布雷蕭幾乎不知何謂尷尬，對他的不自在當然也就毫無共鳴。

小而美的料理一份份呈上，精緻度還層層疊疊越來越高。中間有個海膽連殼送來，華盛頓看了稍有不忍，口感類似煮熟的蛋奶凍，卻滿溢新鮮龍蝦般的海洋鮮味。他每咬一口，緹莉就在旁邊發出一聲「嘖」。還有以紅蘿蔔泥、紅蘿蔔雪粉、紅蘿蔔冰沙構成的紅蘿蔔演繹——華盛頓倒覺得演繹的是「做得到不代表應該」這句格言，直接啃一條蘿蔔更可口。紅蘿蔔之後是韃靼生鹿肉，盤底留著一條某種鹹香料的痕跡。

接著上來的東西看似雞塊。華盛頓一臉困惑抬起頭，侍者解釋：「炸羊丸，佐以野生大蒜製作的蒜泥蛋黃醬和苦檸檬糖漿。」

他朝對面一看忍不出「哈哈」兩聲。緹莉那邊又是一道「演繹」菜色，這回主角是紅點豆。淺紅色豆皮上的深紅色線條透過擺盤呈現十分悅目——但跟自己這邊的羊肉怎麼能比。

尤其這道羊肉料理令華盛頓驚為天人，即使吞下了仍有多層次的香氣在味蕾上徘徊。他猜測廚師先將羊肉泡過奶水，然後撒上麵包屑再油炸。以三星級餐館而言肉的嚼勁超過預期，不過在絕妙調味下瑕不掩瑜。話說回來，華盛頓本來就喜歡羊肉，也喜歡油炸，這道菜能討到自己歡心也不算意外。

緹莉先吃完豆子，之後盯著華盛頓直到他吃完，同時嘴角浮現一抹詭異笑容，明顯有話要說。

「緹莉妳幹嘛？」他伸手指將餐盤上最後一點醬汁也抹了吃掉。

「波，你知道『炸羊丸』是什麼吧？」

「不就是油炸羊肉丸嗎？」

「嚴格來說也算是啦。」但緹莉打開手機，等了一下訊號，輸入字串之後遞過去。

華盛頓讀完維基百科網頁，看看舔乾淨的手指與一滴不剩的盤子。「這是惡作劇對不對？」

「沒啊，真的是羊睪丸。」緹莉的笑容比M6公路還寬。

華盛頓咕噥：「我要看菜單——」

他舉起手，侍者立刻走近，有點僵硬地說：「先生，有什麼問題嗎？」

「我要看菜單。」華盛頓回答：「接下來每道菜，我不知道裡頭是什麼就不吃。」

「先生，三道點心過後所有客人都能拿到主廚簽名的菜單。」

華盛頓狠狠瞪著他。

「我問問邦尼主廚能不能破例好了。」

「麻煩了。」

「波，有沒有覺得這邊的料理稍微做作了？」緹莉等侍者走遠之後問。

華盛頓悶哼同意。如果說烏荊子與黑刺李只是略微做作，那海膽也只是略微鮮鹹而已了。

侍者回來時拿了兩本卡紙裝訂的菜單，一人一本。

「謝謝。」華盛頓說完，侍者鞠躬離開。

他打開菜單，卻有個小信封掉在桌上。兩人互望，華盛頓左顧右盼確定沒人留意才用奶油刀挑開。

信封裡裝著小卡片。華盛頓將上頭文字唸給緹莉聽：「此人因『時間管理嚴重瑕疵』遭到解雇，我認為他個人會提出異議。」

華盛頓將卡片翻面找到一個人名：傑佛遜．布萊克。他將卡片遞給緹莉，緹莉看了立刻用手機搜索。

傑佛遜．布萊克？謀殺案檔案裡完全沒出現過這個名字，華盛頓不禁懷疑原因為何。前員工或許心存怨懟，但只要過濾言談中的偏見就能成為絕佳的情報來源。

「沒訊號。」緹莉拿著手機在半空搖晃，後來又高高舉起手。侍者過來桌邊，她開口問道：「請問你們WiFi密碼是？」

「女士，我們是米其林星級餐廳——」

她竟然照著輸入：「都是小寫嗎？」

華盛頓笑道：「緹莉，之後請科長幫忙就好，回程打個電話過去，現在先好好享受美食吧。」

「好吧。」她將手機收入口袋，侍者一溜煙躲遠。

等待下道菜上桌期間，華盛頓暗自思索：為何邦尼認為傑佛遜・布萊克這人能幫上忙，又為何神祕兮兮不能在廚房內公開說出口？一下子想不到明顯理由。

他漫不經心拿起菜單想知道下一道菜是什麼，結果又是鹿肉，糖漬野生黑莓佐燉麋頰。華盛頓看了心裡一陣火，認為烹飪技巧沒必要這樣花俏、食材沒必要取自奇奇怪怪的部位，而且諸如「農村生產」、「本地採摘」、「分子解構」這類描述文字華而不實，「野生」兩個字幾乎每道菜色都出現。

此外邦尼說得沒錯——黑松露的確是菜單要角，十四道菜就有六道用了這昂貴莫名的菌類，難怪邦尼一心想著問出賈里德・基頓的祕密蕈園究竟位在何處。

「緹莉，有空閒的話方便幫我簡介一下松露這東西嗎？例如餐館會使用的品種，英國原生的品種及生長地點之類。」

「好，」盯著菜單的她抬起頭回答：「今天晚上找資料。」

華盛頓向她道謝。賈里德・基頓從哪裡弄到黑松露這件事情令人十分在意。

緹莉忽然將自己的菜單遞過去，指著最下面一行小字。華盛頓皺眉，戴上老花眼鏡才看得見。

她指尖底下標示了餐館合作的供應商，相較於菜單本體字體又小又細。應該是事前印在底板，方便菜單部分每日更換。

華盛頓一個字一個字仔細讀，總算明白緹莉察覺什麼，心跳為之一頓。整個早上線索就在面前晃啊晃的，邦尼還當著自己的面大吼過。

為烏荊子與黑刺李供應羊肉的是湯瑪斯·修莫。

34

後來吃了什麼在記憶裡一片模糊，連帳單金額都沒能讓他叫苦連天。正常情況下，一頓午餐要價將近四百英鎊時，華盛頓應該會覺得自己被坑於是氣呼呼。今天他不發一語就把錢給付了。想不到離最近的鄰居一直賣肉給自己正在調查的餐館。湯瑪斯．修莫過世了，他女兒維多利亞可還好好的，而且之前二度閃爍其詞，一次是打電話聯絡，一次是過去接艾德嘉。華盛頓表示自己只是要去接狗的時候，她那種語調變化實在太明顯，怎麼聽都是……鬆了口氣。難道她也涉案？目前無法確定，但能肯定有內情，必須查個水落石出。

儘管以最快速度返回石跡丘陵，乘坐越野車到家時也差不多六點。艾德嘉跟著兩人外出一整天，華盛頓暗忖終究得找個地方給狗兒打發白天時間，長此以往不可行。

他拿了壺子放上火爐煮了很濃的咖啡，也找到花草茶包和杯子倒滿熱水。準備飲料的同時，緹莉佈置好視訊會議的連線。

七點鐘，螢幕準時亮起，鏡頭裡盯著兩人的史蒂芬妮．弗林仍舊滿面倦容。「等會兒愛德華．凡．孜爾處長也會加入，他正在與坎布里亞警隊長通話。」

「噢……」華盛頓問：「知道原因嗎？」

史蒂芬妮聳肩：「老實說不清楚，甚至懷疑他根本不知道我們開會的主題。但人家問了，說那邊結束以後想轉到這邊聽聽看。」

「波吃了睪丸！」緹莉毫無預警忽然大叫，顯然很想與科長分享這個消息。

「是嗎？」

「是真的，史蒂芬妮．弗林科長。他還把盤子都舔乾淨。我笑了以後，波就跟服務生抱怨，還堅持要拿菜單看！」

史蒂芬妮遮著嘴忍住笑。但她好幾個星期沒露出過開心神情。也罷，自己的犧牲算是有了回報。

「波警佐，是你要求視訊對吧，」史蒂芬妮切入正題：「所以是什麼情況？」

華盛頓說明自己前往烏荊子與黑刺李，得到克勞佛．邦尼暗中告知傑佛遜．布萊克這個名字。緹莉．布雷蕭透過可用資料庫搜索，並未得知此人最後下落。史蒂芬妮聽完做了紀錄，答應會設法查明。

接著華盛頓提起烏荊子與黑刺李的羔羊肉和小羊肉[33]，而農場前主人湯瑪斯．修莫的女兒維多利亞言行舉止頗為異常。

「那你對他們父女瞭解多少？」史蒂芬妮問。

華盛頓沒有立刻回答。自己究竟瞭解湯瑪斯．修莫什麼呢？說實在的，還真沒什麼，畢竟連人家有小孩居然事前也毫不知情。第一次見面就是湯瑪斯將賀德威克農場售出，他說自己只是在這杳無人煙的荒郊野外蓋了小屋，地方政府竟然想徵稅，所以不要了。華盛頓買下小屋以後尚未收到稅單，但覺得只是早晚問題，政府總會發現的。

「瞭解很少。」他直接這樣說。

「那我去查查，」史蒂芬妮回答：「還有呢？」

華盛頓差點說散會，卻赫然想起賈里德．基頓妻子車禍身亡的時間點未免太過蹊蹺，不但保住烏荊子與黑刺李的二星，還爭取機會多摘下一星。他請史蒂芬妮調閱車禍相關的報告。

「就這樣？」

「目前。」

「波，他不是被人捅刀子嗎？」緹莉問。

我這豬腦袋。跑出傑佛遜．布萊克與修莫這兩條新線索以後，他竟然忘記要求視訊的最原始動機，趕快將邦尼的說法轉述給史蒂芬妮知道——賈里德．基頓在獄中曾經遭人襲擊重傷，卻絲毫沒影響到他那陣子絕佳的心情。

「司法部有認識的人，」科長寫下重點：「我去打聽打聽。」

史蒂芬妮背後那扇門忽然打開，一個高大身影將她旁邊空間給填滿。國家刑事局情報處長愛德華．凡．孜爾面色鐵青得彷彿剛被診斷出癌症。

㉝精確定義時，羔羊肉（lamb）取自未滿十二個月的羊，小羊肉（hogget）取自十二到二十四個月大的羊，超過二十四個月就是成羊肉（mutton）。

「波警佐，麻煩來了。」他一開口就這麼說。

我怎麼完全不驚訝了呢？華盛頓心想，麻煩根本就是他人生的主題曲……

35

「我剛才和坎布里亞警隊長開會。」處長說：「說那邊的事情之前，你們先帶我熟悉現在狀況？」

史蒂芬妮．弗林精準陳述了現階段調查進度，過程中只翻了一次筆記，有些不確定細節則要求華盛頓或緹莉補充。

說完之後，孜爾先是沉默不語。

片刻過後，他再度開口：「波警佐，明天下午三點鐘你去杜倫希爾警局一趟，對方要求正式面談。」孜爾看了手上文件，「考量到你的階級會由高級督察瓦賓主持。認識嗎？」

華盛頓點頭。賈里德．基頓在達拉謨監獄意有所指發出恫嚇之後他早料想到這局面，但實際面對還是有些錯愕。「長官，警隊長那邊有解釋理由嗎？」

「沒有。假如想拖延時間也有辦法，我可以說工會代表要過兩天才有空隨行。何況我剛剛就想著該打電話回去跟她說清楚：連理由都不交代就想動我的人未免不成體統。」

「沒關係，長官，我會過去。這是好機會。」

「即使我從頭到尾『不便評論』，他們還是得亮出手上的牌，所以仍舊能得到情報。雙管齊下更容易判斷賈里德．基頓究竟盤算什麼。」

「很好。」

華盛頓聽出來了：孜爾處長早就得出相同結論。倘若他真有意阻攔雙方見面，出手機會非常多。

「但是波警佐，不得不先提醒一句，」孜爾繼續說：「這件事情得處理體面，別鬧事也別耍小手段。進去，探聽清楚，然後就出來。警隊長承諾明天不會有逮捕動作，可是你透露越少越好，免得到時候被他們大做文章。」

「是，長官。我會謹言慎行。」

「好。另外，那個高級督察瓦竇是什麼人？好像看你非常不順眼。」

「報告長官，我和他有點小誤會。」

孜爾揉揉眼睛，雙臂往後伸展還打了個呵欠。「真搞不懂你怎麼走到哪都能跟人結怨。」

「長官你也不是第一天認識我們家波警佐，」史蒂芬妮出面緩頰：「他就不打不相識那種類型。」

視訊會議結束，兩人都沒早睡的意思，於是各自繼續努力。華盛頓將眼鏡架上鼻梁，重新檢查一次監獄報告的內容。

這次他主要針對邦尼的說法找線索，想確認賈里德・基頓是否曾經遭人持刀刺傷。翻了一下就找到：全國罪犯管理資訊系統裡有連續三週時間完全空白。在此之前負責獄警每天都有相關報告，但可想而知，他們是針對監獄內一整片區域做巡查，如果人犯實際上不存在於牢房內當然就沒什麼能寫。另一方面，真的被人捅了，以賈里德．基頓的奸詐也不會隨便透過正式管道求助。監獄文化中，打小報告這種行為比戀童癖還糟糕。想必事情悄悄解決了，才沒有留下官方紀錄能看。病歷應該有，可是史蒂芬妮目前也還無法調到——病患隱私擴及受刑人。即使獄警確實註記賈里德．基頓多次前往醫護室，卻沒寫清楚原因。華盛頓猜想他是裝病好避開人群，焦慮緊張的囚犯常常這樣做，畢竟醫護室是相對安全的區域。烏莿子與黑刺李的明星大廚不過是靠撒糖撒鹽為生的人，到了監獄裡，有錢卻又弒女更容易成為霸凌對象。

華盛頓傳訊息給史蒂芬妮，告知自己找到紀錄中的空白部分，負責獄警在系統內未留下文字的日期或許能指引她查到賈里德．基頓好心情所為何來。

他朝旁邊瞟了眼，緹莉安靜得出奇。平常兩人這樣進行調查研究總時不時有單方向對話，比如這幾天他學到了演員米高．福克斯的中間名是安德魯、一張紙若對折四十二次厚度就能抵達月球、七成叢林動物仰賴無花果存活等等。華盛頓並不特別想獲得這類知識，但聽過了很難忘記。

今天人家不講話了。

緹莉對著筆電一臉鬱悶，後來摘下眼鏡用隨身攜帶的拭鏡布好好清潔，忽然身子前傾冒出一句：「真可惡。」

她又稍微盯著螢幕，點點頭，終於將椅子轉過來，發覺華盛頓看著自己似乎嚇了一跳。

「怎麼啦？」

「波，有事情告訴你。」

「不是別人的隱私吧？」

「好笑。但這是正事。」

他坐到緹莉旁邊，看見螢幕上是某種不動產權登記網站，已經輸入一個肯德爾市的地址。

「波，賈里德·基頓曾經想買下這家店，在湖區中央開一間衛星餐廳。」

「這網站是？」

緹莉沒回答，華盛頓也不想逼問，有些事情確實別深究比較好。他轉頭繼續看螢幕，認出了畫面上的街道，是肯德爾不錯的地段，雖然算市郊但又離蛋黃區不遠。

「所以呢？」他追問。

「本來都談妥了，可是賣家最後一刻忽然反悔。交易文件上的說法是雙方立場有衝突，賣方以為賈里德·基頓想經營社會企業式的餐廳，後來發現並非如此，而且買方涉嫌提供誤導資訊，於是賣方將物件直接撤下不釋出。」

「嗯哼……但這為什麼和我有關係？」

「那間店的產權在你父親手上。」

華盛頓像是腦袋翻了一圈，尚未反應過來，本能自問——哪個父親？關愛並撫養自己的那個，還是強暴母親的那個？但隨即回神，畢竟知道家中祕辛的人少之又少，其中並不包括緹莉。

「怎麼可能呢，緹莉。」他答道：「我爸沒開店，他是貨真價實的嬉皮，根本不相信『所有權』這種概念。也不相信體香劑。」

緹莉列印一頁遞過去，華盛頓讀了深感詫異，父親名下不止一家店，而是好幾家。算了算，總共十四，凱西克兩間、溫德米爾三間、安布賽德一間，其餘都在肯德爾，價值合計數百萬英鎊，每年光收租就達六位數。

他轉頭望向緹莉：「怎麼會？」

緹莉聳肩：「收到的租金全轉入符合倫理營運的基金，我只查到這麼多。」

華盛頓不知該說什麼好。自己的披頭族養父原來是個精明幹練的商人，正好與基頓一家結過梁子。太不可思議了。當然華盛頓也懷疑過他那種生活方式靠什麼支撐，但總以為主要就是搭便車、便宜船位、在世界各地打工，沒料到父親大概都坐商務艙。

過了一個鐘頭，華盛頓根本無法專心，思緒總會回到父親身上。身價幾百萬英鎊的富翁。至少帳面數字是這麼說的。母親知不知道呢？可能知道，更有可能不在乎。

還是得回到現實，他察覺周圍氣氛變了。仔細一聽，原來只剩下三臺筆電風扇運轉，沒了別的聲音。原來先前一小時印表機沒停過，剛剛才關掉。

於是他連問也不問就點火煮茶，泡開以後帶著兩個杯子回去。

「謝謝。」緹莉吹散熱氣喝了一小口。

華盛頓翻了那些資料前幾頁，都是社交平臺的個人檔案，一頁又一頁照片、留言、貼文，帳號多數為年輕女性。他抬起頭，一臉困惑。

「波，每天使用社交平臺的人裡，女性佔七成六、八歲到二十九歲佔八成二，還有兩成四的人幾乎時時刻刻盯著看。假設伊麗莎白．基頓前幾年活得好好的，徹底忽略社交平臺的機率微乎其微。」

「她的個人檔案沒有活動吧，」華盛頓問：「妳不是一開始就查過嗎？」

「波，她沒活動，她朋友可不會。我研究了有些什麼人、讀什麼學校，反向工程假造一個身分發好友邀請過去。」

「多少人接受？」

「全部。」

華盛頓眉頭一蹙。儘管現代青少年什麼事情都要在社交平臺上昭告天下，儘管那年紀的人重視按讚分享遠勝保護隱私，緹莉這樣子發送邀請居然全部上當未免太離譜。但考慮到她是這方面的專家或許就沒那麼離譜了，畢竟緹莉有天才智力、電腦技術和許多早已備妥的假身分。其實這部分才是真的誇張，緹莉捏造的人際圈裡，每個人都有嗜好、親友，會張貼動態、參與社團並且與真人互動，簡單來說就像真的存在。運用社交媒體進行調查已經成為緹莉那個小組的拿手絕活。

不過列印出來的文件並不只有新朋友們的檔案，還包括私人和封閉團體的聊天內容。這類資訊她本不該有權取得。

「緹莉，妳怎麼弄到這些東西的？」

她表現得有些防備。

「緹——莉——？」華盛頓拉長音質問：「妳幹了什麼好事？」

「波，先答應不准生氣。」

他雙手交叉胸前。

「我做了一個心理測驗，叫做『如果我是哈若比高中的老師』。」

「什麼東西？」

「就是寫一個心理測驗給大家玩。那些人都是哈若比高中的學生，所以我挑了一個看起來像校友的帳號寄給他們。」

華盛頓覺得她輕描淡寫了。她捏造的身分在別人眼中不是像，單純就是。

「應該有很好的理由支持妳這個做法？」

她用力點頭。

「給我看看。」

緹莉開了個檔案，充斥著程式碼，但華盛頓從中捕捉到一些正常詞彙，都是心理測驗的問題。明明很幼稚，可是玩社交平臺的年輕人就愛回應。

你第一隻寵物的名字
你的外號
你母親的原本姓氏
班上養的沙鼠的名字
圍巾上的污漬
你最喜歡的食物
出生地
帶全班郊遊的地點

諸如此類。

華盛頓隨便拿張白紙作答完眉頭更緊，感覺好熟悉。「這不就是——」

「沒錯，用戶取回密碼時常見的安全驗證問題。」

「合法嗎？」

她沒回話。

「緹莉──」華盛頓提高音量：「這合法嗎？」緹莉用這種手段破解別人的安全密碼並駭入帳號，在他看來絕對違法。

「屬於灰色地帶。」她迫不得已答道。

華盛頓想了想，認為這所謂灰色地帶恐怕是深灰色，深到有心人士會直接視為黑色。他說出自己的立場。

「波，你現在有麻煩，」緹莉語調回復鎮定，「為了保護你，我也只能不擇手段。這件事情之後再說吧，到底要不要聽我發現了什麼？」

華盛頓嘆口氣，幸好也不會被逮到，想必緹莉進出那些帳號都會不留痕跡。「所以是？」

「波，狀況很奇怪，奇怪就在於居然什麼也沒有。她失蹤之後沒在任何主要平臺發言、沒去觀察朋友近況，甚至連好友設立的哀悼頁面也沒看。」

「未免……太過紀律嚴明。」

「的確哦，波。另一方面，所有可行的搜尋管道都顯示伊麗莎白所屬群體與社交平臺緊密連結，不太可能這麼徹底地脫離。」

「那失蹤前呢，她在社交平臺表現如何，有沒有異樣？」

「沒有，很普通，常常與朋友往來，發過不少和『烏荊子與黑刺李』相關的文章，看不出明顯政治傾向。」

華盛頓再看看緹莉列印出來的照片。伊麗莎白・基頓在每一張裡都面帶微笑，與大家描述相符，是個合群且快樂的青少年。背景有派對，也有俱樂部及酒吧，再來是工作中。看來她曾經與好友出國，打卡地點沒標錯的話是馬德拉群島和葡萄牙。華盛頓記得馬德拉是火山島，所以雖然她們穿著比基尼卻沒有沙灘，而是站在混凝土建造的浴場內。

他眉心微微蹙緊。感覺有什麼地方不對勁，所以再檢查一遍想要確認。

「緹莉，妳去海邊玩會穿什麼？」

她一臉茫然。這和問她穿什麼去健身房意思差不多。

「算了，」他改口：「妳看看這幾張然後說說想法。」

緹莉端詳那幾張在馬德拉拍攝的照片，沒過幾秒就浮現心領神會的表情。「波，她上半身不是比基尼。她朋友都露了，只有伊麗莎白總是穿著長袖T恤或襯衫。」

「沒錯，我懷疑是想遮蓋自殘疤痕。」

華盛頓拿出伊麗莎白十五歲的照片給緹莉看。這次沒有打卡，但看得出地點在坎布里亞西邊，大概是阿隆比一帶。難得的晴朗天氣，她十分理所當然地穿著比基尼。

「自殘應該發生在這兩次出門之間。」

華盛頓不禁猜想造成自殘的原因，或許是母親亡故，但賈里德．基頓是否知情？若他得知必然會要求伊麗莎白在公開場合遮蓋傷疤，女兒會自殘違反他想營造的形象。

還是別一直盯著照片，不然緹莉大概會說些讓氣氛尷尬的話。

一臺筆電發出嗶嗶聲，緹莉轉過去點開新郵件。「弗林科長寫信來了，她找不到傑佛遜．布萊克的地址，但知道這個人明天在什麼地方。」

「哪兒？」

緹莉回答以後，華盛頓真希望自己沒問。

第十一天

36

每座都市都有匠門區這種地方。假如卡萊爾市發瘋了申請辦奧運，其他參賽城市只要錄下這裡的夜間光景寄給委員會就能收拾掉：比鄰於街道兩側的是無數酒吧夜店、外帶餐館和付費使用的自動櫃員機，流連此處的人追求熾烈的一口酒、濃度百分之八以上的啤酒和震耳欲聾的舞曲旋律，所以週五週六夜間到處都是警察巡邏。

坐鎮中央彷彿此地龍頭的酒館外觀很不體面，店名叫做「郊狼」。坎布里亞郡為數不多的組織犯罪幾乎都以此為基地，多半只是妓女給皮條佣金、藥頭補貨、售賣贓物這類。當然還是給全國平均壽命帶來一些負面影響。

卡萊爾當地居民將「郊狼」戲稱為「狗店」，那些自以為硬派的人通常也不隨便踏足。

華盛頓到了店門口，轉身朝匠門區車站方向望過去，忽然從外套取出證件在半空揮舞。

「波，你在幹嘛？」

「有沒有看到馬路最高那根白柱子？」

「有。」

「那是新的監視系統，我要讓後臺知道自己進去了。」

「柱子在兩百公尺外？」

華盛頓冷笑。沒錯，兩百公尺，但無關緊要。新鏡頭性能極佳，後臺人員連他手錶上的時間都看得見。儘管時間還早，他相信有人不分晝夜緊盯狗店入口，監視器始終瞄準這位置，因此高舉手臂兩分鐘。如此一來想必監控單位也會意識到有警察進入狗店，趁早派遣警車在旁邊待命。

但忽然有個一字眉男人將二人推開衝進裡頭。很好。這人會警告大家警察來了，毒品贓物請藏好、收斂明顯的犯罪行為，否則華盛頓抓或不抓將十分為難。至少他希望場面乾淨點，然而狗店內部情況很難預測。

正要進去的時候大門又從內側打開，一個穿著小禮服的女人搖搖晃晃出來就在人行道大聲嘔吐，緹莉嚇得趕緊跳開免得被濺到。對方微微轉身苦笑表達歉意，手背抹抹嘴巴說：「那混蛋明明說會抽出來……」

緹莉友善微笑，但其實不知道那句話是什麼意思。女子又踏著蹣跚步伐回去店內。

「準備好了嗎？」華盛頓問。

緹莉猶豫片刻後說：「嗯。」

「沒事的，」他安撫道：「想想回去以後妳就可以跟宅宅夥伴們炫耀。」

「波，你是要說史酷比小組嗎？」

「我是那麼說的吧？」

他推開大門走進去，鼻子立刻受到衝擊。狗店味道怎麼比廁所還臭，那這兒的廁所聞起來如何最好是別輕易嘗試。空氣窒悶燥熱，濃濃菸味之中夾雜揮之不去的大麻香，天花板與窗戶玻璃早被尼古丁燻黃。破破爛爛地毯上不知道是什麼濕潤有機物，吸引一群肥蒼蠅圍繞著大快朵頤，說不定就來自一旁打赤膊的男子。他脫下T恤按頭止血，似乎才剛受傷。傷是傷了，他卻繼續和隔壁男子飲酒談笑。

狗店就是這樣的地方。

「天吶！」緹莉低聲道。

華盛頓朝吧檯移動時小心避開散落一地的OK繃和菸頭。女酒保正和一個高瘦男子交易——這也是交易沒錯。等待期間他便轉頭觀察場內情況。

剛過早上十點鐘，狗店裡頭卻已經很多人，大半是運動服裝或背心打扮，想必都在社會上混得不甚如意。這個族群的死亡證明上常常寫著「因垃圾桶火災而燒死」。

有個女的瞪大眼睛正在抱怨「既得利益者混帳」們妨礙她賺錢，還說「要她去除草賺錢不如去死」。還有個男人戴著墨鏡鬼鬼祟祟一直看手機，彷彿自己是軍情五處的特務一樣。另外一個胖子看上去喝了整晚，顯然尿濕褲子了。兩個年輕人玩飛鏢，但華盛頓沒找到靶子，懷疑根本不存在。雖然有撞球桌，髒兮兮綠絨布上躺了個人，身上被蓋滿炸薯片，原因不得而知。

除了人，還有兩頭比特犬，都是法律禁止飼養的品種，牠們拉扯繫繩朝彼此吼叫，先前穿小禮服那位靠太近，腳踝被咬一口，周圍所有人看了哈哈大笑。

女酒保終於閒下來，華盛頓試著搭話人家卻不理會，等他亮出證件才無奈靠近。她穿著短褲與不乾淨的T恤，瘦得皮包骨，整條手臂就手肘最粗，左手掌包了紗布。從外表來看，如果六十歲叫做保養得宜，但恐怕是保養失敗的四十多歲。

對方等他先開口。

「傑佛遜．布萊克，在哪？」

緹莉有找到目標的舊照片，因此華盛頓有個模糊印象，確定還沒在店內看見過。

「先買酒。」女酒保嘀咕。

狗店這種地方一堆人爭強鬥狠，對女酒保言聽計從等於歡迎別人拿起酒杯往自己臉上砸。華盛頓沒理他，轉頭面向一群常客。

「我叫華盛頓．波。」他開口：「在我找到傑佛遜．布萊克之前會每天過來這家店。沒錯，就是『每天』。」

這話可就無法充耳不聞。其實華盛頓一到櫃檯，就有人帶著手提箱轉身要溜走。斷人財路是最容易榨出情報的手段。

背後大門打開，狗店內眾人異口同聲鬆了口氣。

華盛頓轉身一看，問題確實解決了。傑佛遜．布萊克剛走進來。

37

當廚子之前，傑佛遜．布萊克待在特種部隊傘兵營，現在走路依舊有那個架勢：抬頭挺胸、背桿打直，渾身散發出自信。他現年三十出頭，留著沙色平頭，鼻梁凹陷、下顎方正得像鐵砧，穿了寬鬆法蘭絨短褲、一號傘兵營連帽上衣，表情很猙獰。

跨過滿是穢物的地毯以後，傑佛遜．布萊克找了偏僻角落坐下。附近其他人趕緊讓出空間，即便狗店常客也不願意隨便與他對上目光。儘管都沒講話，女酒保逕自送上一品脫窖藏啤酒和看似白蘭地醒酒水的東西。他也不道謝，只是開始觀察周圍，很有前軍人的風格。

傑佛遜．布萊克立刻發現華盛頓。

華盛頓與他四目相望毫不退讓，待對方浮現一抹好奇神情之後過去坐在他旁邊。緹莉選了兩人對面的板凳，東張西望很是緊張。

「聽說能在這裡找到你。」華盛頓先開口。

布萊克盯著他，嘴角微乎其微上揚。

華盛頓手伸進口袋，布萊克見狀渾身一緊，隨即才意識到亮在桌上的只是證件。

「你找到了。」他回答。

華盛頓看看手錶：「餓嗎？不介意的話酒可以先擺著，反正看這氣氛也沒人敢碰。」

「吃過了。」布萊克說：「我盡量每天起床都先吃頓好的，常去銀行街那邊一間不錯的老式咖啡館，廚子的雞蛋料理手法很棒。」

華盛頓也知道那地方，「約翰．瓦茲咖啡館」，販賣世界各地的咖啡豆。他也頻繁光顧。

「都在那邊吃飽了才開始一天工作。」布萊克繼續解釋。

「工作是？」

「彎手臂。」

華盛頓沒答腔。對方那句話的口氣不像胡說八道，此外他察覺布萊克開始出汗。今天天氣熱，狗店也不通風，裡面活像個培養皿。問題在於布萊克是滿身大汗，頸背整片水光。發覺華盛頓觀察自己，他也沒多做解釋：「偵緝警佐波先生對吧，有何貴幹？」

華盛頓盤算該不該提起自己也曾從軍，若能拉近距離比較好套話，但仔細想想又覺得意義不大。布萊克隸屬特種部隊，沒能戴上褐紅色扁帽的人在他們眼中就是廢物。儘管華盛頓待過的黑衛士也是威名遠播的蘇格蘭步兵團，但在特種部隊面前還是吃不開。總而言之，幫不幫忙還是布萊克自己說了算，單刀直入問就對了。

「我在調查賈里德．基頓。」

布萊克鼻孔放大下顎咬緊，握著酒杯的手指指節發白，連呼吸也變得急促。

「怎麼了？」他低吼：「那混帳東西又幹了什麼好事？」

華盛頓蹙眉。賈里德．基頓即將獲釋一事已經在媒體公開，看來布萊克尚不知情。確認他們兩人關係之前就先別提起比較好。

「瞭解一下背景而已。」華盛頓字斟句酌，總覺得說錯一句話布萊克可能就會爆炸。

「你也看到了吧？」布萊克用手背抹了額頭，全都是汗。「就是賈里德·基頓那王八蛋害的。」

賈里德·基頓造成傑佛遜·布萊克多汗症，這件事情解釋起來很簡單，真正理解卻很苦難。名廚因謀殺遭到起訴那天被布萊克當成紀念日，滿週年時他吞下三大包乙醯胺酚[34]配了一整瓶伏特加，然而自殺沒成功反而造成腦損傷，表現在生理的一個症狀就是次發性多汗症：由於下視丘病變，身體無法正常調節溫度。除此之外心理衝動變得很難克制——當然身為前特種部隊人員，布萊克可能原本就不大管控情緒。最重要的是，創傷後壓力症候群又復發。

由此不難明白為何敢走進狗店的人都膽大包天，卻仍對他避之唯恐不及——因腦部創傷提高了暴力傾向的前特種部隊？嚇死人的夢幻組合。

但他想自盡的理由則在華盛頓意料之外。本以為會從布萊克口中聽到賈里德·基頓虐待員工的醜聞、名廚私下的黑暗面，至少也該是過勞和加班、毒品與濫交等等才對。

事實上也提到了一些，還附贈了賈里德·基頓增加利潤的下流手段，對前一天在烏荊子與黑刺李用餐過的兩人而言頗為驚悚噁心：東西發霉的話就拿去做成員工餐，海鮮臭了就用鹽巴檸檬水浸泡來去味，剩菜也盡量回收處理。

「不管哪家餐廳，千萬別喝湯。」布萊克建議：「就像黑色軟糖一樣，吃到工廠拖地的髒水也不奇怪，裡頭什麼東西都有。」

聽到這些對華盛頓而言不足為奇，但冒出一個愛情故事就有點出乎意料——布萊克說他忍辱負重的理由是想待在伊麗莎白・基頓身邊。

34 Paracetamol，常見止痛藥，「普拿疼」主成分。

38

「賈里德．基頓這個人一點小事也會斤斤計較有仇必報，很多都是他自己想像出來的。」布萊克解釋：「偏偏我這件事情，還真的不是他多心。」

「你做了什麼？」緹莉問。

布萊克望向她：「我和他女兒談戀愛。」

華盛頓重重嘆了口氣。特種部隊，配上心理病態的女兒。這故事註定無法喜劇收尾。「女方有回應你？」

布萊克在玻璃杯上的水氣畫了個圓圈，然後朝中心一戳說：「應該有吧。」接著深呼吸改口：「一定有。」

緹莉身子前傾。進入狗店以後她異常安靜，裡面環境確實很干擾思考，不過這話題勾起她的專注力：「很不容易吧，布萊克先生？」

「我們很低調。」他回答：「已經盡全力了。伊麗莎白很怕被父親發現，我也不想波及副主廚。」

「是說克勞佛．邦尼嗎？」華盛頓問。

「沒錯。雖然他是老派蘇格蘭人，做什麼都要板著一張臉，但其實脾氣不錯。逼大家逼得滿緊，但也是希望從第一道菜到最後一道菜都能完美無缺。」

布萊克喝完一杯又招手要第二杯。華盛頓可沒看見他付錢。

「我和伊麗莎白都要確定沒人看見才敢碰面。」他繼續說：「機會很少，原本她就在外場，媽媽過世以後還得管帳，沒剩下多少時間。即使正好同一天休假也通常會有外務，比方說賈里德要大家集合學習新手法，或他想帶女兒一起上媒體。」

「伊麗莎白對餐館事業很積極？」華盛頓問

布萊克猶豫片刻。「畢竟是自己爸爸，她希望賈里德平步青雲，也願意為此犧牲私生活。外場管理很辛苦，員工薪資低卻要拋頭露面，維持士氣相當困難。但伊麗莎白沒出過什麼大紕漏。」

「她性格嚴厲嗎？」

布萊克搖頭：「不會，非常溫柔，誰都會喜歡。」

那可未必……華盛頓暗自心想人家可是假裝被綁架六年之久。「你們關係何時結束？」

「沒有結束。」布萊克這樣回答。

「可是你被解雇了。」華盛頓故意拿出筆記，用意是讓布萊克明白並非自己憑記憶胡謅，而是從別人口中得到過情報：「理由是『時間管理嚴重瑕疵』。」

布萊克嗤之以鼻：「哼，也是這樣告訴我的。波警佐，我以前待過特種部隊。」

這句話確實解釋了很多事情。「行動前五分鐘是嗎？」華盛頓喃喃道。

「你也待過軍隊？」

「黑衛士。很久以前。」

「那你更清楚才對。」

華盛頓點頭。提早五分鐘就緒對第一線士兵是習慣成自然，至今他自己設鬧鐘依舊會比預定還早五分鐘。

「所以是欲加之罪何患無辭？」

對話隨著女酒吧送酒來而暫停。兩人看著布萊克大大吞下一口才將杯子放回髒黏桌子上，裡頭液體已經剩不到一半。布萊克又點了菸，吐出團團白霧飄搖上升，與所有酒客的尼古丁一起攀附天花板。華盛頓趕快輕拍緹莉前臂——這可不是宣導禁菸法規的好時機。

「米其林星級餐廳的廚房是活生生的割喉戰場。」良久之後布萊克終於出聲，眼神彷彿回到遙遠的另一個時空：「所有廚師夢寐以求的職場，晉升機會少之又少，競爭激烈。」

他又喝酒吸菸才繼續。「有個陰險小人，」布萊克說得咬牙切齒：「叫史考特的王八蛋。我們兩個大約同期進入烏荊子與黑刺李，所以明明分配到的工作不同卻總要互別苗頭。好死不死一天晚上竟然給他看到我和伊麗莎白吻別，也是一時衝動，我後悔也來不及。抓到眼中釘的把柄，想必他樂壞了。」

「所以是他告訴賈里德．基頓？」

布萊克點頭：「起初還不敢承認，等我打爆他脾臟……」

難怪克勞佛．邦尼不想在廚房公開提起布萊克，可想而知這位史考特當時人在場。昨天一開始就兩個廚師請假，邦尼口無遮攔的話可能會多嚇跑一個。

「於是你被炒魷魚。」華盛頓做結。

「這個說法可他媽的真是輕描淡寫。」布萊克忿忿不平：「但事實上你這輩子不會見過更羞辱人的場面。賈里德．基頓召集所有員工，我是說『所有人』——從外場到內場，甚至包括一個只是正好走進餐廳的送貨員。還以為是終於拿到三星了想要昭告天下，結果他花了將近十五分鐘當中對我大呼小叫罵得狗血淋頭，說什麼我是餐廳裡最差勁的員工、監守自盜還侵佔小費什麼的。反而從頭到尾沒提到『時間管理』四個字。」

「真過分。」華盛頓嘆道。

「我捲鋪蓋走人，他還通知北英格蘭和南愛爾蘭所有高級餐廳聯合封殺我，要我在廚師業界處處碰壁。他大概料定我別無選擇只能南下。」

這便解釋了為何傑佛遜．布萊克的名字沒出現在初版調查報告內。賈里德．基頓以為布萊克只能前往倫敦，徹底自女兒生活淡出。然而綜合各方面印象，布萊克不會任人招之則來揮之即去，史考特的脾臟是最佳證據。於是餐館內部也建立共識：關於這位前特種部隊的前同事，集體失憶最能確保所有人平安。

「感覺你們還有偷偷見面。」華盛頓問。

坐下以後第一次看見布萊克露出笑容。「沒錯，我對她的感情超過事業心，所以決定留下來。工作再找總是會有，能在一起就好。」

「伊麗莎白怎麼說？」

「她尊重自己父親，但還是很氣，氣壞了，所以三個月不和爸爸說話。」

「你們兩個要約會應該更難了？」華盛頓問。

「其實反而簡單，我工作時間比較彈性，就能配合她休假，所以一星期能見上兩次，直到……」

「直到她失蹤。」華盛頓幫忙說完。

布萊克點頭，視線落在玻璃杯底的泡沫，搖了搖一口飲盡。接著手才抬起來不到一吋高，女酒保立刻過來倒了下一杯。

「後來呢？」

「發作了。」布萊克用力拍打自己腦袋：「變得滿腦子都是赫爾曼德[35]。一開始沒人知道伊麗莎白是生是死，那時候症狀還算能控制，只是晚上做噩夢，最糟糕的那些場面。同袍戰死，屍體炸得四分五裂。昨天幫自己翻譯的人也許明天就死在眼前。」

華盛頓聽了跟著難受。自己沒被派遣到阿富汗，只能想像那裡是怎樣的地獄景象。

布萊克繼續說：「等到警察發現是賈里德．基頓殺了女兒，病情失控了，我沒辦法壓抑，只想結束一切。但結果連自殺都做不好，清醒過來腦袋反而比以前還亂七八糟，連身體都不受控。」他舉起手臂，褐紅色連帽衣腋下部分濕了一大片。

此時該如何回應？華盛頓不知道，緹莉也不知道。她眼中泛淚，明顯被布萊克的故事給打動。華盛頓並非鐵石心腸，只是工作優先。

他思考如何委婉詢問：伊麗莎白是否有理由藏身六年？然而怎麼問似乎都不免透露伊麗莎白仍在人世的事實。

但華盛頓不必著急——兩頭待宰羔羊過來了。

㉟阿富汗赫爾曼德省，塔利班根據地之一。

39

華盛頓早就從眼角餘光察覺異狀。一群人聚集在對面角落，猜想都是銷贓的，自己這個警察露面害人家整個早上的生意泡湯。其中兩人走到吧檯猛灌一口杯，恐怕是被大家拱出來當炮灰，除了借酒壯膽也別無他法。

過了很久，他們終於鼓起勇氣，決定奪回自己地盤。

步伐看似大搖大擺，其實心裡緊張得要命，一定希望自己今天沒進狗店。一胖一瘦，都穿著背心、灰色長褲和故作正式的運動鞋。這種打扮明明也不怎麼樣，奇怪的是卡萊爾地下族群很買帳。胖子頸部、瘦子手背都有刺青。

「兩個孬種有屁快放。」布萊克頭也不抬。

胖子怯生生望了瘦子一眼尋求支援，瘦子點點頭給他打氣。

「布萊克，這裡不歡迎條子。」胖子說得鏗鏘有力，稍稍掩蓋了聲音中的顫抖。

華盛頓發出嘆息，也過了逃之夭夭的年紀，索性做好準備掩護緹莉。萬一事態不妙，第一時間將夥伴送到店外，再回頭支援布萊克也罷。

布萊克從容不迫放下玻璃杯，自菸盒取了一根點燃，往胖子臉上呼出白煙，然後半句話也不說。

狗店內只剩下蒼蠅飛舞嗡嗡作響。沒人講話，大家都等著看事情怎麼發展。布萊克回望兩人，神色自若。淡定得駭人。

胖瘦兩人借酒壯膽，來得快去得也快。瘦子還沒開口就只見喉結彷彿魚漂上上下下，胖子目光在布萊克和後頭那桌間來回。明明人是他們拱的，現在卻個個只會低頭喝酒。

倘若兩人乖乖轉頭離開，華盛頓認為布萊克懶得追究。問題就在於胖子瘦子都太傻，也不掂掂自己分量。

先找死的是胖子。

他口音重又大舌頭，華盛頓慶幸緹莉一定半個字都聽不懂。「這個滿臉雀斑的婊子又是誰？條子也他媽的不挑了嗎？」

事已至此布萊克也不忍了直接出招。特種部隊在訓練上耗資數十萬英鎊，目標非常明確。一舉重挫對手。

後續發展嚴格來說不叫做打架，因為打架至少得有兩方過招。甚至也算不上酒吧鬧事，因為現場並不混亂。

非得形容的話，眾人目睹了安東尼・伯吉斯[36]所謂的「極致暴力」。

---

[36] 英國文人，《發條橘子》作者。

布萊克沒恫嚇也沒警告，驟然起身一陣暴打。瘦子站得近所以先遭殃，布萊克揪住他頭髮、朝眼睛插上沒熄的菸，沒等瘦子尖叫又將對方頭往下拽，迎向迅速彎起的膝蓋。隨著令人作嘔的清脆聲響，瘦子喉頭咕嚕一聲昏厥倒地，從頭到尾來不及講話。

胖子想逃，但手腳太慢。布萊克一個掃腿讓他摔在髒地毯上，要起身時肋骨又被狠狠踹了一腳。躺著掙扎時，布萊克舉起腿朝他兩腿中間鼠蹊部踩下去，看得華盛頓在旁邊忍不住瞇眼。對方都哭了，布萊克還沒住手，抓著他背心將腦袋提起，前額往對方鼻梁一記頭槌，槌得鼻孔噴出兩條鮮血。鬆手之後胖子也倒地不起，整張臉中間都扁了。

殘忍、震撼，耗時不過幾秒鐘。華盛頓想介入也找不到空隙。半小時前看見女人被狗咬還樂不可支的客人們笑不出來了，個個面色慘白，除了桌子不敢看別的東西。

布萊克把胖瘦兩人翻成側躺姿勢才回位坐好，氣定神閒的模樣彷彿什麼也沒發生過，還再點上一根菸。

「抱歉分心了，」他說：「剛剛說到哪？」

40

「啊，對了，說到我本來過得算順遂，事業起跑、還找到兩情相悅的女孩子。看看我現在什麼鳥樣，遇上這種事情反倒才對生命有點實感。」布萊克指了指地上昏迷的兩人。

「天吶！」緹莉這才叫了出來，眼睛離不開地板上的慘狀，趕緊站起來高聲問：「這兒有沒有醫生？」

儘管華盛頓也還沒回神，但能肯定狗店這種地方什麼都有，就是不會有醫師。

「坐下吧，緹莉，」他柔聲勸道：「他們沒事。布萊克先生把他們擺成復原體位了。」

「但——」

「沒事的。」布萊克自己附和。

至少緹莉的反應緩和了現場氣氛，兩個混混聽到她要找醫生竊笑起來。沒過多久，店內眾人又開始嘻嘻哈哈，紛鬧中那個拿上衣壓腦袋的傷患跟著高呼：「有醫生的話，也來照顧我呀！」

狗店回復原樣，緹莉卻還是一臉愁容，大概受到不小驚嚇，需要轉移注意力。

「緹莉，麻煩妳給布萊克先生看看從社交平臺蒐集到的資料好嗎？」

她呆了一會兒才回答：「喔，好。」然後打開包包取出平板，熟悉的操作似乎能夠和緩情緒，緹莉迅速翻過幾個畫面找到所需，將照片遞給布萊克過目。

布萊克一臉疑惑望向兩人：「什麼情況？」

華盛頓假裝沒聽見。「近期照片裡，她穿著與朋友明顯不同，」華盛頓認為還是先別挑明說照片內是十五歲的伊麗莎白穿著比基尼，「看來大概十七歲那時起她開始遮住手臂——我懷疑是想遮掩自殘留下的疤痕。」

布萊克凝視平板電腦上的照片：「伊麗莎白沒有自殘。」

華盛頓自然想要反駁但將話吞了回去。布萊克視線沒有離開螢幕，聲音沒有一絲猶豫，對他而言那是不可動搖的事實。

「你很肯定？」

他點頭：「你們為什麼認為她會？」

華盛頓沒講話。假設布萊克說得沒錯，代表伊麗莎白自殘行為始於失蹤後，但又如何解釋照片中明明大家都穿泳裝，她卻硬是穿著長袖T恤？

「找到她了嗎？」布萊克問。

華盛頓沒立刻回答。

「找到她了沒！」

緹莉嚇得整個人縮起來，連華盛頓也十分錯愕。狗店又陷入沉默，兩人視線交會。華盛頓知道此時若要化解僵局最好開誠布公，何況布萊克想知道的恐怕並非女友生死，而是遺體下落。

「沒有，還不知道她在哪。」華盛頓這回答也不算說謊。雖然傑佛遜·布萊克挺嚇人的，但他卻挺同情對方。

「那為什麼……」布萊克眼睛濕了：「有什麼事情沒告訴我對不對？否則為什麼你們覺得她會自殘？」

「我不能說，」華盛頓告訴他：「至少現階段不行。但我答應你，等到無須保密的時候會第一時間通知。」

布萊克想了想這番話以後問：「她穿T恤很重要嗎？」

華盛頓聳肩：「有可能。」

顯然布萊克還在猶豫什麼，片刻後他忽然扯下連帽衣，毫無贅肉的身軀汗水淋漓閃閃發光，肩膀有個鳥類動物的刺青：張開利爪、發出尖嘯準備捕捉獵物的雄鷹。圖案上方還有一行字是「傘兵一號營：來自空中的死神」。

他轉過身，給華盛頓看了另一邊肩膀。

這一側紋身沒那麼複雜，是個簡單的拼圖圖塊，才一吋半平方，邊緣以黑色勾勒。雖是拼圖但就只有一片而已，中間寫了字——「伊麗莎白」。

華盛頓看了心跳加速，好幾秒鐘陷入自己思緒。*是我以為的那樣？如果他沒猜錯，案情即將大轉彎。*

一百八十度大轉彎。

他盡可能鎮定問了最重要的問題：「傑佛遜先生，伊麗莎白肩膀上應該有和你成對的刺青？」

布萊克眼眶滾落一滴淚：「我們一起去的，兩塊圖可以組合。她那邊寫了我的名字。賈里德發現的話肯定會瘋掉，而且出席活動的服裝常常會露肩，所以她把刺青擺在右臂上面一點。」

緹莉趕快拿回平板搜尋，但華盛頓早就心裡有數——阿菲醫生的報告裡可從來沒有提到過刺青。

兩分鐘後緹莉抬起頭，神情很困惑。「波，這是為什麼？」

他下意識想說自己也不懂，可是話在咽喉哽住。

因為，他好像明白了什麼……

兩人謝過布萊克就不再打擾他喝酒。一踏出店外，華盛頓立刻撥電話給阿菲。那位女醫生感覺工作認真，但必須再次確認。

「哈囉？」

「杰克曼醫師，我是波警佐。冒昧請問一下，妳印象中伊麗莎白・基頓身上有刺青嗎？」

電話那頭愣了愣。「沒印象，可以查查當初的紀錄，不過怎麼忽然問這個？」

「確認資料而已。」華盛頓不想多言，倘若明說了調查方向有可能被辯方律師貼上引導證人的標籤。「紀錄在手邊嗎？」

「波警佐，我人在診間，檔案在家裡的電腦，所以可能得晚點。很重要嗎？」

「有可能。」

「你都用這個號碼？」

「對。」

「那我回家立刻打給你。」

華盛頓將杰克曼醫師的回覆告訴緹莉，緹莉忽然說：「波，你喜歡她對不對？」

他聳肩：「人還不錯。」

緹莉笑了笑，沒多說什麼。

華盛頓開車到自己喜歡的一間酒窖餐館，儘管主打煙燻火烤，他還是與緹莉一起點了沙拉——不是因為緹莉嘮叨他要吃得健康，而是準備見瓦竇，不想腦袋太昏沉。

等上菜時，緹莉開了信箱露出笑容。「波，史蒂芬妮．弗林科長送來我們需要的資料了。」

她將平板遞過去，螢幕上有兩封郵件，其中一個標題是《洛倫．基頓車禍報告》，另一個是《賈里德．基頓遭到刺傷》。華盛頓先打開第二個。

言簡意賅——賈里德的確被人拿刀子捅了，而且沒向獄方申訴，病歷上標記為意外。囚犯互殘對監獄績效評估有負面影響，因此能改理由一定會改。他膀胱被捅了個洞，住院接近一個月。

華盛頓想查出傷他的人是誰，但檔案裡面沒有提及。可能因為賈里德．基頓不認識對方、太害怕報復，或者學會監獄文化那一套，懂得不漏口風反而安全。

克勞佛．邦尼說過賈里德遇刺之前就心情大好，受傷以後也看不出消沉。華盛頓必須查出他精神大振究竟是什麼原因，總覺得這會是關鍵。

於是又發了訊息給史蒂芬妮，希望她能繼續追蹤，立刻收到科長簡單明快表示會幫忙，但也提醒華盛頓要記得與高級督察瓦竇約了時間。

沙拉上桌，華盛頓放下手機專心用餐，吃飽了打開另一封郵件。史蒂芬妮自己的總結比附件那些技術性內容有趣得多：那個夜晚，路面濕滑，賈里德．基頓方向盤沒抓穩，車子直直朝著樹幹衝過去。路上有泥巴，以坎布里亞郡而言再正常不過。賈里德．基頓胸部撞擊方向盤，駕駛座安全氣囊保護之下沒受重傷。妻子洛倫沒這麼幸運，氣囊沒有啟動，但調查認定是她自己關閉的，原因是前一天她載了整車小孩去當地劇場觀賞《阿拉丁》。當時副駕座也是兒童，有安全座椅，目前共識是安全氣囊對幼兒來說壞處比好處多，因此推測洛倫關閉後隔天忘記重新啟動，得到驗屍官同意以後記載為意外亡故。華盛頓翻了翻技術報告，覺得沒辦法推翻當初的結論：洛倫．基頓之死或許幫了賈里德一把，但看起來仍舊是意外。

兩人點了茶靜靜喝，都沒講話。

現在華盛頓心裡千頭萬緒，而且感覺很糟糕，因為他自己的黃金律就是：如果你得思考現況為何，代表你不知道真相如何。刺青攪和進來案情更複雜，華盛頓猜想或許線索大半都掌握到了，此時此刻癥結點是重新定義案件疑點。這得回家才能好好分析。

偏偏還得先去應付那混球。

41

「波警佐，你遲到了。」瓦竇一副不耐煩口吻。

華盛頓懶得理他。

「幹嘛去了？」

「做警察該做的事。」華盛頓也不想多解釋。

開場氣氛就僵了，後面每況愈下。他覺得瓦竇就只是想給自己上手銬，只是沒能得到高層允許。雖說伊麗莎白．基頓案的主導權屬於坎布里亞警隊，但沒有好藉口誰也不想與國家刑事局正面衝突。

結果瓦竇就故意讓華盛頓在面談室外面空等十五分鐘。

一見到面瓦竇臉上掛著冷笑，身上西裝不是訂做的，偏偏他腿不夠長，褲腳在底下皺起來。內雙的眼睛眼皮比上次看到的還下垂，華盛頓猜想他熬夜整晚準備面談內容，似乎當成什麼天大的事情。自己必須小心，瓦竇是不精明，可又急著出頭，這種組合反而危險。

對方朝桌子對面座位比了比，然後按下錄音鍵。瑞格探員跟在旁邊，但應該只是見證人，不會實際參與，畢竟按規矩員警階級也沒資格質問警佐。

「我被捕了？」大家入座後華盛頓便先開口。

「你明知道沒這回事的，波警佐。」瓦竇回答。

「那他媽的機器還不關掉。」

「我不想。」瓦竇這樣說。

「那下次見。」

老把戲還是很有用。

等瓦竇認栽關掉錄音，連珠炮問了一堆問題。不可能得到什麼清楚答案，他心裡應該明白才對。

「今天早上為什麼去『狗店』？」

「天氣熱，想喝點東西。」

「在『狗店』那種地方？」

「我喜歡啊，那兒還不錯。」華盛頓打算找孜爾處長的建議，堅守「不予置評」的立場。即便如此，得先設法打亂瓦竇的步調。

越生氣，越容易犯錯。

瓦竇還故意沉默想引誘他多說，沒效。華盛頓自己都偵訊嫌犯多少年了，瓦竇能有什麼他不知道的伎倆？反觀瓦竇可摸不透華盛頓的箱底功夫。

如果沒判斷錯誤，瓦竇的劇本裡下一步就是挑釁自己。果不其然，他轉頭朝瑞格說：「和他在一起那個呆頭呆腦的呢？也帶過來問問？」

瑞格不講話，華盛頓則竊笑起來。找緹莉問話？瓦竇如果認真，更代表他完全不知輕重。緹莉・布雷蕭可是能將刑事證據法倒背如流的人，想鬥倒她其實難如登天，隨便說錯一句話或許連工作都保不住。

「直接說清楚找我來幹嘛吧？」華盛頓挑明。

瓦竇皺眉，真是好預測，就這麼在乎地位尊卑。

「你該叫我『高級督察』瓦竇才對。」

「嗯哼，」華盛頓答道：「所以你要說了嗎？」

「波警佐，我很好奇像你反威權思想這麼重的人，為什麼還要進入一個階級嚴明的體系。」

華盛頓沒回答。這問題他自己也想了很多年。

「你不尊重我的警階，我也就沒必要尊重你的了。」瓦竇說。

這個不妙。

瓦竇伸手從卡紙資料夾內取出一張文件遞給華盛頓：「知道這是什麼嗎？」

行動電話基地臺的分析報告。去年火祭男事件調查裡華盛頓看過同個坐標，是最靠近賀德威克農場的位置。電話號碼沒印象，但有印象才是怪事，畢竟他連自己的號碼都想不起來。既然沒人組織，他順手就用手機拍了照。

瓦竇見狀氣得面色慘白，但也不能怎麼辦，因為華盛頓手裡的黑莓機經過國家刑事局加密，被屬於調查團隊合理使用的工具。無可奈何，瓦竇只能趕快將那張報告抽走，像是寶貴紀念品一樣扣在手中。華盛頓直接將手機擱在桌面表態：接下來給他看的東西全都會被拍照。

「認得那個基地臺吧？」瓦竇指著編號。

華盛頓沒講話，還沒看出對方意圖。

「不認得？」瓦竇指著手機號碼的地方：「那讓我來教教你，基地臺紀錄顯示這個手機七天前就在你住處附近。那你知不知道這號碼是誰的？」

華盛頓雙臂抱著胸口等他說。

瓦竇盯著沉默的他，嘴角揚起冷笑：「自以為聰明。那電話是受害者扶助組織拿給伊麗莎白·基頓的啊。」

這下子水落石出了。

雖說早料到賈里德·基頓打算出陰招，如今親耳聽見仍彷彿肚子被他狠狠揍了一拳，身子不由自主繃得緊緊的。

瓦竇扳回一城，喜形於色。

華盛頓不以為意。總算知道敵方的盤算，但整件事情其實與瓦竇毫無關係。那麼，到了反守為攻的時刻，讓他知道自己不會逆來順受被壓著打也不還手。

「我發現你沒有用到『三角定位』這個詞。」華盛頓開口。

「嗯？」

「你剛才說手機『在我住處附近』，也就是七天前曾經出現在賀德威克農場一帶。為什麼沒提到定位問題？」

瓦竇在椅子上扭了扭。

「我幫你解釋吧：想確認手機大概位置至少需要三個基地臺，如果想縮小到幾碼範圍內還得增加數量。而我恰好知道自己住的地方周邊就只有一個基地臺，訊號涵蓋範圍非常廣。換句話說，你剛剛所謂的『附近』，意思是手機出現在以基地臺為中心，半徑七英里的圓形內。」

瓦竇不作聲。

「雖然我不像我們的分析師緹莉．布雷蕭那麼聰明，但也還記得圓形面積是半徑的平方乘以圓周率。七乘七等於四十九。圓周率多少我印象模糊，姑且用三來算吧，你們有沒有計算機？」

「一百四十七。」瑞格終於開口。

瓦竇白了他一眼，但瑞格只是聳聳肩：「長官，他的分析沒錯。」

「那回頭看看剛才說的，」華盛頓繼續：「電話訊號出現在我家『附近』一百四十七平方英里內的某處，然後你覺得這個現象能夠證明某種關聯性？瓦竇，你的辦案能力令人嘆為觀止，保送直升班是這樣教的嗎？那你要親手上銬，還是希望我自己來？」他伸出雙手，掌心向上。

瓦竇氣急敗壞的模樣很大快人心卻也很空虛。伊麗莎白．基頓七天前下落不明，警隊竟然將矛頭指向自己。

何況基地臺必然只是個見面禮。賈里德．基頓想讓他也背上沒屍體就宣判的殺人罪。

而且華盛頓還沒想到阻止對方的辦法。

瓦竇將話題轉往伊麗莎白．基頓最後的行蹤。他學乖了，資料拿在手上不給華盛頓看。華盛頓則是努力集中注意力，這段內容得盡量記住。

自達拉謨監獄返回時瑞格就說過：伊麗莎白只接受警方幾次必要問話，隨後銷聲匿跡，沒人知道她去了什麼地方或去過什麼地方，手機最後一次被定位就是賀德威克農場那邊，再來或許關機了、也可能直接砸壞。

「那天晚上你在哪兒？」

不妙，正好是抵達坎布里亞郡的日子，下榻於北湖Spa旅館，在酒吧喝兩杯就回房休息，到白天才有人能作證看見他。想像力貧乏的人聽了容易以為他刻意準備不在場證明，難以解釋的離家遠行對陪審團而言常常就是合理懷疑的門檻。

至少可以說檢方一定主打這張牌。警隊這邊在收網，時間非常有限，應付自己不能控制的事情都叫虛擲光陰。

得趕快回家調查刺青的祕密。

他二話不說走了出去。

42

理想上，華盛頓應該趕回賀德威克農場，立刻點開伊麗莎白・基頓在警局的談話影片。倘若杰克曼醫師證實他心中膨脹的臆測，必須先做好準備。

然而他還有事得處理：維多利亞・修莫。

案情的人員構成越來越詭異。賈里德・基頓和他養父曾有牽扯，湯瑪斯・修莫居然也和烏荊子與黑刺李有關聯。父親那邊可以緩緩，維多利亞這裡不行。與她有關的話，現在就得確認。

商量過後，緹莉留在賀德威克農場，華盛頓獨自前往修莫住處。距離五百碼快要到家時，緹莉輕輕點了他肩膀。華盛頓停下越野車，艾德嘉跳出去嗅來嗅去，一會兒以後有隻小鳥嚇得飛上天。

華盛頓在座位轉頭：「緹莉，怎麼啦？」

她指著賀德威克農場那方向：「波，有人在等你。」

太陽很大，華盛頓瞇起眼睛也只能看見模糊身影，乾脆打開置物櫃取出望遠鏡架在眼睛前面。

搞什麼——

是維多利亞・修莫。而且非常大膽，就坐在他和緹莉昨天戶外工作的地方，還亂動用來當紙鎮的石塊。

顯然是來見自己。

但，為什麼？

明明天氣濕熱，維多利亞還是穿著牛仔褲和舊羊毛衫，臉上沒化妝、頭髮往後綁了簡單馬尾，開她父親留下的越野車過來。

華盛頓跳下車。

「修莫太太，找我有事？」語氣似乎嚇到了對方。

尤其開頭的稱呼令她措手不及：「叫『小姐』就好，或者直接叫我維多利亞沒關係。我……我來是想為之前的無禮道歉，其實——」

「想幹嘛？妳和賈里德．基頓什麼關係？」

「賈里德．基頓？」她一臉茫然：「該不會是……你是說那個殺了自己女兒的廚師？」

華盛頓盯著她再問一次：「你們之間什麼關係？」

維多利亞從疑惑變成憤怒。「你胡說八道什麼？」她叱喝：「我和他哪裡有什麼——」

「修莫小姐，妳父親賣羊肉給『烏荊子與黑刺李』。」

「『烏荊子與黑刺李』是什麼我都聽不懂，你到底在鬼扯什麼？」

華盛頓嗤之以鼻：「妳才別瞎說，坎布里亞郡唯一的三星級餐館還裝沒聽過？誰信？」

維多利亞緊緊握拳在身前揮動，咬牙切齒說道：「信不信隨你，干我屁事？但別說我沒告訴你——前面十二年我都住在德文郡。」

華盛頓抿著嘴。

「哼，自大狂妄！」她繼續罵：「我爸是不是跟什麼『烏莉子與黑刺李』做生意我不清楚，但我知道他的賀德威克羊在坎布里亞郡是一等一，和屠宰場、餐廳、肉販都有直接往來，所以賣東西到你說的地方沒什麼好奇怪。其實他每年養大一千頭羊全部賣掉，坎布里亞哪間餐廳沒買他東西我才覺得奇怪！」

華盛頓聽了遲疑，感覺她沒有說謊。假如維多利亞所言屬實，修莫家與基頓家的連結恐怕只是巧合……但總覺得還有什麼隱瞞。

「妳和賈里德．基頓沒關係的話，來這兒做什麼？」

維多利亞臉一垮開始哭，緹莉遞了紙巾過來，華盛頓轉交卻被對方置之不理飄落地面然後隨風飛走。艾德嘉還以為是和牠玩遊戲，興奮地邊吠邊追。

「何不說說來意？」華盛頓語氣放軟。

再抬頭時，維多利亞愁容不再，微閉眼睛忿忿不平：「去你的。」接著頭也不回上了自己的越野車揚長而去。

荒原復歸寧靜，只剩下逐漸遠離與逐漸冷卻的兩個引擎聲。

華盛頓轉頭：「真順利。」

緹莉點點頭。

艾德嘉叼著紙巾跑回來，華盛頓想拿走還被牠吼，只能無奈放棄。

「來看看訪談紀錄講了些什麼。」他說。

兩人還沒進門手機就響，不明來電但區碼〇一二二九代表巴羅法內斯的阿爾弗斯頓鎮，幾乎可以肯定是杰克曼醫師。

果然沒錯。

「波警佐，」一接聽她立刻說：「我讀了兩遍檢驗紀錄，沒寫到任何關於刺青的事情。」

「假如有，會在臀部，或者上面一點。」

「那就更不可能，我針對她私密部位做過完整檢查，臀部沒有東西。」

謝過之後華盛頓掛了電話。

「既然伊麗莎白沒有刺青，傑佛遜．布萊克為什麼要說她有呢？」緹莉問：「你覺得他說謊了嗎？唉，我希望不是。」

華盛頓沉吟一陣：「不，緹莉，我不認為布萊克說假話。」

「那怎麼回事？」

「應該再看一次影片。」

43

正式參與調查以後，透過甘孛給的網址連結就能播放伊麗莎白．基頓接受警方約談的影片。緹莉安排好設備，兩人一起坐在螢幕前。她按下播放，伊麗莎白．基頓身影浮現。

上次看影片，華盛頓專注在伊麗莎白的說詞，包括她聲稱在烏荊子與黑刺李的廚房遭到歹徒攻擊、被押進貨車載到某處地窖，以及事隔多年終於趁機脫逃。

他做了很多筆記，完全找不到矛盾或破綻。

這回他心思不放在伊麗莎白說了什麼，直接關靜音，因為得看看她做了什麼。

看到最後，他覺得十拿九穩。

只是太不可思議了，表面那樣複雜、內裡卻又那樣單純，令人愕然無語。

他問緹莉是否有辦法安排場地，透過視訊給史蒂芬妮在那邊電腦看見這邊電腦的畫面。

緹莉哼了聲：「波，那種事情我八歲就辦得到好嗎。」

史蒂芬妮那裡背景是漢普郡總部會議室，情報處長孜爾又出現了，他們除了視訊會議的視窗還能看到一個鏡射畫面，華盛頓與緹莉在這邊的操作另一邊全都能看到。

他事前向緹莉解釋了希望如何呈現。緹莉點頭表示準備就緒，華盛頓開始簡報，為了方便理解就從伊麗莎白．基頓走進奧斯敦圖書館那一刻開始播放。

「她穿著緊身褲、羊毛帽和長袖T恤。」華盛頓指著螢幕，緹莉將游標移到那邊放大，以免彼端兩位長官看不清楚。

接著他調出監視器截圖以及問題處理專員埃薩普的筆記本翻拍。一小時前華盛頓與他聯絡，對方很樂意協助。

「當天很熱，她被關在地下六年，而且將近一個星期沒人提供食物飲水。」華盛頓說：「有人送上茶飲，她拒絕了，碰都沒碰過。」

史蒂芬妮與孜爾尚無發問的意思。

再來是瑞格對伊麗莎白進行詢問。「應該沒必要浪費你們時間看完四段影片，我和緹莉可以擔保過程中無論飲料或巧克力棒，她沒碰過擺在眼前的任何東西，但也沒有推辭，就只是視若無睹。」

史蒂芬妮與孜爾交換眼神，還是沒講話。

「警局內也很熱。你們注意看那杯水，會發現玻璃上有凝結的水珠滑落。但……」他指著螢幕，等緹莉將游標挪過去放大：「請注意她的衣著：羊毛帽、長袖衣、緊身褲。感覺都要中暑了。」

華盛頓稍微停頓，給兩位長官思考時間。

「我們回溯一下，」他繼續：「回到六年前。緹莉，麻煩向科長和處長解釋妳在社交平臺頁面有什麼發現。」

緹莉講了整整十五分鐘，說明自己如何建立伊麗莎白的側寫、設法滲透目標社交圈。緊接著又以她個人獨特風格陳述年輕女性的社交媒體成癮性，給她講了十分鐘華盛頓出面打斷。

「她的意思就是：如果年輕女性在社交平臺上很活躍，基本上會一直保持下去。然而自從賈里德．基頓通報女兒失蹤當夜起，伊麗莎白就從社交圈銷聲匿跡杳無音訊，既沒有登入自己帳號也沒在朋友處留言，實際上是看都沒看。她沒有寄發或閱讀郵件，沒有撥打電話，沒有朋友表示再見過她，連男友也不例外。」

「你應該知道這代表她自導自演的理論不成立吧，波警佐？」孜爾處長開口：「不過布雷蕭小姐說得沒錯，我有兩個青春期女兒，可以想像就算她們要玩捉迷藏六年，也絕對沒辦法放著社交媒體不管。」

「報告長官，我已經不認為她自導自演綁架案。」華盛頓回答：「但請容我繼續報告，現在往前回到更早的時間點。」

緹莉調出Facebook、Twitter和Instagram上前後兩批照片，早期的伊麗莎白會穿比基尼和露臍裝，後期的她則穿得非常保守。華盛頓解釋風格改變時間點，並提出傑佛遜．布萊克提供的情報。

「她身上有刺青，」華盛頓說得簡單明瞭：「所以她拍照時得遮起來。」

孜爾皺眉：「波警佐，我還沒聽出你想表達的意思。像我看到女兒化妝也有點介意，要是她們刺青當然會氣壞。」

華盛頓點頭：「如您所言，長官。伊麗莎白和傑佛遜．布萊克身上是成對的刺青，正因為擔心您方才描述的反應，她才不得不瞞著自己父親。」

「所以……？」

華盛頓向後靠，活動一下脖子：「這案子從開頭就亂七八糟，大家被耍得團團轉。我花了很多功夫確認證物監管鏈沒瑕疵，而證物主要支持了伊麗莎白對過去六年所在之處的說詞。所有人都信了那套說法以後，我們卻在她血液內找到黑松露的成分，至此綁架監禁的說法顯然與事實有出入。哪個版本是對的，她被綁架了？還是她本身就是陰謀的一環？」

「我想，你應該有答案了？」

華盛頓再次點頭：「傑佛遜．布萊克對我和緹莉提起刺青以後案情徹底翻轉，答案明擺在眼前，還沒辦法理解是因為問題本身就錯了。」

他這話並非刻意說笑，辦案至今還沒見過這麼多線索指向同一點的情況，直到當成羅夏克墨漬測驗[37]轉來轉去從不同角度觀察，終於得出一個全新的結論。

「報告長官，目前最重要的問題有兩個，」他繼續說：「一個我已經有答案了，另一個還需要調查。」

「從可以回答的部分開始吧。」孜爾吩咐，而且身子往前太多，把史蒂芬妮整個擋住。

「好的，長官。第一個問題是：為什麼合作醫師進行身體檢查時，沒能在伊麗莎白身上找到刺青？」

兩邊同時陷入沉默。

「為什麼呢，波？」最後緹莉先開口：「杰克曼醫師為什麼沒看到？」

史蒂芬妮清清喉嚨出聲了：「因為她身上沒有刺青。沒有刺青是因為賈里德・基頓不知道女兒身上有刺青。」

「我還是不懂——」

「緹莉，伊麗莎白死了，六年前死於賈里德・基頓之手。影片裡的人是冒牌貨。」

㊲又稱墨跡測驗，由受試者從墨水痕形狀看到的東西進行分析的人格測驗。

44

「面談過程中她不碰任何東西也不喝水，避免留下指紋和DNA。」華盛頓解釋。

「穿長袖戴帽子也是避免留下頭髮或皮屑。」史蒂芬妮補充。

「理所當然，她不想遇見真正認識伊麗莎白的人，所以不肯回去烏荊子與黑刺李，沒頭沒腦出現在奧斯敦圖書館，到警察局完成任務以後立刻消失得無影無蹤。」

「這樣也解釋了為什麼她不在社交平臺與人聯繫，」緹莉明白了：「因為她……唉，怎麼會這樣呢，波？」

孜爾看了手機訊息逕自走到會議室外打電話。史蒂芬妮坐鎮指揮，對調查做出下一步指示。然而此時沒有足夠證據阻止賈里德．基頓出獄。

「你的假設是？」

「有好幾種版本，不過都無法一氣呵成，全部斷在血液檢驗上。」

唯一難以突破的疑點就是驗血。血液確實來自伊麗莎白．基頓，但這是無稽之談。華盛頓諮詢過的每個專家、自己做的研究都表示一個人體內不會有另一個人的血液，科學否定這種可能性。而他也親自檢查了證物監管鏈每個環節，樣本並未遭到掉包。

華盛頓很喜歡喬治．歐威爾的小說《一九八四》，裡頭出現過「雙重思想」（doublethink）這個詞，也就是互相矛盾的意見同時在心中成立。以前不懂，現在終於體會到。抽血檢驗證實伊麗莎白・基頓尚在人世，但他自己又很肯定那並非事實。

「必須查出冒牌貨是誰。」史蒂芬妮說：「只要找到她，包括無法解釋的抽血結果在內，其餘問題迎刃而解。」

也能使所謂「伊麗莎白最後出現在賀德威克農場周邊」的說法不攻自破，否則瓦竇絕對不會死心。

史蒂芬妮繼續：「目前得假設幕後黑手就是賈里德・基頓，那麼他在獄中的變化就是關鍵。我去查查紀錄裡他抑鬱表現持續到何時、初次情緒好轉又是何時。總之賈里德・基頓在某時某地遇見那個女孩子，既然知道目標也就確定之前有遺漏線索，沒有詳細登記到的探視者之類。」

「或者是囚犯的女兒，她去探視別人的時候被賈里德・基頓發現。」華盛頓提出想法。

史蒂芬妮點頭卻沒特別寫下，可見早已想到。

孜爾回到會議室，表情很凝重：「剛才是偵查警司甘孛打過來，他被上面要求放有薪假，而且懷疑之後就會強制退休，畢竟原本也就幹到今年年底。這麼一來高級督察瓦竇影響力提升，伊麗莎白・基頓遭綁架、重新出現又再次失蹤的案子也會由他來主導。甘孛覺得有必要提醒我們一聲。」

「他知道自己為什麼被排除嗎？」史蒂芬妮問。

「無法確認，但內部有壓力想逼他用正規管道扣押、甚至逮捕波警佐。我打給警隊隊長打聽，可是她口風非常緊。明明知道基地臺這點很薄弱，充其量作為旁證，卻要求我得隨時掌握你的去向。」

一群混球。這邊時程真的太緊了，瓦竇也絕對不可能接受有人冒充伊麗莎白·基頓的說法令他顏面無光。

「恐怕還不只如此，」孜爾繼續說：「警方已經正式要求重案分析科從這個案子抽手，我們無法再介入。」

其實這反倒無關緊要，因為瓦竇還在尋找他以為是伊麗莎白的女性遺體。賈里德佈置更多偽證陷害華盛頓只是時間早晚問題，長此下去瓦竇終究會有逮捕的理由。但反觀華盛頓已經開始尋找並非伊麗莎白的女性以求推翻目前為止的嫌疑，其實避免雙方情報重疊反而有利。

緹莉一直沒講話。目前沒有明顯屬於她的工作。搜尋身分不明的女子得靠史蒂芬妮，賈里德·基頓的陰謀一定緣起於監獄內，必須在那裡尋求真相。

「波，我能幫什麼？」她終於開口。

「研究血液樣本。無法跨越的阻礙是驗血結果，所有人都說不可能有錯。」

她露出很少見的銳利目光。

「緹莉，幫我查出他們怎麼辦到，證明專家也有不知道的事情，解釋為什麼那個女的身體裡會有伊麗莎白的血液。要是妳成功了，我以後就開始吃水果。」

她下顎收緊，已經很久沒露出這麼堅決的神情。華盛頓明白那代表什麼：至今緹莉提供的支援對她而言都只是例行公事舉手之勞，查出賈里德・基頓與自己父親的交集、駭入那群青少女的社交平臺帳號等等……對她而言都不算難事。

然而，證明一個死人還活著？不同等級，即便對緹莉而言也是個挑戰。

第十二天

45

雖說長期住在英國最潮濕的地區，華盛頓還是不愛雨天，沒能從雨聲中尋得愉悅或寧靜。幸好坎布里亞人早就習慣這種天氣，他跟鴨子一樣無所謂，皮膚又不會透水，至於衣服總是會乾。

視訊會議隔天，石板瓦屋頂傳來滴滴答答的聲響，後來大雨嘩啦嘩啦打落。儘管還沒達到災難程度，看來氣象預報終於說中了。華盛頓開了收音機，發現氣象局針對鄧弗里斯—加洛韋、坎布里亞、蘭開夏這幾個地區發布紅色重災警報，接下來四十八小時內可能局部淹水及停電。英國國內的紅色警報另一層意義是強制人民採取行動保護自己與他人，但對華盛頓而言意義不大，氣象局尚未成立的年代賀德威克農場小屋已經坐落於石跡丘陵上，即使氣象局因為經費緊縮而消失也無法撼動他家。

一開門就看見外頭黑壓壓的，烏雲又低又密，流動非常迅速。看樣子今天門窗緊閉別出去比較安全，反正正好也沒有與案情相關的事情急著辦，能做的都做完了。監獄部分得看史蒂芬妮能不能調查出賈里德．基頓究竟何時與冒充伊麗莎白的女子見到面，至於緹莉自前一晚就全心投入在血液問題研究上，半夜她開口說過什麼也查不到。

「波，沒得到想要的結果不代表失敗，而是科學上的創見。譬如我已經找到十三種辦法證明血液不可能偽造。」

他聽起來覺得分明就是大失敗，但能說什麼呢？人家十幾歲就領國家研究經費，他十幾歲上化學課差點燒掉自己的手。

即使如此，華盛頓不想無所事事，天氣好壞都得動起來，於是穿上厚重防水衣走出家門。感覺彷彿強力蓮蓬頭自四面八方往自己招呼，手掌伸出來都會消失在密密麻麻的雨水底下。先前乾裂的土地如海綿吸飽水分，枯黃野草已經回復嫩綠，羊群很快就能出來大快朵頤。華盛頓吹口哨叫來艾德嘉，狗兒渾身濕透卻還用力甩尾巴興奮吠叫，牠就喜歡下雨天，跟著主人一起跳上越野車。

能見度只有幾碼，華盛頓還是很快到了旅館，換乘租來的轎車往肯德爾出發。

今天還是有事可做。

上次來到園畔墓地找到連續殺人案的又一具遺體，但華盛頓現在目標是湯瑪斯・修莫安眠之處。儘管對女兒有懷疑，他還是想好好道別，老人生前很照顧自己，時常幫忙或出言相勸，尤其總是收留艾德嘉。

抵達時告別式進行到一半，他躲在人群後方致意，也見著了湯瑪斯的女兒。維多利亞穿著黑色褲裝，與身旁另外兩個女子面容肖似，想必這便是修莫家三姊妹。

在牧師指引下，遺體放入坑洞。維多利亞抬起頭看見華盛頓，只愣了一下就回過神，而且沒有露出怨懟神情，反而握拳又鬆開反覆三次，最後比了個飲酒的手勢——意思是約他十五分鐘後喝一杯。

有趣……

華盛頓指著旁邊名叫「藍鐘」的小旅館，維多利亞點頭以後注意力回到儀式上。他等到第一抔土撒在靈柩才轉身離去。

結果將近四十五分鐘維多利亞才露面。華盛頓本來就認為十五分鐘太樂觀，早料到對方會遲到，畢竟葬禮過後喪家得和不少人互動。兩人先在吧檯會合，他表示自己請客。

「琴酒加一點通寧水，謝謝。」

華盛頓給她點了兩倍濃度，自己要了一品脫啤酒，端著飲料回到座位。維多利亞啜飲之後開口道謝，雙手微微顫抖。

「其實呢我──」他試著擠出那句話。

「我想跟你道歉。」

華盛頓決定讓她先說完。總覺得對方有什麼重要事情想告訴自己。

「波先生，我爸是個好人。」她說：「好農夫，好父親，但……他恐怕不是個好商人。」

華盛頓暗忖鮮少有農家善於經商，歐盟補貼沒了以後情況只會更糟糕，所以政府才不斷鼓勵農民多角化經營。不過之前一直以為湯瑪斯還過得去，畢竟幾千頭綿羊還沒什麼人事開支──養牛的業主通常只能留下營收三成，養綿羊卻有可能逼近百分之百。

「總之他債臺高築。」維多利亞繼續說：「之前來探望，他說了一件很嚴重的事情，和你有關。」

華盛頓為壞消息做好心理準備。

「方便問個問題？」她又說。

「請。」

「有收過土地稅單嗎？」

華盛頓眉頭一蹙。還真的沒有。湯瑪斯．修莫當初說過：儘管那棟石頭房子歷史都百年了，地方政府卻無視環境不利人居這點堅持徵稅。於是他將房子連同周邊土地一起賣給華盛頓，價格雙方都滿意。華盛頓花自己的錢打理出舒適能住人的空間，卻從未收過稅單。並非政府不知情，因為選舉公報之類文件都有正常送達。

他說自己沒收到：「感覺總有一天得繳一大筆欠款。」

維多利亞嘆口氣搖搖頭：「不，波先生，那倒不必擔心了。」

華盛頓一聽反而擔心地嚥了口水。

「你大概不知道：湖區國家公園重新劃定範圍以後，賀德威克農場就在它的邊界線上？」

確實不知道。他表示自己只聽說由於商業上的理由，國家公園範圍刻意排除了肯德爾市。

「但是國家公園面積擴大了，現在涵蓋到賀德威克農場。」維多利亞解釋時一臉無奈：「我爸對你提過稅單的事情對吧？波先生，他騙了你。幾年前他需要資金，所以向政府申請更改賀德威克農場的土地用途，核准通過的話買賣起來簡單。偏偏承辦人員告訴他『目前政府沒有開發石跡丘陵與其周邊地區的計劃』，要是他在國家公園擴大面積前提出就好了。」

「意思是……？」華盛頓心裡湧出非常不妙的預感。

「意思是我爸做了很惡劣的事情。雖然他也有向政府陳情，但同時期遇見了你，對你撒謊，騙你買下那塊地。當然你現在也可以提出訴願要求變更土地用途，我願意寫公文解釋是我爸造成你的損失，問題在於國家公園已經由聯合國教科文組織認證為世界遺產，你申請成功的機率可以說比零還要低。」

他聽完有種作嘔感。過去一年半劇烈的生命起伏中賀德威克農場宛如避風港，成為他再也不想離開的家。華盛頓寧願放棄現代文明的便利，回歸簡單與純樸，這樣或許能放下對母親遭遇的心結，把握心靈最後一絲平靜。

維多利亞卻告訴他那是不可能的妄想，小屋存在並非為了他，而是為了絡繹不絕的觀光客，因此它必須「保存當地特色」，換言之得回歸碧翠絲．波特[38]年代的模樣，否則就沒有保留的價值。

「之後會怎樣？」

「賀德威克農場那塊土地都是你的，」維多利亞回答：「這點不會改變，因為你是合法購買。」

「但是？」

「但是政府總有一天會要求你回復原狀，清除所有現代化痕跡。你沒辦法住在那裡。」

「妳之前見到我總是有點迴避，就為了這件事嗎？」

她又點頭：「本來以為相關單位會通知，你早就發現之類的。我知道遲早得說出真相，可是我爸剛走，情緒還沒調適過來。」

「那，妳真的和『烏荊子與黑刺李』沒有任何關係？」

「波先生，我不清楚你在調查什麼，但我保證我真的什麼都不知道。」

華盛頓深呼吸，心裡冒出自己說過最討人厭的一句話。以前都是他用這句話說動別人做事，如今放在自己身上卻十分貼切——莫讓急事誤大事。

住的問題一下子浮上檯面，但論重要性還是得排到後面，甚至得考慮化危機為轉機。往後幾天內，賈里德．基頓想必會收網，華盛頓必須保有臨機應變的從容。租來的車上，狗兒看見想趁午餐時間喝一杯的人就大聲打招呼，濕答答的牠味道想必不怎麼好聞。再這麼帶著牠到處跑不是辦法，若有誰家能暫時寄養算是解決一個燃眉之急。

他便藉機問了維多利亞。對方好像鬆了口氣：「沒問題啊，波先生。」

「叫我華盛頓吧，大家都這麼叫的。」

氣氛好轉，兩人卻沒多聊，因為誰也不能久留，只能快快喝完飲料解散。維多利亞得處理喪禮後續，華盛頓也想確認緹莉是否有進度，便一起走到停車場才分道揚鑣。他將狗兒抱上維多利

㊳《彼得兔的故事》作者，生於一八六六年卒於一九四三年。

亞的小車，承諾狀況許可時會立刻接回家。

往石跡丘陵回程途中他在郵局稍作停留，買了一排郵票與一個加墊信封。只是預防萬一，希望不會用到。

抵達旅館，竟看見自己平常的車位被佔了。

而且還是BMW X1，他本人的車。

直到昨天應該還停在漢普郡才對。

只有一個可能……

史蒂芬妮．弗林也來了。

46

史蒂芬妮與緹莉待在酒吧的「綠色包厢」，裡面都是墨綠色皮面的高腳椅。這兒通常人不多，比較安靜，但WiFi訊號不好所以緹莉平時不愛來。她們正在看影片，華盛頓留意到緹莉筆電側面插了隨身碟，可見並非透過網路，應該是史蒂芬妮帶來的。

兩人發現他來了同時抬頭，史蒂芬妮先起身寒暄：「波。」

仍是一臉倦容，但情緒似乎好轉很多。原本彼此都不是特別熱愛肢體接觸的類型，史蒂芬妮卻忽然給了個擁抱，華盛頓太過訝異，兩手垂著沒回應。

「沒禮貌。」她輕輕捶了華盛頓的臂膀。

「好點了？」

史蒂芬妮點點頭沒多說什麼。

「還幫我把車開來，謝啦。」

她把鑰匙丟向華盛頓：「早就想過來，只是……漢普郡那邊有點事情時間比較緊。緹莉已經幫我補上進度。」

華盛頓和史蒂芬妮．弗林之間不是單純上級與下屬，而是類似搭檔的關係。他覺得自己也該找機會問問對方前陣子為什麼一副死人臉，認識多年可沒見過史蒂芬妮被壓力擊垮。

不過優先事項是看看她帶了什麼過來。華盛頓朝筆電撇了撇下巴。

「不算很有用。」史蒂芬妮無奈道：「我根據克勞佛．邦尼告訴你的時間段調查賈里德．基頓的監獄紀錄，沒找到他情緒變化的明確理由。」

華盛頓湊近盯著螢幕。

「那現在畫面上的是？」看起來像監獄內部的監視攝影，不僅是彩色還高清。應該是某種交誼時間，大半囚犯都離開牢房，有兩人在打撞球，其他人站在旁邊或聊天或抽菸。

「兩年前彭頓維爾發生過暴動，你有印象嗎？」史蒂芬妮問。

雖然細節模糊但他還記得，事情鬧到全國頭條，囚犯居然衝上屋頂所以成了現場轉播，霸佔媒體版面好幾個鐘頭。最後靠受過特訓、採用特殊裝備的「龍捲風」部隊自周邊集結，一小時內鎮壓了監獄。

「當時賈里德．基頓住在這區。」史蒂芬妮說：「暴動發源是另一個地方，不過……」她靠到緹莉那邊點了播放，「你注意看當時情況。」

華盛頓注視螢幕。鏡頭涵蓋區域大半，拍到所有人，但都距離太遠無法辨認面孔。顯而易見史蒂芬妮也不是要他從裡面找人。

沒有音效，他只能看圖說故事。所有囚犯忽然轉身望向同一點，接著局面有點混亂，一些人表現很不自在，一些人則變得很亢奮。多數人躲回房間，只有少數人杵在原地觀望。

「那時候有警報要大家回牢房。」史蒂芬妮解釋：「因為還是自由活動時間，待比較久的人都明白出大事了。」

華盛頓又看到獄警衝進鏡頭內將沒回房的人趕走，片刻後清場完畢、獄警離開，大概得去還在暴亂的地方支援。他皺起眉頭，還不懂另一個地方發生暴動與自己的案情有何關聯。

史蒂芬妮瞧出他的疑惑便聳聳肩說：「先前你說想找出這段期間有什麼異狀，就在你眼前了。唯一一個。」

「賈里德．基頓這段時間人在哪兒？」

緹莉操作一陣，鏡頭對焦放大鎖定目標。賈里德．基頓獨自一人站在角落，隔著監視器也能感受到他情緒不怎麼好，垂頭喪氣的模樣像是擺了一個月的水仙花。回房警報響起時，他似乎也是驚恐的那一批人，東張西望十分慌張，原本朝一個方向移動，應該是想回自己房間，卻被亂竄的獄友推擠到牆上。等人潮散去，獄警已經到了，硬生生將他推進最近的牢房。

「那是誰的房間？」

緹莉放大房門門牌：B2-42，然後調出名單對照。

「單人房，只有一個叫做『李察．布羅斯威治』的囚犯。賈里德．基頓的B2-14不是單人房。」

「這個『布羅斯威治』我們知道多少？」

緹莉搖頭，雙手在鍵盤上飛舞過後眉頭蹙得更緊：「怪了……媒體上完全沒有這個名字。」

「禁止報導？」

她輕輕點頭又微微聳肩：「或許吧。可以查監獄紀錄看看。」緹莉印了東西遞給華盛頓，上頭是囚犯狀態簡述。他又遞給史蒂芬妮，畢竟科長都來了輪不到自己作主。

史蒂芬妮唸出重點：「李察·布羅斯威治，因違法會計行為處六年徒刑。」

「什麼跟什麼？」華盛頓問：「只是個作假帳的？」

史蒂芬妮忽然轉頭，接著瞬間將文件塞進牛仔褲口袋：「緹莉，關電腦！」

緹莉聞言立刻按按鈕，螢幕馬上熄滅。

華盛頓轉身看見一群制服與便衣混雜的警察湧入旅館大廳，其中一人走向綠色包廂這兒之後大叫：「長官，找到了！」

瓦竇趾高氣揚進來，抓著一張紙當作奧運聖火似地在半空揮舞。

「華盛頓·波，」他洋洋得意道：「這是搜索票，我們要對你的車輛與住家進行搜查。」

47

「波，你知道自己給人家的是BMW鑰匙嗎？」緹莉問：「高級督察瓦竇想要的應該是你在這邊開的車吧？」

「哎呀——」

「喔。」她懂了以後忍住笑：「故意的啊。」

「我怎麼會故意呢，緹莉。」小伎倆卻有大用處，倘若警隊居然聲稱在BMW上找到證物，那徹底證明有人栽贓嫁禍。華盛頓並不認為瓦竇是那樣的人，但賈里德·基頓可能已經密謀多年，他的下一步棋很難預判。

再者，如此一來華盛頓總還有輛車能開。

史蒂芬妮隨瓦竇前往賀德威克農場，確保搜索過程一切合乎規定。她認為華盛頓本人還是不在場比較妥當。

「緹莉，幫我個忙？」

「好。」

連究竟幫什麼忙都不知道就說好，也只有緹莉辦得到。

他取了些鈔票出來：「幫我買三支沒註冊的預付卡手機。」

「拋棄式？」

「對，我覺得快到亮底牌的時候了，得盡量保持通訊能力。」

「去哪兒買呢，波？」

他也想了想，最好又小又偏僻，沒有太多監視器，但不能小到連手機行都沒有。另外交通路徑也得考慮，車牌自動辨識攝影機過多是個隱憂。

「塞德伯鎮。」他最後回答：「離這兒不遠，妳別走M6的話就能避開大多數車牌辨識。」

「現在就去？」

「嗯，麻煩了，緹莉。」他不知道瓦竇能在賀德威克農場搜出什麼，但對方會去搜就代表自己可能中招。

「對了，妳看紙本地圖，別開衛星導航，」華盛頓補充。衛星定位會留下行蹤，他希望團隊成員盡可能隱匿。警隊終究會查到那間店和拋棄式手機的門號，但沒道理為對方省功夫。華盛頓又打開自己的隨身購物袋，掏出預先買好的信封與郵票，開啟黑莓機並塞進裡面，貼好超過郵資的郵票，收件地址寫上外赫布里底群島斯托諾韋市某處。他知道那房子是國家刑事局某位女同事的度假別墅，平常空著沒人。

蘇格蘭高地郵政系統運作如何他並不清楚，但對速度這方面沒抱多大指望。假如瓦竇想透過手機訊號確認自己所在位置，就會誤以為他正向北移動，爭取到幾小時空檔。

華盛頓覺得時間越來越緊迫，然而大家都在忙，史蒂芬妮又不希望他出現在遭到搜索的自家，此刻只能坐下繼續看影片。這次目標是找到李察・布羅斯威治，之前播放那輪沒發現，假如他沒出房間與大家交流，警報期間就必然與賈里德・基頓同處一室。

他挑了自己懷疑的段落重新檢查，但如史蒂芬妮所言，找不出什麼奇怪地方。正要倒退回開頭重看一遍時瓦竇又闖進綠色包廂，表情很不愉快。

「波，你的狗呢？」他低吼。

「什麼狗？」

「他媽的狗就是狗啊！」瓦竇怒喝，亮出華盛頓唯一一張艾德嘉的照片。

他客氣微笑：「你只找得到這種東西嗎，瓦竇？還沒從相框換掉的舊照片？」

「你自己也在照片裡！」

華盛頓裝模作樣瞥了照片一眼：「有嗎？看起來不像我啊。」他往後靠在椅背笑了起來，沒打算讓瓦竇知道艾德嘉在哪兒。維多利亞夠多事情煩心了，不需要多一個傻蛋過去騷擾。

「波，我手上有的可不止一張照片。」

華盛頓斜著眼睛望過去：「請說？」

「你的貨車是濕的，感覺最近特地清洗過。」

華盛頓起身，瓦竇不由自主退了一步。

「瓦竇，有沒有看到天上掛著又大又灰那麼多的雲啊？」他指著窗戶：「從昨晚到今早嘩啦嘩啦雨下個不停不是嗎？然後你在賀德威克農場有看到第二個車庫嗎？應該沒有吧，那我貨車是不是理所當然要放在戶外，放在外面車子能不淋濕嗎！」

「我們走著瞧。」瓦竇回得生硬：「你應該聽說我升職了吧？」

「你瓦竇能升官這種事情誰會不掛在嘴邊。」

瑞格在瓦竇背後忍住笑意。

「雖然升級的速度跟流星一樣快，」瓦竇繼續說：「可別就以為能在我面前要花樣蒙混過去。要是在你住的地方找到任何一丁點與伊麗莎白失蹤有關的線索，下半輩子就進監獄蹲到死吧。」

華盛頓伸展肩膀打了個呵欠：「瓦竇，星星能上升，流星可不行。流星進入地球大氣層就會起火然後墜落。難道你已經看見自己的未來？」印象中這是他第一次拿緹莉提供的知識對付別人。

氣到兩頰鼓起的瓦竇活像條河豚，漲紅的前額上青筋浮現：「你電話隨身帶著別關機，警方隨時可能要找你。」

「那我還不趕快跑？」

「混球。」瓦竇嘀咕之後快步離去。

一直悄悄跟著的瑞格卻原地徘徊，神情有些鬱悶。

「波警佐，有沒有話想跟我說？」他語氣並不強硬，似乎是想釋出善意。很可惜，瓦竇動機太鮮明，滿心想要踩著別人向上爬，被瓦竇使喚的部下當然也就無法信賴。

「沒有，你請便吧。」

情。

瑞格聽了腳沒動，但至少臉還懂得何謂尷尬。華盛頓知道他也為難，稍微有那麼一點點的同

「瑞格員警，假如你也想跳進來玩，可以先問問自己：為什麼你問過話的那個女孩子，身上居然沒有刺青。」

瑞格聽了雙目微閉：「意思是應該要有？」

「那是你說的。我只覺得與其當瓦竇的哈巴狗，你該試試看做個真正的警察。」

華盛頓轉頭繼續看螢幕，片刻後聽見瑞格走遠。

瓦竇忽然闖入，先前忘記按暫停，影片已經播到沒看過的部分。娛樂區空無一人，囚犯都在牢房內，獄警也派駐到別處。出於好奇，華盛頓快轉看看警報多久才解除，畢竟就算暴動持續不斷，最後總得讓人出來用餐。

早上十一點十五分警報響起，經過七小時牢房房門才打開。囚犯魚貫而出離開鏡頭拍攝的區域，算一算也該是晚餐時間沒錯。華盛頓留意賈里德．基頓和布羅斯威治何時現身，結果賈里德一直等到獄警經過門口才急急忙忙衝出來，緊跟在獄警身邊離開現場。

可是先前那股消沉不見了。他面露笑容。

仍舊沒發現布羅斯威治。華盛頓繼續看下去，發現獄警小隊前來檢查，房間全部淨空，換句話說布羅斯威治一開始就不在這兒。他開始好奇會計下落，便快轉到囚犯返回，卻看見布羅斯威治與其他人同時現身，代表警報響起前他就去了別的地方。會計進入鏡頭之後立刻進房關門，賈

里德・基頓也回自己房間休息。

那抹得意仍掛在臉上。

至此華盛頓能肯定：轉捩點是李察・布羅斯威治的牢房。賈里德・基頓在裡頭獨處七小時，出來以後喜形於色難以克制。

48

華盛頓想確認這是不是賈里德．基頓第一次進去李察．布羅斯威治的牢房。幸好隨身碟裡的影片並不限於暴動當日，他拉到一週前繼續觀察。

結果發現才一週賈里德就過去三次。他和布羅斯威治看來沒有特殊交情，屬於點頭之交，偶爾交換書本。

華盛頓去吧檯要了一壺咖啡帶回座位。他將影片往後拉，看看暴動封鎖後那幾天至幾週內的情況。

之後會請緹莉幫忙確認，不過單就影片而言，暴動事件過後賈里德．基頓進入對方房間的次數更加頻繁，然而雙方並未因此熱絡。其實以前布羅斯威治還會把書拿去賈里德房間，賈里德屢次造訪反而造成對方冷淡以對，看起來完全一廂情願。

這種現象持續到賈里德自監獄消失。

對照筆記果然發現他就住院去了。被騷擾到不堪其擾，索性捅他一刀？李察．布羅斯威治外表就是典型會計師，戴著細框眼鏡、頭頂禿了一塊會反光，實在不像能動粗的人。但花錢買凶倒不難，尤其賈里德．基頓生了一張娃娃臉又目中無人、還有八位數銀行存款，踏進監獄的瞬間就是公敵，願意幫會計師出頭的人很多才對。賈里德應該也知道自己處境，所以盡可能延長躲在醫護室的時間。

透過重案分析科辦公室很快確認了一點：布羅斯威治目前仍關在彭頓維爾監獄內。華盛頓立刻申請特別訪視，時間安排在翌日下午。路途遙遠，恐怕也難有成果，但別無選擇，手上只剩這條線索可用。

正在規劃南下路徑時，史蒂芬妮．弗林走了進來。

「一群智障。」她在華盛頓旁邊坐下。

「瓦竇呢？」他問。

「緹莉呢？」她反問。

「幫我跑腿去了。」

史蒂芬妮冷冷瞪著他。

不是能夠對直屬上司隱瞞的時期，華盛頓解釋自己要緹莉如何幫忙，也說了以黑莓機調虎離山的計劃。

想不到史蒂芬妮居然點頭稱許。

「波，我不確定實際情況，但他們在你家裡進行全面取證，鑑識人員到處採集樣本。如果有人設計你，隨便一點與伊麗莎白．基頓有關的東西出現在那座農場，就算孜爾處長出面也無法阻止檢察官以綁架罪嫌起訴你。」

「然後就變成我謀殺她。」華盛頓自己附和。

史蒂芬妮點頭：「對，一定會變成謀殺。」她起身時神情堅毅起來：「我也去拿點喝的。今天沒生出個計劃就不走了。」

「能不能再解釋一遍，為什麼不直接把我們查到的東西告訴高級督察瓦竇？」緹莉問。

華盛頓只能苦笑，緹莉還在糾結誠實為什麼是壞事。

「緹莉，我們沒證據。」他說：「從瓦竇的角度來看——提醒一下，他沒理由支持我們，因為那代表甘孛警司可以復職——瓦竇會認為我們故意把水攪渾，趁我還沒被起訴就進行事前辯護。」

「事前辯護？」

「提供另一套劇本。如果聽起來比檢方說法更加可信，陪審團就會懷疑罪名是否成立。」

「不過到現在沒辦法解釋為什麼那個女孩子身體裡有伊麗莎白・基頓的血液，所以上法庭也不會贏。」史蒂芬妮補充：「我們提出的叫臆測，警方掌握的叫事實。」

緹莉顯得很挫折。雖然她自己說過：科學發現就是反覆記錄不可行，直到可行解答出現為止，但面對眼前的狀況還是不免氣餒。華盛頓需要她幫忙，她也已經盡力而為，現在只能戴好眼鏡、打開筆電，繼續認真查資料。

史蒂芬妮和華盛頓低聲討論下一步。

「無法解釋血液問題，就只剩下一條路。」她說。

華盛頓點頭附和：「得找到那個女的。只要找到她，賈里德．基頓的如意算盤就會落空。」

而且只知道女子姓名還不夠，賈里德．基頓的律師團一定會以DNA鑑定結果堅稱警隊接觸的就是伊麗莎白．基頓。必須女子本人現身，親口說明偽造血液樣本的手法，否則結論都是賈里德奸計得逞。

「明天我去彭頓維爾一趟。」華盛頓說。

史蒂芬妮蹙眉：「去做什麼？」

華盛頓解釋自己從監獄監視器畫面看到什麼，史蒂芬妮確認以後點點頭。

「的確看得出他情緒轉變，」她說：「要不要我一起——」

手機響起，史蒂芬妮將螢幕亮出來，是個不明來電。

「偵緝督察弗林。」她接聽。

華盛頓在一旁聽著單方面對話，從史蒂芬妮表情判斷情勢不妙。後來她直接表示要開擴音，華盛頓便開口自我介紹，緹莉沉浸在電腦世界中沒理會。

「我是高級督察芭芭菈．史提芬斯。」對方聲音有點尖，而且是喬迪[39]腔，通常新堡人離開都會區以後就漸漸變成這種柔細口音。「波警佐，我也隸屬國家刑事局，發現你向監獄登記想要與李察．布羅斯威治見面。可以請教你找他的用意嗎？」

「他與坎布里亞這邊一個案子有關。」

「感覺不大可能，據我所知他在北部沒什麼人脈。」

「他也跟賈里德・基頓有牽扯。」華盛頓回答。

「啊，那位殺死女兒的名廚是嗎？那個案子我略有耳聞，但不知道居然和這邊扯上關係，還以為是比較地方性的案件。」

華盛頓解釋來龍去脈。

沉默良久之後，高級督察史提芬斯說：「波警佐，雖然我很同情你的處境，但恐怕無法准許這次訪視申請。」

理由就是她在國家刑事局內負責的調查項目。難怪布羅斯威治的情報都被禁止報導。事有輕重緩急，華盛頓無法否認對方的考量更優先。

雖說國家刑事局辦的都是大案，但某些特殊案件更加「茲事體大」。

「不過你可以說說看想瞭解什麼。」史提芬斯表示：「由我過去跟他談，或許同樣能得到答案。」

華盛頓一聽倒是安心不少，其實這才是最佳方案。史提芬斯本就與對方有往來，更容易從互動中發現蛛絲馬跡。華盛頓說明自己在監視影像所見，史提芬斯表示給她看過之後再聯絡。

緹莉將影片檔壓縮後寄過去，大家揪著心等待三十分鐘都沒講話。後來史蒂芬妮手機響起時三個人都嚇得差點兒跳起來，她趕快按下擴音。

㊴ 對英格蘭東北部泰恩賽德（Tyneside）地區居民的暱稱。

「剛才的意見我同意。」史提芬斯說：「你們的目標似乎真的在布羅斯威治的牢房找到什麼東西，怪就怪在據我所知裡面沒有違禁品。」

「怎麼確定？」華盛頓會這麼問是因為囚犯藏東西時創意無限，否則手機也不會在監獄如此氾濫了。

「我就是確定。」對方語氣不容置疑。

華盛頓懷疑史提芬斯有所保留，很可能刻意略過布羅斯威治此人的重要性，將其敘述為普通的缺德會計師。仔細想想不合理，會計師違法很多情況下無須坐牢，更沒道理在已經人滿為患的監獄享有單人房。推敲起來，布羅斯威治背後應該是個牽連甚廣的詐欺案，甚至其實是證人因此得到保護。

然而想也是白想，刑事局內部分作一個個獨立團體，權限各有不同，排資論輩的話重案分析科接近底層，而史提芬斯那邊的部署恐怕連孜爾處長都不很清楚。

「待會兒我和我老公崔佛有點事情要辦。」史提芬斯繼續說：「晚上再過去找李察，明天給你們答覆。」

「夜裡打來沒關係，」史蒂芬妮回答：「我們都晚睡。」

「好，那等我電話。」

49

史提芬斯信守承諾，接近十一點撥了電話，華盛頓等人也真的都醒著。他們八點用餐過後又埋頭苦幹。

緹莉情緒越來越不穩定。居然有交代給她還無法解決的問題？於是她開始像弄丟車鑰匙的人那樣子自言自語。

「波，我想不出怎麼可能啊。」她氣呼呼說：「最先進的血液合成技術也瞞不過鑑識專家的。」

可惡。幾乎每個人都跟他說過同一句話了。本以為緹莉能夠製造突破口，結果她也打算舉白旗投降。別人就算了，緹莉說的話他不得不信。

但同時他又肯定自己的假設沒錯。

雙重思想。

史提芬斯來電的鈴聲緩和了氣氛，他們需要稍事喘息。

「恐怕幫不上忙。李察說他認識賈里德．基頓，但算不上朋友，只是都會看書，雖然喜好不同但監獄圖書館藏書也不算太多，所以交換著讀罷了。」

「有沒有提到暴動事件之後，賈里德．基頓更常過去找他？」

「有，但他也不懂為什麼。」

「他房間裡面真的沒有什麼違禁品引起賈里德．基頓興趣？」

「絕對沒有。」

又一條死胡同。

除非……除非大家切入點就錯了。要找的是個女孩子，華盛頓剛好知道有種東西明明不違反監獄規定，但囚犯還是會藏好。

家人的照片。有些囚犯會藏得很隱祕，避免被獄友看見。如果拍的是兒童或年輕女性就更要藏，因為最親近的人被當作意淫對象實在很彆扭。

「妳有進去他牢房？」華盛頓問。

「有。」

「家人照片有藏起來嗎，還是能直接看到？」

一陣沉默。「噢——」史提芬斯也懂了。

「就是妳想的那樣。」

「他確實有個叫蔻依的女兒，現在大概二十出頭。」

「請問確認他是否藏匿照片要多久？」史蒂芬妮開口：「事關重大。」

「應該不用太久。他再怎麼藏總不會是高科技，何況一定放在容易取出的位置。」

史提芬斯答應翌日一早監獄開放就立刻去查，若果真找到相片會盡快翻拍給三人。華盛頓嘴上道謝，心裡則想著已經沒必要。有了完整姓名，緹莉自然能在社交平臺找到這位蔻依．布羅斯威治。

同名同姓的人不會太少，但他們有個優勢——幾乎已經知道目標容貌了，否則對方如何來到坎布里亞郡假扮已死之人呢……

緹莉進行網路搜尋，華盛頓和史蒂芬妮取出拋棄式手機進行設定。功能簡單的便宜貨，但正好符合他們需求。既然要失蹤，就要確保互相聯繫也不會透過基地臺被警方定位。

操作電腦的同時緹莉不忘提醒他們如何滴水不漏：「不可以語音留言，不可以傳簡訊，這兩個管道都能攔截。」她視線沒離開過螢幕：「警隊還沒察覺三支手機的階段，關機不必拆電池，可是任何一支收到訊息就完蛋了，得假設全部都被入侵鎖定，要馬上拆電池砸爛。」

「是對著這個說話嗎？」華盛頓指著手機的麥克風。

「這你也要問——」緹莉看見華盛頓表情：「哼，笑我啊，哈、哈、哈。」

「別鬧了。」史蒂芬妮搶走他弄半天找不到語音留言設定的手機，將不需要的功能全關掉，三支一起插進牆上充電座。

「真的走到那一步，你有地方能去嗎？」她又問：「不必刻意繞遠路，以前有段時間我負責抓失聯的性侵前科犯，結論是地點越單純越難發現。只要挑個你沒去過的地方好好待著，別靠近大馬路就行。」

華盛頓聽完沒講話。史蒂芬妮說「越單純越難發現」，史提芬斯提到布羅斯威治藏照片也說「總不會是高科技」。這兩句話在他心裡起了共鳴。

不是高科技……？

所有人提起驗血都朝高科技思考，一下基因拼接一下血液合成。雖然他是固執己見的人，但或許這回真的該相信專家說法——現有技術無法讓甲的體內流有乙的血液。

本就用不到才對？

賈里德・基頓是在監獄想出辦法坑害自己。而且他是廚師，不是科學家。腦袋聰明歸聰明，並非能在牢房裡改寫別人基因組的那種聰明。

犯案手法理所當然不是高科技。

他要說出自己這番頓悟時，緹莉一反常態，居然說了粗話。

「他媽的不會吧。」

史蒂芬妮和華盛頓趕快湊到螢幕前。緹莉還開著Facebook和Pinterest，但最後在Instagram找到線索。蔻依・布羅斯威治清除了網路足跡，可是別人帳號的內容她無可奈何。

背景是入夜的酒吧，一干年輕人眼睛泛紅，看來喝得挺暢快。所幸沒影響畫質，清晰得能擺上護照。

蔻依在前排中間，兩手摟著年紀相仿、名叫聶德的男孩。他用自己帳號發布照片，說明文字直截了當：「我真他X的愛死這女孩兒！」

華盛頓曾經幾個鐘頭不停重播女孩走進奧斯敦圖書館的片段，此刻當然一眼就認得。她習慣將頭髮撥到左耳後面，微微歪頭的角度和接受警察問話時毫無二致。

他盯著螢幕，心中不再迷惘，確信就是相片中人假冒伊麗莎白。

女孩促成賈里德．基頓獲釋，連帶摧毀華盛頓後半生。

卻又清純得像天使。

第十三天

50

走一步退兩步就是這種感覺。早餐時史蒂芬妮接到大家擔心的那通電話。甘孛打來的。他本想直接告訴華盛頓，但華盛頓手機調靜音以後塞在加墊信封內。史蒂芬妮始終沒打斷對方說話，但面色越來越凝重。

好一會兒以後才開口：「謝謝你，伊恩。」

掛斷電話之後她轉頭望向華盛頓和緹莉：「看樣子甘孛警司在警隊裡面還有些朋友。鑑識組在你貨車上採集到血跡，現在插隊要驗DNA，但早上瓦竇竟然已經向肯德爾市地方法院申請不得保釋的拘捕令。」

「不得保釋？」華盛頓問道：「怎麼可能，得有更多證據吧。大部分物體表面只要用力查下去都會找到血跡。」

「瓦竇聲稱你試圖清除痕跡。」

「下雨天我車子停外面而已！他媽的不都說過了嗎！」

史蒂芬妮微微舉起手，華盛頓見狀火氣消下去。畢竟並不是她的錯，而且立場對調自己與瓦竇會做同樣的事：提早取得拘捕令避免節外生枝。

狗屎。

本以為能多點時間。逮捕警察通常會事前指定時間請對方去警局說明案情，不必勞師動眾做場面，當然最重要的是無須經過公開法庭取得禁止保釋拘捕令。法院裡很多記者守株待兔等醜聞，針對警官發布禁止保釋拘捕令這種事情一小時內會傳遍網路，午後登上本地所有報紙頭版。

然後瓦竇稱心如意。

華盛頓不確定貨車上的血跡從何而來，說不定只是艾德嘉——調皮搗蛋的獵犬弄傷自己很正常。但無法排除驗出來真的是伊麗莎白·基頓，畢竟她的血液都能莫名其妙出現在蔻依·布羅斯威治的靜脈裡，以為不可能跑到自己車上未免太過天真。

所以不能坐以待斃。

史蒂芬妮也別無選擇，必須向孜爾處長報告最新事態，於是緹莉又安排了視訊。

「你們手上有什麼？」他劈頭就這樣問，史蒂芬妮簡單說明調查進度。

處長陷入沉默。華盛頓明白他立場為難，國家刑事局需要大眾和其他單位的信任才能發揮功能，即使不想將自己的人交出去卻也沒有太多能夠斡旋的籌碼。

「我想，你們也不認為將這些線索告訴瓦竇，就能使他回心轉意？」良久之後他才開口。

「的確，」史蒂芬妮回答：「甚至可能妨礙接下來的調查。倘若賈里德·基頓知道蔻依·布羅斯威治成為目標，恐怕我們一輩子都沒辦法找到她了。」

孜爾搓搓下巴。他忙得沒空刮鬍子，隔了一天的鬍碴透過麥克風窸窸窣窣。

「加上瓦竇勢在必得。」史蒂芬妮補充：「他想接下原本甘孛的位置，在波警佐的案子有所退讓對他而言代價太大。」

「警隊隊長的門口被記者包圍，」孜爾附和：「一旦無保釋拘捕令上了新聞，要她撤回可就丟臉了。瓦竇應該也是看準這點才故意這麼大陣仗，想強迫警隊隊長與自己同一陣線。」

「是的，長官。」史蒂芬妮說：「瓦竇一次將牌出完，但這牌面確實漂亮。」

「弗林督察，妳的建議是？我不認為這時候能靠處長身分將事情壓下去。」

「長官，目前正式紀錄上沒有單位提前告知，甘孛警司是基於他個人相信華盛頓遭到誣陷才私下提點。就瓦竇的立場，無保釋拘捕令還是保密事項，我想我們可以若無其事繼續調查，畢竟沒有發公文過來。」

「你們找得到那位小姐嗎？」

「報告長官，我認為可行。」史蒂芬妮點頭：「她與局內另一組人處理的案子有牽連，因此已經得到一些情報。」

孜爾沒特別過問究竟哪組人，看來已經知道聯絡人是高級督察芭芭菈·史提芬斯。對此華盛頓並不意外，孜爾那個位置絕非憑運氣就能坐得上去。

「驗血呢？」他追問：「假如找不到蔻依·布羅斯威治，就必須解釋驗血結果怎麼回事。」

孜爾望向緹莉：「布雷蕭小姐，據我所知科學排除那種可能性。」

緹莉本來就沒什麼階級觀念，碰上科學話題更是忘得乾乾淨淨。她悶哼一聲說：「愛德華·

凡．孜爾處長，你說的只是結論、是發現，但研究的過程、假設和理論也都屬於科學範疇。」

孜爾沒講話。那聲悶哼加上科學佈道能讓任何人閉嘴。

她繼續：「元資料的確指向驗血出現了科學上不可能的結果，但不要忘記元資料並未囊括所有可得的資訊。」

「沒有嗎？」孜爾問。

緹莉用力搖頭：「當然不，因為事實是蔻依．布羅斯威治身體裡有伊麗莎白．基頓的血液，代表這個現象不僅合乎科學而且可以觀測。事情都已經發生了就沒有其他解釋。愛德華．凡．孜爾處長你放心，我會查出背後機制，不會讓波失望。」

「唔……好，那加油。」孜爾一臉茫然。通常和緹莉．布雷蕭交談後都是這表情。

華盛頓笑著兩手比出大拇指。現在確實沒有比緹莉更可靠的後援。

孜爾得出結論：「如果逮捕波警佐的公文正式送到國家刑事局，我就按照規範支援坎布里亞警隊。公文出來之前，我並沒有聯絡過你們。」

史蒂芬妮點點頭。

「然後，弗林督察，該分頭行動了。」孜爾補充：「後續調查交給妳帶著布雷蕭小姐處理，波警佐唯一任務是避開瓦竇。我知道你不喜歡這種安排，但沒有商量的餘地。」

華盛頓朝螢幕瞪大眼睛。

「應該沒問題吧，波警佐？」

他沒回話。

史蒂芬妮朝處長擠出苦笑：「長官，出問題苦的是他自己。」

「很愛開玩笑嘛。」華盛頓嘀嘀咕咕。

「波警佐，你明白自己的立場吧？」孜爾又問了一遍，他還是不回答。

「波？」孜爾逼問。

「明白了，長官。」

「明白什麼？」

「調查交給弗林科長和緹莉。」

「很好。」

51

十分鐘後華盛頓上路了。暴雨暫歇，烏雲卻似乎垂得更低。瓦竇不知道他有租車，華盛頓悄悄找到印象中沒被監視器錄影的郵箱並將包裝好的黑莓機丟進去。事已至此也該開始故佈疑陣，一個U形迴轉朝著賀德威克農場駛去。不過目的地並非自己家，而是在附近另覓行動據點。恰好有人還欠自己一份情……

史蒂芬妮停在路旁等候。她要確認華盛頓的新據點夠不夠隱密，以及突發狀況如何最快速度趕到。身上只帶了拋棄式手機，工作用的電話放在緹莉那兒。感覺兩個人演起傑森．包恩[40]電影，若非事態嚴峻或許挺有趣。

華盛頓車子從面前經過，史蒂芬妮尾隨穿越泥濘的農家小路，之後兩人一起下車。上次來的時候前院還有四輛車，現在只剩下湯瑪斯．修莫的賓士與紅色福特Focus。他上前敲門，史蒂芬妮跟在旁邊。

維多利亞．修莫應門，模樣好像正在打掃，束著頭髮捲起袖子還戴了黃色橡膠手套。

[40] 臺譯《神鬼認證》系列，劇情為主角和美國中情局鬥智。

「華盛頓啊，」她先開口：「你來接艾德嘉嗎？」

史蒂芬妮轉頭挑眉：「『華盛頓』？」

他聳聳肩，雙頰微紅。華盛頓已經得知母親為何給自己取這怪名字，但他還沒和別人提過，史蒂仍以為他很反感。

維多利亞看見史蒂芬妮神情忽然緊張起來。華盛頓立刻會意：她父親騙了自己的錢，此刻身旁冒出個細條紋套裝的女人，怎麼想都覺得是律師。

「有事情請妳幫忙。」他趕快說。

大致解釋之後，華盛頓表示自己需要外人不知道的藏身處。維多利亞不會因此犯法，也隨時可以要求他離開。

維多利亞招呼兩人進屋，直接帶到廚房。寬敞空間裡塞了經典的雅家（Aga）牌炊具和大小如同車庫門的橡木桌，爐子上本來就燒著水，她便直接倒了三杯茶。

坐下以後，維多利亞提出五六個問題，都挺切中要害。有些能回答，有些沒辦法。華盛頓表示她無須承擔壓力，覺得不妥直言無妨。

「考慮到你房子的情況，這點小忙也是應該的。」她說。

史蒂芬妮又狐疑地瞟夥伴一眼，她可不知道華盛頓連住的地方都快沒了，隨即轉頭對維多利亞說：「非常感謝妳幫忙。」

「反正他人丁不多，借住多久都可以。」

「唔，妳一定跟他還不熟。」

華盛頓正要回話卻聽見史蒂芬妮的手機鈴聲，本能繃緊了神經。但馬上意識到她帶的是拋棄式手機，會打過來的也只有緹莉。

史蒂芬妮接聽沒多久就皺起眉頭。

「是緹莉。」她將電話稍微拿開：「她說你要的資料已經寄出。」

「什麼資料？」華盛頓也沒聽懂，印象中要過的東西全到手了。

「緹莉，妳說的是什麼資料？」史蒂芬妮一邊聽一邊告訴華盛頓：「和松露有關？」

原來如此。賈里德．基頓這種人能自己找到黑松露必有蹊蹺，只是後來忙忘了。

「轉告她，我一有空立刻看。」

史蒂芬妮轉達同時依舊眉心緊蹙，望向華盛頓的臉上寫著「為什麼打給我」幾個大字。

「對，緹莉，」她嘆口氣：「可以掛電話了。」

史蒂芬妮先走一步，維多利亞堅持帶華盛頓先看看房間。客房在隔壁棟，設備簡單但環境舒適，有雙人大床、床邊桌和衣櫃。副樓與主樓結構相連卻有獨立門戶，華盛頓猜測原本提供給臨時工，所以除了休息沒有太多功能。

「我帶艾德嘉過來。」

回來時除了興奮不已的狗兒，她還送上一張紙。

「WiFi密碼，」維多利亞伸手敲敲牆壁：「訊號挺強的，應該傳得過來。」

華盛頓連聲道謝。

然後開啟緹莉借他的平板，已經事先設定成適合他使用的模式。輸入密碼以後訊號確實不錯，緹莉發送的郵件很快就下載完畢。

卻也立刻受挫。

華盛頓在警界混了很多年，明白看似簡單的呼叫有可能一下子演變成離家七十二小時。重案分析科步調相對平緩，但他還是保持好習慣，隨時準備「出差包」。回到坎布里亞郡的第一件事就是收好東西擺進車子。問題在於他收拾還是照著往日的習慣，塞了瓶裝水、不易變質的乾糧、備用衣物、手電筒和電池、鑑識用手套等等。這種配置能在犯罪現場待很久，多年來他一直沒更動。

所以才會忘記帶眼鏡。眼鏡只是偶爾戴，還沒習慣成自然。掏了外套上口袋，但本來就知道沒裝進去。記憶中最後一次見到眼鏡是在酒店那個綠色包廂。

豬腦袋。

檔案字體很小，學緹莉想用手勢放大卻毫無反應。惱火的他將平板丟向床鋪。

隔牆傳來聲響，華盛頓赫然想起這屋子並不是只有自己在。請維多利亞將郵件內容列印出來，放到A4紙張上的字母多多少少能辨認，要瞇眼睛就是。

不過，先洗澡。

他敲門進入廚房，維多利亞露出笑容。她打掃完了，正在烤點心。

「華盛頓你來啦，正想問你要不要一起早午餐。昨天做了一鍋馬鈴薯燉肉蘇格蘭羊肉鍋，正在熱。」

本來他想說自己沒有吃早餐習慣，但腸胃反應很誠實，而且很久沒吃到羊肉鍋。

「好啊，維多利亞。謝謝。」

華盛頓在桌邊坐下，維多利亞盛了一大碗。他臉湊近，濃郁香氣撲鼻而來，令人心曠神怡。羊肉油花很漂亮，黑布丁餡料飽滿，馬鈴薯片片金黃，舀一匙送進口中不禁閉上眼睛感慨：真是美味，遠勝烏荊子與黑刺李那些料理。他三兩下吃光，維多利亞又盛滿。

三碗之後終於飽了，維多利亞給他和自己倒杯茶，兩人都沒講話卻有種和諧氛圍。

但華盛頓還是得打破沉默：「維多利亞，妳爸這兒有印表機嗎？我有份檔案在平板裡，想印出來讀。」

她卻搖搖頭：「沒有，連WiFi都是為了農場帳目才接的。」

可惡。

維多利亞看出他失望，改口道：「我晚點要去肯德爾，幫你拿去印？」

華盛頓道謝婉拒。黑松露的資料，看起來能有多重要？

兩人又一陣無語，片刻後華盛頓轉換話題：「妳知道我不少事情了……嗯，至少知道我最近那些狀況。但我好像還不太認識妳。」

「也沒多少能說。」

華盛頓靠著椅子放鬆，維多利亞說起在農場長大的童年經歷。湯瑪斯發現女兒們全都不想繼承父業很失落，她最晚離家卻搬得最遠，在德文郡查德利鎮擔任教職。

「雖然也很喜歡德文郡，回來以後卻又不確定還要不要搬走。以前對丘陵農業沒興趣，但年紀大了心態也變了，說不定能接受，延續父親的心血。」

華盛頓很能體會這番話。坎布里亞獨有的魅力能滲進骨子，度過青春歲月、生命重心轉移以後更明顯。

「總之，」她將話題拉回：「你先前想列印的文件是什麼內容？」

華盛頓解釋之後提起眼鏡的事情。

「我下午可以去買。其實我爸有桌機，檔案寄給我的話可以在大螢幕上讀。」

他聽了有點猶豫。主題是地底蕈類應該沒什麼外洩問題，然而一般程序上加密檔案不可以發送到未加密的網路。緹莉說過原因，似乎和木馬有關，華盛頓聽沒多久就分神，沒明白古希臘戰術怎麼會和電子郵件扯上關係。反正緹莉都強調了，還是別犯規。

「恐怕不合適。」一個念頭閃過腦海，華盛頓眼睛亮了：「但可以請妳讀給我聽？」

52

維多利亞看了檔案內容，抬起頭一臉疑惑：「這是在介紹松露？」

華盛頓自己要的東西當然知道內容：「裡頭說了些什麼？」

她拿著平板滑幾頁：「你要聽大衛・愛登堡[41]版本？」

「有何不可？」華盛頓笑道，暗忖維多利亞・修莫挺有趣……

「學名 *Tuber aestivum*，俗稱夏松露、夏季黑松露，原產地英國，與宿主樹木以菌根形成共生關係……」

華盛頓皺眉：「『菌根』？」

「你知道有種魚會吸附在鯊魚身上，幫鯊魚清潔皮膚？」

他點頭。

「所謂菌根是差不多的情況，只是放在植物上。根據……」她滑到檔案最後：「這位麥緹勒妲・布雷蕭小姐的說法……哇，她博士學位也太多……松露以樹木淘汰的細胞為食。」維多利亞再讀了一會兒：「但是會調整土壤與樹根狀態保護樹木健康。被松露附著的樹木相比之下吸收更

[41] David Attenborough，英國知名生物學家和解說員，參與多部紀錄片和自然生態節目。

多水分和養分。」

「妳怎麼懂這些？」

「我是生物老師。」

華盛頓有種拍自己額頭的衝動。人家早就說過自己任教，他卻從來沒想過要問問科目和年級。看來真的太久沒和女性正常交流……

「抱歉剛才就該先問的。」

「我爸也該告訴你賀德威克農場的真實情況，」她這樣回應後又看著報告：「文獻顯示夏季黑松露偏好面朝南方的櫸樹、樺樹或橡樹，需要排水良好的乾燥土壤，海拔至少一百英尺。比起我們這種北方，南部地區比較常見。」

華盛頓在腦海中摸索當初想要松露報告的模糊理由。他無論如何想不出以賈里德．基頓的背景如何能在野外找到松露，偏偏邦尼說他真能弄到，這件事情怎麼分析都不對勁。

不過又與大局何干？

找到蔻依．布羅斯威治比較重要。查出對方如何掉包血液比較重要。下半輩子別在監獄度過最重要。

賈里德．基頓的松露來源似乎沒那麼重要。

「松露很值錢？」他問。

「報告裡的數字是：每公斤兩千到兩千五百英鎊。」

華盛頓吹了聲口哨。確實是會捨不得，太值錢了，難怪賈里德不願意和自己的副手分享。

「國家刑事局在幹的就是這種活兒？調查松露竊盜案嗎？」

他回答：「是想知道卡萊爾長大的人怎麼有辦法去森林挖到松露。」

維多利亞斂起笑意：「所以是嚴肅的調查報告？」

他點頭：「非常。」

維多利亞靠著椅背喝完茶，指著他的空杯問：「還要嗎？」

「謝謝。」

她走向茶壺時說：「所以和你先前提到的餐廳有關係？」

想起兩人當時互動華盛頓不禁臉一皺，那天自己真沒風度：「是的。」

「我爸剛開始做羊肉生意，和其他農家一樣是走拍賣通路。顧客就是同樣幾家屠宰場，價格也受對方控制。明明我爸出貨品質更好，卻被壓到和其他人相同價格。雖然我說他做生意不精明，但久而久之他也察覺跳過中間商才能爭取利潤，開始花錢請人屠宰，但將肉拿回來自己賣。當時手上沒有顧客名單，你猜他怎麼辦？」

華盛頓搖頭。

「他帶著樣品走遍坎布里亞，拜訪各家水準之上的餐廳或肉鋪，提供價格表也告訴大家自己能提供與不能提供的商品。沒過多久就從滯銷變成供不應求了。」

靈光乍現——

「妳的意思是，賈里德．基頓沒辦法自己去森林找松露，很有可能是別人代勞，採收給他或透露地點，然後他吹牛說是自己的功勞？」

維多利亞聳聳肩：「羊肉可以直接賣餐廳，松露難道就不行？」

「能賣給一間餐廳，就能賣給其他餐廳。」華盛頓繼續說。

合理推論。既然認定賈里德．基頓無法自己找到松露，代表有人指點，他鳩佔鵲巢。也符合他妄自尊大的性格。

儘管問題算是得到解答，華盛頓一時想不出這答案怎麼運用，感覺與調查方向沒有直接關係。隱瞞松露生長地點不就只是為了錢？

不對。不完全是。

賈里德．基頓即使進了監牢也還是烏荊子與黑刺李絕無僅有的老闆，在黑松露上多花一分錢都等同從他帳戶裡扣掉。當然，員工離職會將這種寶貴資訊對外透露是個考量。

但會不會還有別的理由？

53

管他去死。

短暫的解放，華盛頓有了機會去做他知道不該做的事，以現況而言就是上頭明言禁止離開修莫家，但他還是要出去。他很尊重孜爾和史蒂芬妮，但若兩人真以為他會言聽計從想必是腦袋出了毛病。雖然沒法子幫史蒂逮到蔻依．布羅斯威治，還有另一條線索可以繼續追蹤。

華盛頓開口表示想去證實先前的假設，也就是有某人四處向高級餐館兜售松露。維多利亞聽了堅持借他父親留下的荒原路華（Land Rover），雖然停放在外頭畜棚但功能一切正常。

「找你的人看見沾滿羊屎尿的舊車不會想搜才對。」她說：「而且天氣要變差了，你租的那輛車可不怎麼樣，碰上突發淹水會不會被沖走啊？」

華盛頓無法反駁。外頭天空顏色像是腫了一天的瘀血，風勢也越來越強勁。溫蒂風暴即將夾帶暴雨自西海岸登陸，如果氣象局預測沒出差錯還是四輪驅動才保險，荒原路華確實合適。

如果有緹莉幫忙會好辦得多，她能很快彙整資料列出優先名單。可惜這次不能把她拖下水，緹莉知道他不老實躲著會擔心，要是過分擔心就有可能向史蒂打小報告。

華盛頓在地圖上圈出烏荊子與黑刺李。緹莉也這樣做過，那時候她是要計算伊麗莎白、或者說蔻依．布羅斯威治逃離子虛烏有的地下室以後能夠走多遠。不過緹莉有電腦輔助計算，華盛頓只有一支紅色奇異筆。他打算從最靠近烏荊子與黑刺李的餐館開始，查不到就持續擴大搜索半徑。

算了算發現第一圈裡就有九間要問，其中三間是普通餐館、六間是酒吧。酒吧也不能放過，因為他聽說過所謂的「美食酒吧」，也就是鄉村酒館死灰復燃轉型為半酒吧半餐廳的複合營業，而且很可能每一間都自稱提供高級料理，所以只能全部走一趟。

經過加油站，華盛頓趕快買了老花眼鏡，然後按圖索驥找到第一間酒吧。錯得離譜。

「老兄，不是炸的都沒辦法賣啊。」一樣子很油膩的老闆這樣說。

「你們以前也沒賣過松露？」

「那啥？」

華盛頓解釋一番。

對方遞了菜單，上面最健康的東西叫做蘇格蘭炸蛋[42]。明明跟香腸用的料差不多，發明這料理的人很有創意。

接下來兩間酒吧菜單比較正常，但很基本，就是漢堡、炸魚配薯條、牛排、蘋果派這些，很常見也很好吃，但跟松露扯不上關係。

他找的第一間餐館乍看有點希望，以前菜單上有過松露料理，畢竟他們確實自認是高級餐館。問題是時間對不上，賈里德．基頓自稱找得到松露的那些年裡這間「醃豬」餐廳還沒開張，所以主廚反而問起華盛頓哪兒能買到便宜貨，有的話他也想要。

華盛頓一走出去就碰上暴雨傾盆。他站在「醃豬」餐廳屋簷底下驚嘆雨勢之猛烈，水珠連續擊打帆布的聲響堪稱氣勢磅礴。空氣也變得清新了，他忍不住深呼吸，吸進濕潤泥土的芬芳，雨勢足足讓他站了五分鐘才離開。

趁著雨勢一度稍緩，華盛頓趕快跑回車內。他暗忖是否該先回去維多利亞那邊，這種天氣四處遊蕩並非明智之舉。問題是名單才跑了一半而已，車子性能也夠好，雨量還沒達到從河岸淹到馬路的程度。他決定抓緊還能活動的機會繼續查。

再來的兩間酒吧沒什麼新意，一間根本不提供餐點，另一間菜單差不多，價高量少的酒館菜。兩間的老闆或廚師都不記得店裡賣過松露。之後又去了兩間餐館，得到類似結果。一間賣義式料理，另一間主要服務旁邊的露營區和車屋園區。有時候觀光客很多，餐點能填飽肚子就好，不必太過講究。

最後去的酒吧靠近威瑟羅村，距離烏荊子與黑刺李兩英里。華盛頓打算在這兒喝一杯休息，之後擴大調查半徑一英里。酒吧名字是「獵場看守人廚房」，自稱是野味專門店。停車場在建築物後方，華盛頓光走到前門這幾步路就快濕透了，幸好裡頭沒客人。

他在吧檯坐下，點了一品脫金絲啤酒。女服務生有事可做似乎挺開心的，華盛頓等她倒酒同

---

❹❷ 水煮蛋裹上絞肉與麵包粉後油炸。

時拿了餐巾擦乾頭髮。雖然不真的餓，他心想還是點些吃的也罷，反正不知道幾點回去，也不想麻煩維多利亞。華盛頓開口要了菜單，還真的都是野味。女服務生說會有另一個人接受點菜，幾秒鐘之後真的有個小鬍子男人走出來問他決定好了沒。華盛頓點了兔肉派佐歐洲蘿蔔泥[43]，然後亮出刑事局證件表示想和主廚對話，於是被領進廚房。

廚房與烏荊子與黑刺李很神似，但空間和設備種類都少了很多。主廚是位女性，名叫蓋莉．奇米斯特，年紀四十出頭但已經在這兒工作超過十年。

華盛頓重複問了一下午的問題，想不到這次對方竟然給了肯定答覆。

「居然真的有人過來兜售松露？」

蓋莉點頭：「很多年前的事，少說也有八年。那人打扮滿古怪，問我的話會覺得不是山友，反而像是鐵道迷才對。但看他指甲底下都是泥巴，松露應該真的是現採。」

「妳沒買嗎？」

「沒買啊，」她說：「因為這邊用不到。那時候我們走美式燒烤路線，低溫慢烤、特製漢堡之類。我是想過要不要在招牌漢堡加松露試試看，但價格一口氣漲七成有點太多。最後我建議他去『烏荊子與黑刺李』碰碰運氣，你聽過那裡嗎？」

「聽過。」

「當年他們慢慢做出口碑，我記得菜單裡有用到松露。那個人和我道謝之後就走了，沒有再來過。」

「兔肉派好了！」後面有個廚師大叫。

「我的，」華盛頓說：「那我先到外頭，吃完以後如果想到別的事情，再進來聊聊方便嗎？」

「沒關係啊。」主廚回答。

華盛頓並不特別喜歡兔子肉，覺得口感太瘦了，不過這裡的派很好吃，透過培根和韭蔥帶出兔肉的細緻風味，外層裹上厚厚的蒸蛋，搭配熱呼呼料多實在的歐洲蘿蔔泥。說來諷刺，這餐點想要更上一層樓的話恐怕真的得撒點松露上去才行。

他邊吃邊思考剛剛得到的情報。八年或更久之前有人過來兜售松露，蓋莉・奇米斯特介紹對方去烏荊子與黑刺李。而且這個人外觀不像愛往山裡跑的人，或許真的就不是？碰巧看到黑松露，而且明白這玩意兒的價值而已？

思緒一下子被拉回現實——還穿著主廚白袍的蓋莉忽然拉板凳在旁邊坐下，女服務生給她倒了杯檸檬水。

「有個廚師聽到我們講話，」蓋莉解釋：「她也有印象，因為那個人在我們這兒點餐了。她會記得是因為那天時間還很早，外場人員根本沒到，結果她只能自己上菜。」

「所以說那個人跑去後面賣松露，然後又跑到前面點了起司漢堡和啤酒？」

㊸歐洲蘿蔔即「防風草根」，是歐洲常見蔬菜。

「差不多。還不只如此，她說她上菜的時候看見那個人與我們的常客坐在一塊兒。常客是個郵差，叫做布萊恩・拉坦，兩個人似乎談得很投緣。」

「那這個『布萊恩・拉坦』現在還常來？」

「你等個半小時的話大概能碰到。」

華盛頓隔著她望向屋外，豪雨大得好像消防車朝窗戶拚命噴。「這種天氣？」

蓋莉悶哼：「就算這兒淹水，他也會穿雨鞋戴防水帽坐外頭。不喝一杯會死的那種人。」

「那我等。」

吃完正好也等到了布萊恩・拉坦。不必別人介紹，華盛頓一眼就能分辨對方是不是酒吧熟客，顯然這位就是。女服務生一看見就去倒啤酒，杯子連同杯墊擺在吧檯尾巴位置上，對方防水外套都還沒掛好。

華盛頓等他喝了一口才靠近：「布萊恩・拉坦嗎？」

「是我。」對方伸出大手，手背都是毛。

握手之後，華盛頓亮出證件：「請你一杯。」

「真的？」

「想跟你聊聊好多年前你見過的一個人，他先跑進後面廚房說要賣松露……」

布萊恩・拉坦這人記憶力絕佳，簡直是個檔案櫃。華盛頓知道這是很多郵務人員的共通點，坎布里亞的郵差尤其如此，畢竟這地方連有號碼的門牌都像奢侈品那樣稀少。

拉坦對那天那人都記得很清楚，華盛頓問起兩人聊了些什麼。

「松露啊。」他回答：「他不只拿給我看，還說可以給我一些配午餐。我說不要，因為實在很像乾掉的狗屎。其實我到現在都不確定是不是誆我。」

華盛頓聽了一笑，很能理解拉坦為什麼這樣想。自己看緹莉那份報告裡面的圖片也覺得像一團大便，歷史上第一個試吃松露的人是真勇者。

「他有說怎麼採到的嗎？」

拉坦搖搖頭：「這倒沒有，還言辭閃爍。」

華盛頓聽了豎起耳朵。言辭閃爍這種描述對警察而言太有吸引力。「怎麼說？」

「唔，我們是聊松露嘛，講到松露到底是什麼東西、長在哪裡、生態如何之類的。我理所當然會好奇採集植物是他的嗜好還是工作。」

「然後他說？」

「他說『都不是』。原本也不算很奇怪，像我出去遛狗也常常亂摘蘑菇，季節到了還有野生大蒜，但我不會說那算嗜好。」

「問題是你問他怎麼找到的，他又支支吾吾？」

「對啊。」

「該不會也是遛狗？」華盛頓試著誘導。

「問過了，他說不是。」

「卻遲遲不肯說是什麼情況下找到的？」

「沒錯。」

確實很奇怪，避而不談代表有隱瞞，雖然未必是犯罪但無法排除。「那他有自報姓名嗎？」

「勒斯．摩利斯。其實他人不錯，請了我一杯，跟我聊了整整四十分鐘。除了不肯說到底怎麼會、在哪裡找到松露之外都滿健談。」

「是本地人嗎？」

「是。」

很好，這樣就能請緹莉搜尋。姓氏確定了，全名不知道是勒斯還是勒斯利之類，但反正也能鎖定居住區域。之前還擔心自己不「低調」很難交代，有了拉坦這些情報就能堵住大家的嘴。

「要不要乾脆給你地址？」

「你有地址？」

「他落下圍巾了，我又是郵差，去分揀處問一圈就有人認出是勒斯．摩利斯的東西，還幫我送還過去。你們大都市的郵局沒這麼周到吧？」

「我住在石跡丘陵喔。」

拉坦一聽笑著道歉，說出的地址距離目前位置才五英里。

道謝之後華盛頓如言請了他一杯，打算冒雨出門時拋棄式手機響了。

不妙。緹莉強調過，非到萬不得已不要聯絡。肯定沒好事……

他猜得很準。

「波，麻煩來了。」才接通就聽見史蒂芬妮這樣說。

54

麻煩來了……

聽見這句話的次數太多，他心想是不是乾脆設成來電鈴聲。上回是孜爾處長告知警隊要求訊問，上上回是甘孛告知伊麗莎白·基頓死而復生。

這回更糟。

賈里德·基頓的內庭保釋申請通過並且已經出獄，檢控署已經暗示不會在重審中提出證據。

而且還有更糟的。

貨車上的血跡經過檢驗果然來自伊麗莎白·基頓，換言之華盛頓正式蒙上謀殺罪嫌。孜爾交代史蒂芬妮親自押送，已經替他找好律師。

華盛頓則說自己現在不能走。

史蒂芬妮追問他人在何處，他沒回答就掛斷，然後遵照緹莉的指示拆除電池避免遭到追蹤。

實際上效果有限，坎布里亞所有警察都會出動，瓦竇那招無保釋逮捕令就是這麼有效。

為今之計不是找到蔻依·布羅斯威治，就是找出驗血之謎的解答。

勒斯·摩利斯住在阿瑪斯維特，和烏荊子與黑刺李所在的柯特希爾很類似，風景秀麗的小地方，周圍草原一望無際，路邊停了很多四輪驅動車和運送馬匹的特大卡車，甚至保留了紅色電話亭。

如同魯伯特・布魯克[44]寫的那般詩情畫意，感覺草地裡有蟋蟀鳴叫、很適合來杯摻了蜂蜜的下午茶……

摩利斯住在正面兩窗的平房，草坪修剪整齊，邊緣種植色彩鮮豔的多年生花卉，還有棵蘋果樹上掛著餵鳥的盤子。

應門的是女性。華盛頓給她看了證件：「方便和摩利斯先生談話嗎？」

「我是摩利斯太太。」對方回答卻沒報上名字。

華盛頓還沒說明來意對方似乎就不太高興。摩利斯太太高挑苗條，年紀應該四十好幾五十出頭，但感覺是看到動物被汽車撞死會冷笑的那種人。她將花白頭髮高高束起，束得太緊整張臉都繃起來。

儘管外面大雨滂沱，她仔仔細細查看證件以後才肯放人入內，走到廚房一路上嘀嘀咕咕，生怕華盛頓沒察覺自己是不速之客。當然他的確是。

只有一張椅子，摩利斯太太自己坐下，也沒問他要不要喝點熱的。

「我找摩利斯先生，他去上班了嗎？」

[44] Rupert Brooke，英格蘭詩人。

得到的答案是：「我他媽的怎麼知道？快八年沒見過那個窩囊廢了。」

華盛頓猛眨眼想擠掉雨水，最後還是死了心，開口詢問能不能借條毛巾。摩利斯太太那反應好像他是說想借茶壺尿尿一樣，朝著自己腳掌咕噥半天才拿了條茶巾拋過去，還是濕的。他也只能說謝謝，盡可能把頭髮上的水分抹掉。

「話說回來你找那個廢物幹嘛？」摩利斯太太趁他擦乾的時候問。

「查案途中聽到他名字。」

她眼神微亮：「他惹麻煩啦？」

華盛頓差點脫口而出說沒有，但忽然意識到摩利斯太太想聽的可不是這個答案，然後腦海浮現一個德語單詞*schadenfreude*，其實就是幸災樂禍的意思。

「有可能。」他決定玩文字遊戲。

果然沒猜錯，對方嘴角上揚出冷笑。

「那我來燒開水。」她居然這樣回答。

「剛才不是說八年沒見了。」華盛頓看著她泡茶。

「一天下午他出門就沒再回來過了。警察不想管，覺得大概跟不知道哪個狐狸精勾搭上，可能就在他常去那幾間俱樂部。」

華盛頓默默記住要追問俱樂部這件事。「妳覺得他只是離家出走？」

她轉過身，雙手扠腰：「等對方膩了就會把他掃地出門，到時候看他還不夾著尾巴回來求饒。」

華盛頓暗忖不可能。假如勒斯．摩利斯是偷情私奔恐怕無論如何都不會回來。以摩利斯太太這德行，被她綁住的人寧願自斷一臂也要逃得遠遠的。

他趕快換個話題。

「摩利斯先生以前會去採松露嗎？」

「你說什麼路？」她也算是回答了。

華盛頓解釋何謂松露、生長在什麼樣的地點。

「你說只在森林？」摩利斯太太笑道：「我家那個只會坐在俱樂部喝什麼自釀啤酒，應該連松露是什麼都不知道吧。」

至少對得上至今為止的情報。廚師和郵差都不認為勒斯．摩利斯是常常進入山林的類型。

摩利斯太太回到桌邊倒了兩杯顏色很淺的茶，再倒進一大堆牛奶，最後根本看不出半點茶色。給緹莉泡茶都還比這好些。華盛頓還是道謝然後淺嚐一口，不夠熱也沒味道，但臉上忍著不動聲色。

「他有養狗嗎？」

摩利斯太太又一個冷笑：「勒斯？養狗？不可能吧，他有哮喘，很怕狗毛。」

「那是不是朋友有養狗？」

對方聳肩：「這裡大部分人家裡都養狗啊。」

說得對。不過華盛頓因此靈光一現：方才她說丈夫可能跟「狐狸精」糾纏上了，那會不會是狐狸精家裡有狗？男人下半身思考的時候很多東西都能忍，呼吸不順是小事。若狐狸精是有夫之婦，也能解釋為什麼他對拉坦支支吾吾不肯說明原委。

這些沒辦法和摩利斯太太說，否則接下來就別問了。

「他有常去散步的地方嗎？會不會正好經過森林？」

摩利斯太太還是嗤之以鼻：「波警佐，我家那個對森林沒興趣，對散步也沒興趣。」沒想到馬上就碰壁：「但如果是戰地就另當別論啦……」

她話就這麼講到一半。

華盛頓上鉤了：「戰地？」

「我剛才不是說過他有參加俱樂部嗎。」

說是說過，但明明沒提到是怎樣的俱樂部，而且雙方心知肚明。基本上這人就愛找碴，幸好幹警察的早就習慣了。

「幫我複習一下。」

摩利斯太太為這點小事就得意起來：「他是坎布里亞ROCA會員。」

「Rocker？」

「什麼Rocker，又不是樂團？ROCA是『觀測隊協會』（Royal Observer Corps Association）的意思。」

華盛頓還是一頭霧水，他沒聽說過什麼觀測隊協會，只好開口詢問。但摩利斯太太聽出自己老公可能沒事，又開始擺出臭臉。

「那種白痴俱樂部有什麼好提的，他成天耗在那兒還不夠嗎，現在連警察都要來問我？」

華盛頓準備起身離去時看見後花園有個棚子。花園保持得滿整齊，感覺不大可能是摩利斯太太自己來，畢竟她這個人……太神經質、太情緒化。應該是別人處理。

搞園藝的人都會準備工具。難纏的女人不屑踏進工具棚，嫌裡頭髒亂還有蜘蛛，所以工具棚是怕老婆中年男子的避風港。

「那是他的棚子嗎？」

「怎麼了？」

「裡面有沒有觀測隊協會的東西？」

她不耐煩哼了聲：「要不是我懶，早就丟光了。」

「我能進去看一眼嗎？」

「對我有什麼好處呀？」摩利斯太太油腔滑調地問。

華盛頓很想說：還是妳想被逮捕？不過終究掏錢包拿了三張二十英鎊鈔票，摩利斯太太立刻收進羊毛衫口袋並交出棚子鑰匙。

「我可沒准你把東西拿走喔！」她朝華盛頓背後大叫：「勒斯總有一天會回來，東西被別人亂動可會不高興的！」

從廚房繞到後花園，華盛頓解開鎖頭走進去。

然後十分訝異，因為裡頭像個小型博物館。牆壁上貼了數百份地圖、文件與照片，有些放太久泛黃了，有些看起來還算新。變形的架子上擺滿樣式怪異的儀器、舊制服和小心陳列的觀測隊的紀念品，松木展示櫃則以老式蓋格計數器[45]和手搖式警報器當作主角。顯而易見，此處是某人珍惜的寶庫。

華盛頓心想：這就是所謂成痴吧。

[45] 用於探測輻射。

第十四天

55

史蒂芬妮在旅館房間來回踱步的姿態彷彿法庭上的律師。「你到底腦袋裝什麼才會跑回來？」她開口問。

華盛頓坐在床上，緹莉佔據辦公桌。他問了調查進度，狀況不怎麼好：緹莉找了半天沒找到調換血液的可能性所以正在生悶氣，史蒂芬妮也覺得蔻依・布羅斯威治這個人簡直像是離開地球了沒留下半點蹤跡。目前唯一收穫是查到前男友聶德下落，偏偏他跑去亞洲當背包客所以聯絡不上，更何況案情開始前幾個月他就出發了，人根本不在國內。

凌晨三點鐘，不到十五分鐘前華盛頓撥號到史蒂的拋棄式手機，說要在緹莉房間集合。五分鐘前他從旅館消防梯潛入到緹莉那兒，敲門聲音控制在能吵醒她又不會驚動隔壁房客。但早該猜到才對——緹莉根本沒睡，還在努力研究血液。

「半夜叫醒我，你最好說得出理由。」史蒂芬妮說：「然後你跑哪兒去了？看你這德行，大概一直躲車上？」

「老闆妳先坐下，」華盛頓賠笑道：「當然有事情要報告，不過不算好消息。」

史蒂芬妮坐下之後，本來盯著螢幕的緹莉也抬頭轉身。華盛頓開始說明。

一番調查以後，他得知觀測隊是一九二五年成立的民間防衛組織，成員負責對進入英國領空的飛機進行視覺辨識、監控及回報。觀測隊在二次大戰的不列顛戰役階段表現優異，得以冠上「皇家」名號。一九五五年開始核爆也成為監測項目，冷戰時期不得不為。

目標以飛機為主的階段，觀測站設置在地面沒有太大問題，通常是磚造、頂部開放的平臺。然而冷戰開始以後，核彈產生的震波與熱量以時速五千英里傳播，人體會被高溫烤成焦炭、被高壓拍成粉末，加上可燃物不是熔解就是爆炸，因此地面觀測站沒用了。政府認為有必要建造足以抵禦核爆、能在核武攻擊後的環境支撐運作至少十四天的新型據點。

唯一可行的選項自然就是地底碉堡。

正式名稱是皇家觀測隊地底觀測站。為了在核爆後存活，深度必須足夠隔絕輻射。空間得容納三名志工並收納許多裝置，任務是偵測核爆的強度、高度、距離、擴散範圍，並將情報發送給指揮中心。

「政府蓋的地底觀測站非常多，」華盛頓解釋：「總數超過一千五百，分散在英國各地。但其實就是超大型的混凝土箱子裹一層夯土之後埋到地下。」

緹莉與史蒂芬妮專心聽沒講話。

「初期碉堡有觀測室、化學廁所與附行軍床的寢室，必須爬下十五英尺的豎井才能進入。」

「你是怎麼知道這些的？」史蒂芬妮問。

原來一九九一年冷戰結束後，英國政府決定地底碉堡可以除役，於是一個個搬空、封死就丟著不管了。多數地堡就此荒廢，位置成了祕密。「可是英國人以歷史為傲，觀測隊的光榮紀錄沒有完全埋沒。有人召集曾經加入觀測隊的志工組成『皇家觀測隊協會』，組織宗旨是繼承觀測隊任務並發揚光大，也希望能重建地堡，順便對生活困頓的老志工提供協助。但說穿了比較像是老志工交友聯誼憶當年的社團。」

「勒斯．摩利斯是觀測隊協會坎布里亞分會的成員。」華盛頓繼續說：「但他年紀太輕，沒真的參與過任務，所以只是副會員，不具正會員身分。話雖如此，此人有個棚子裡面擺滿觀測隊文物。」

他稍微停頓看看兩人有沒有疑問，但她們都跟得上。

「我花了一小時讀他們資料，沒找到跟松露有關的東西。原本都要放棄了，結果翻到會員名冊。雖然是幾年前的版本，但裡頭有個人和勒斯．摩利斯住在同個村子，叫做哈洛．黑沃．普萊斯。是正會員，也就是說他有在觀測隊值勤過。」

接著華盛頓敘述了自己向摩利斯太太道謝，在村裡轉了轉，找到哈洛家就去敲門。哈洛年過七十但身子硬朗，就是白髮中間有塊地中海禿、指甲變成乳酪色而已。解釋來意之後哈洛請他進去坐，原來老人家剛喪妻，正需要有人聊天解悶。

而且他確實對觀測隊和協會瞭如指掌。

兩人聊了幾小時，於是華盛頓也對觀測隊和協會歷史有了充分認識。他提起勒斯．摩利斯似乎曾經找到黑松露，不曉得老人家是否聽說過這件事？

出乎意料，哈洛說他也知道，雖然只是個大概。

勒斯．摩利斯不肯老實說並非牽涉到什麼有夫之婦，背後真相非常有趣。根據哈洛所述，勒斯．摩利斯總覺得自己在協會裡地位不高，希望有什麼方法能出頭，於是想完成大家認為不可能的任務，也就是找到「消失的地堡」。

觀測隊卡萊爾分隊內流傳一個故事：有個地堡蓋在非常古怪的位置。說法千奇百怪，例如說它常常淹水，又或者說它欠缺觀測站需要的三百六十度無阻視線。勒斯．摩利斯最初則認為是剛蓋好就被落石掩埋，所以根本沒啟用。他越研究越入迷，覺得找到這座地堡的話一定有資格晉升為正會員。

但終歸只是個傳說，因為坎布里亞所有地底碉堡都有留下文件，其中少數還經過整修，偶爾開放民眾參觀。

問題在於……大約是失去音訊的一年前，摩利斯言談中似乎認為自己找到了。他沒明確說出來，只是隨口提起很快能當正會員之類。

哈洛回想這段往事，懷疑雖然摩利斯以謎團重重的地堡為目標，但有可能探勘過程中正好發現黑松露。

從摩利斯的收藏看不出有什麼發現，然而哈洛認為這不能當作參考，因為協會會員常常彼此交流、鑑賞收藏，他就算找到線索也不會擺在別人能看到的地方，一定是隨身攜帶。

雖然兩人一直聊天，但老人家中電視機沒關。十點夜間全國新聞播報完畢，下個節目名為地方新聞但大家都說是地方八卦。螢幕大大打出華盛頓的照片，雖然他聽不清楚主播說什麼但總不能請哈洛調大音量，而且可想而知是請民眾注意通緝犯、最好避免接觸直接打電話報警什麼的。接著影片是警察在賀德威克農場搬東西，一樣一樣裝進證物袋之後收入鑑識組後車廂。車子是荒原路華攬勝（Range Rover），他們大概也沒別的車能上山。那時候雨還沒停，塑膠袋沾了水閃閃發亮。

華盛頓當下沒察覺，但看見這些畫面其實在心底開了扇門。一個捉摸不到的想法揮之不去，就像停電之後看見電子鐘居然還在閃。

新聞結束之後華盛頓趕快找了藉口離開。無處可去也不能在小村莊逗留，哈洛今天晚上大概不會看新聞了，但難保摩利斯太太是否已經察覺甚至報警。

所以華盛頓迎著風暴將車開到村莊外，在路旁找到一處偏僻空地就試著休息。

可想而知他睡不著。驟雨將車頂當成鼓打也就罷了，重點是太多事情兜在心上。

神祕的地底碉堡很有趣，也似乎很重要，但他腦海不斷重複的影像是鑑識人員將證物收入後車廂。直覺說他此刻該聚焦的並不是地堡的傳說，而是那段影片。

在車內躺平以後，華盛頓反覆思索所見所聞，試圖勘透其中玄機。

凌晨兩點鐘他覺得自己想通了：鑑識組開的車型是路華攬勝，六年前賈里德・基頓開過一樣的車——

不過……這條推論是死胡同。車子早被警察扣押，經過鑑識專家詳細檢驗，確實沒找到與女兒失蹤相關的線索。根據廚房現場的血液量判斷，如果賈里德．基頓用同一輛車處理遺體不可能一點血跡都沒有，即使裝進垃圾袋也一樣。

排除路華攬勝這條線，華盛頓的心思回到新聞裡從自家送上車的證物袋。總覺得既熟悉又陌生，卻想不出為什麼，而且怎麼想都想不透，好像答案故意躲著他。後來索性不去思考證物袋的意義，只專注在這個物體本身。

塑膠。防水。

完全密封但透明。

記者拍到的證物袋被雨打濕，水珠不停滾落。

就好像——

華盛頓整個人彈起來還屏住呼吸，深怕思緒受到驚擾會被打亂。他開始回憶，最近有人講解那個過程，雖然自己沒仔細聽卻記住了。

浮現的答案只能用離奇和驚悚來形容。

之所以花這麼久才串起來，就是因為扭曲程度超出了正常人的大腦迴路。

不可能吧……

真的不可能嗎？

他在心裡進行壓力測試，模擬每個步驟，嘗試找出其中破綻。

這回他並不希望自己猜對。

如此噁心變態。

如此駭人聽聞。

可是他卻從來沒有這麼肯定過。

56

「老闆，我們為什麼要用證物袋？」

「波，現在是凌晨五點。」史蒂芬妮沒好氣道：「少他媽跟我打啞謎！」

史蒂芬妮又開始走來走去。華盛頓暗忖也不能怪她發脾氣，照規定她該立刻逮捕才對，現在這情況她就是藏匿罪犯，等於自己也犯罪。

「史蒂芬妮．弗林科長，要不要喝罐能量飲料？」華盛頓硬擠出笑容。

「不好笑。你剛剛講那些到底跟案子有什麼關係？」

「妳配合一下嘛。」

「我還不夠配合嗎？」她嘀咕。

華盛頓回到剛才的提問：「所以警方為什麼要用證物袋呢？證物袋最基本的功能是什麼？」

史蒂芬妮不耐煩兩手一攤：「確保證物監管鏈沒有漏洞。」

「再基本一點。」

她皺起眉頭：「確保證物乾淨不受污染。」

「沒錯。至少塑膠證物袋有這個功能，密封以後外面的東西進不去，裡面的東西出不來。」

「波，說重點。」史蒂芬妮吩咐。

「想像一下，加入妳在六年前的烏荊子與黑刺李。妳是賈里德．基頓，因為某個亂七八糟的理由殺了女兒。」

不只史蒂芬妮，連緹莉也瞪過來。總算引起她們興趣。「殺人是意料之外，但妳是心理病態，所以反應異於常人，不但沒恐慌還開始思考後續處理。接下來有兩個選擇，一個是找人背黑鍋，另一個是大事化小小事化無。」

「既然事前沒計劃，找代罪羔羊反而危險，很多變數無法控制。」史蒂芬妮說。

「說得好，那就只好讓整件事情無疾而終。」

華盛頓打開房間內的小冰箱，每一層都堆滿緹莉喜歡的能量飲料，採用巴西爬藤植物瓜拿納萃取的天然咖啡因加上果糖調味。他扭開瓶蓋喝一大口，甜得有點膩，但提神效果立竿見影。可惜借來的精神之後得連本帶利還回去。

「再往前兩年，有個叫做勒斯．摩利斯的人來拜訪過，說要賣松露。妳覺得划算就買了一些，但……如果能自己去採，豈不成了無本生意？」

他等兩人反應過來。

「你是說，賈里德．基頓殺了勒斯．摩利斯？」

「我認為有這個可能。勒斯．摩利斯也是那個時間點之後下落不明。」

「我記得你說那個地下碉堡根本不存在？」

「說它不存在的可不是我，是哈洛。但賈里德．基頓那張嘴的厲害妳們也知道，對他而言說服勒斯．摩利斯說出松露生長地點只是小菜一碟。」

「甚至把持不住，整個地堡位置都透露了。」史蒂芬妮補充。

「我就是朝這方向想。」華盛頓附和。

「所以你推測賈里德．基頓殺害勒斯．摩利斯並且留在地堡內？」

「沒錯，而且很可能將現場設計得像意外，以免勒斯．摩利斯其實有和別人提起過。比方說封鎖出入口讓人困在裡面餓死，或者打暈他往下丟偽裝成失足。」

「之後賈里德．基頓就能獨佔松露。」史蒂芬妮說。

「還有一個必要時很方便的藏匿處。」

「於是他有了棄屍的好地點，克服了天氣寒冷挖掘困難的條件。下一個問題：警方認為伊麗莎白沒上過他的車。我讀過鑑識報告，完全沒有跡象。」

「我同意，而且他還沒有別的車可用。」

「那……？」

「那就回到證物袋上。」

史蒂芬妮又蹙眉：「波，別再猜謎了，知道什麼趕快說。」

「我在哈洛家的時候看到電視新聞，先是自己這張臉，然後是鑑識組從我家搬出大包小包的證物袋放進車廂。那時候外頭下大雨。」

「我在場啊。」她提醒。

「也對。總之畫面上的證物袋好眼熟：透明、滴水，看了以後一直有個模糊的影子在腦海轉來轉去。大概兩點十分的時候我終於想起來是什麼東西。」

史蒂芬妮沒講話。

「是舒肥袋。烏荊子與黑刺李有一大堆泡在水裡的塑膠袋……」

57

「波，這太噁心了。你該不會是想說他吃了自己女兒？」

「不，當然不是這意思。」

「你剛才不是說他把女兒煮熟了？」

「我沒有。」

「不然什麼意思？」

「我認為他用舒肥袋裝遺體，洗乾淨之後用車子載到地堡扔進去。」

史蒂芬妮目瞪口呆：「這……有點離譜？」

「會嗎？就運送自己殺害的死者而言，舒肥袋是完美工具：原本就用來裝肉，幾個小時內熱水進不去、肉汁出不來。所以鑑識組當然找不到痕跡，根本不會有痕跡。」

「但是不對呀，波。」緹莉搖頭說：「我有看到他們的真空封口機，那個大小沒辦法處理整具遺體。」

「不需要處理完整遺體。」華盛頓回答。

「你該不會是想說……？」史蒂芬妮問。

他點頭：「記不記得一開始為什麼我會盯上他？」

「日期矛盾，《今日賽事》暫停一週。」

「還有呢？」

兩人沉默，華盛頓也不直接說破。

史蒂芬妮似乎也想通了，瞪大眼睛，呼吸加速還面色微微發白，最後驚訝到直接捂著嘴低語：「我的天，你說得沒錯。」

「到底什麼原因？」緹莉問：「科長想到了，我還沒想到。」

「刀子啊。」華盛頓告訴他：「賈里德．基頓訂了含肉鋸骨鋸在內一整套。」

「還是不懂。」

「賈里德．基頓肢解了女兒，以真空袋分裝，運送到勒斯．摩利斯找到的祕密地堡。」

雖然慘絕人寰但的確是合理假設。三人重新討論、從各個角度分析，最後認為被裝進袋子的不僅是女兒，還有他當時穿的衣服和將人切成小塊的所有工具。

倘若華盛頓推論正確——他知道自己推論正確——代表荒郊野外的某個地下碉堡內有勒斯．摩利斯的屍體和伊麗莎白的屍塊，這些證據能在重審中令賈里德．基頓百口莫辯。

前提是找得到……

完整說法是：不僅得找到，還得避開坎布里亞警隊的搜捕。史蒂芬妮出去打電話，雖然沒明說打給誰，華盛頓猜得到應該是孜爾處長。無論案情是否有新進展，放過華盛頓超出她的權限所及，假使孜爾仍決定公事公辦不留情面恐怕也只能認栽，必須先保住緹莉和史蒂。如今線索明確，關鍵就在地底碉堡，無論華盛頓在不在她們都能繼續查。為了延後羈押賠上史蒂芬妮的職位是本末倒置。

何況接下來他也無用武之地。既然勒斯．摩利斯不是山友，他若真能找到神祕地堡應該是靠查資料查出來的，觀測據點坐標還留存在什麼文件紀錄內之類。

史蒂芬妮回來以後輕輕點頭，意思不言而喻：至少目前還不用抓人。

難得狀況樂觀一回。

卻持續不了多久。

一直到中午都沒有收穫。摩利斯能查閱的公家檔案緹莉全翻過，他不能碰的東西也試了好幾個。除役的地堡沒留下太多紀錄，資訊散見各處卻偏偏不存在於政府資料庫內。

目前緹莉能說的就只有：地堡應該不只是傳說。

「是找到一點古怪。」她開口。

吞下一整罐能量飲料以後緹莉開始解釋。這種事情恐怕也只有她看得出來：採購單上列出了地堡需要的設備，但與坎布里亞已知的地堡數量不合，一座梯子一個艙門不知去向。

但是她努力半天就只有這麼一點線索，完全沒找到與位置相關的情報。

華盛頓知道原因。緹莉提到採購單時，他就想起哈洛說過另一件事：興建地堡雖是政府的主意，執行還是得發包給地方人士。換言之勒斯．摩利斯或許是從本地建設公司的舊檔案下手，順藤摸瓜查出哪家公司和政府簽約以後蓋的東西憑空消失。

他們當然可以依樣畫葫蘆，最後必然也能找到那間公司並得知地堡位置。華盛頓很有信心，史蒂芬妮和緹莉的調查能力都極其優秀，不可能辦不到。

癥結點是時間，而他們沒有時間。

華盛頓不得不面對殘酷現實。

賈里德．基頓出獄了，媒體只會守在他門口一週左右。等到能夠自由行動，他會立刻前往地堡消滅證據。倘若當初他沒被捕應該早就處理掉，坐牢的六年大概日日夜夜懸著心。會不會有戶外探險的小孩子發現？是否有人和勒斯．摩利斯一樣醉心於神祕地堡，不找到不罷休？

他不可能置之不理，肯定會在第一時間將六年前的爛攤子收拾乾淨。

華盛頓全想明白了，卻全都沒辦法證明。一星期過去了，什麼都沒變。

從瓦竇的角度來看，伊麗莎白依舊行蹤不明，賈里德依舊坐了足足六年的冤獄。找到蔻依．布羅斯威治會有幫助，但可能不像一開始想的那麼美好。史蒂芬妮提出一個可能性：蔻依有可能全盤否認，而且過了半個月她相貌自然有所改變。

倘若蔻依不承認，沒有實證能夠反駁。即使瑞格和杰克曼醫師願意作證支持假扮死者的說法也無濟於事，因為目前無法解釋為何在警方取證時抽到了伊麗莎白的血液。畢竟DNA是黃金標準，英國境內任何一個法庭都不敢否認走進奧斯敦圖書館的女孩就是伊麗莎白．基頓，因為科學知識排除其他可能性。

關於蔻依．布羅斯威治還有另一個問題：華盛頓尚未查明賈里德．基頓如何與她搭上線。芭芭菈．史提芬斯說邦尼前往監獄探視與蔻依去看父親的日期全都錯開，從未同時出現在會客室內。這樣就說不通了，儘管賈里德．基頓或許只要幾分鐘就能說動人，但不是面對面的話未免太離譜。

清脆的碎裂聲嚇得他跳起來。

緹莉拿能量飲料玻璃罐砸在牆壁：「想不出她怎麼弄的呀！」

「別氣了，緹莉。」華盛頓到她旁邊坐下：「本來也就只是我們一廂情願。」

「波，狀況很糟糕對不對？」

「是挺不妙的。」

「你會去坐牢？」

他承諾過不會對緹莉說謊，並不打算現在破戒。

「有可能。如果只是伊麗莎白冒出來又跑不見就會有各式各樣的臆測，賈里德．基頓就算重獲自由也不能完全平反。不過呢……搭配上曾經鑄下大錯的警官因為怕丟臉就對伊麗莎白痛下殺手，那輿論風向會完全不同。大家就喜歡這種聳動的故事。」

「你聽聽你自己……」史蒂芬妮剛剛又出去接電話，兩人根本沒發現她悄悄溜回房內：「說的那是什麼喪氣話啊？處長和我賭上前途可不是讓你在這個節骨眼放棄。」

「沒有要放棄，只是從務實角度思考，時間不足夠找出地下碉堡。」

「然後波會被逮捕，關到監獄裡。」緹莉附和。

「唉我的天吶——」史蒂芬妮沒好氣道：「真是的，本來想晚點再說，不過前陣子我脾氣稍微不好是有原因的。」

「稍微？」

「對，稍微！難不成還得每隔十分鐘就哼一次歌才叫做……」她說到一半停下來深呼吸平復情緒。

感覺好像很嚴重，華盛頓暗忖別是得了什麼絕症，現在自己可承受不住。他在乎的人一隻手都數得完，其中兩個就在這房間。

她咬了下嘴唇說：「我和柔伊，就是我女友，想要個小孩。」

「史蒂芬妮．弗林科長，妳應該叫波捐贈精子啊。」緹莉說：「波，你會願意把精子給科長，對吧？」

華盛頓發出悶哼。緹莉果然不負眾望，讓氣氛從彆扭變成尷尬。

史蒂芬妮笑道：「緹莉，我們要做試管嬰兒啦。柔伊和前夫提姆在一起的時候就沒能懷孕，至於我嘛……簡單來說也是沒辦法正常受孕的體質。」

華盛頓伸手搭上緹莉肩膀微微搖頭並用眼神示意，希望她能明白：現在就是不適合追問的那種場合。

「總而言之，我們都準備要付錢了，卻出現兩個人始料未及的問題。事前雙方都沒提，可是我們都得擔心生孩子對工作造成的影響。」

華盛頓沒講話。儘管大部分人都覺得不對，但職場對於孕婦的歧視一直存在，即使國家刑事局這種公家單位環境較佳也不能完全避免。統計上來看，女性請過產假以後得到的待遇確實較差。所謂留職停薪常常代表薪水數字真的也停止成長，休假的原因並不重要。有些雇主公開承認過：即使產假結束，回到職場的女性也不受重用，因為大家都認為她們重心不會放在事業。

「妳們都不想請產假吧。」他最後開口問。人之常情，柔伊在倫敦做原油價格分析的工作，薪資十分優渥，七位數的程度。除了工作，華盛頓就只知道她和男人結過婚，後來覺得不適合。史蒂芬妮對私生活保護很好，能聽說的不太多。

「波，你想反了。我們兩個都想當負責懷孕的那個人，都希望保住對方的升遷機會。」

華盛頓沒講話，感覺不是自己該插嘴的時候。

「在我看來，柔伊的工作很重要，不應該放棄。」

「史蒂，妳的工作也重要吧？」華盛頓真實想法是重案分析科警官比大城市金融業重要得多，但他當然知道要顧及對方心情別太直接。難得緹莉也都沒多嘴了。

「反正前陣子就為這個鬧得不太愉快，所以我才一直低氣壓。」

「問題解決了嗎？」華盛頓問。

「嗯。」

「所以？」

「所以什麼？」

「妳們怎麼解決？」

從史蒂芬妮那個眼神，華盛頓知道目前別想問出個究竟。她本來就不愛聊私事。

「沒事就好。現在說要當小孩的乾爹會太早嗎？」

史蒂芬妮冷笑：「你乖一點的話……或許有機會看到娃娃的照片。」

華盛頓也笑了，看來兩人之間沒有疙瘩。「妳說這些和我會坐牢有什麼關係？」

她正色道：「個人經驗是如果不能當機立斷面對問題，柔伊跟我差點就沒了。」

「所以……？」

「所以你也不能自怨自艾，趕快動起來啊！」

「但現在——」

史蒂芬妮舉起手要他住嘴，轉頭問：「緹莉，我們是什麼單位？」

「報告史蒂芬妮．弗林科長，我們是重案分析科。」

「重案分析科主要業務是什麼？」

「對目標進行側寫，協助警方搜尋。」

「說得很好。」

「已經沒有目標可以側寫了。」華盛頓反駁。

「確定？」

華盛頓仔細想了想，檔案裡所有人都查過，也全部都碰壁。他聳肩：「沒了吧？」

「誰說目標一定得是『人』呢？」史蒂芬妮回答：「就算現有資料不明確，也有足夠線索能追蹤。」

啊。有道理。

華盛頓笑了，緹莉也跟著笑了。

「看來你們都懂了，」史蒂芬妮說：「接下來開始針對傳說中的地底碉堡進行側寫。」

58

史蒂芬妮坐鎮指揮：「緹莉，電腦交給妳。」

「不然呢，難道波行嗎？」

兩人呆望著她。

「抱歉。」緹莉說。

「沒關係，大家都累了。」史蒂芬妮打圓場，然後轉頭問華盛頓：「你說坎布里亞境內的地下碉堡都有留紀錄？」

他點頭，翻開筆記本：「哈洛他老人家說地堡配置有戰略分組，本地觀測員向卡萊爾指揮分部報告，指揮分部轉達給位於普雷斯頓的戰線西側總部。總部還要往上呈報給一個叫做『北大西洋公約組織打擊司令行動中心』的地方，在南邊不知道哪兒。」

「你覺得勒斯．摩利斯找到松露的地點會不會在烏荊子與黑刺李附近？」

「應該比較靠近『獵場看守人廚房』，否則他不會先去那邊碰運氣。」

「有沒有可能是開車回程？在幾英里外沒有人煙的地方找到？」

「我不認為。看守人廚房的主廚說摩利斯模樣邋遢，松露看起來剛從土裡挖出來。另外那座地堡不會和已經確認存在的離很遠，就算後來遷址也是那個特定地點不好，不是地區整體問題，所以一定曾經隸屬於某個戰略分組。」

緹莉點開當地地圖。

「目前確認最靠近看守人廚房的地堡在這裡，」華盛頓指著螢幕：「紀錄上說在摩利斯住的阿瑪斯維特，不過根據哈洛說法其實比較靠近旁邊的艾克蓋特村。」

「但應該不是我們要找的地堡？」史蒂芬妮問。

華盛頓搖頭。正常人都會有同樣疑問，所以他也問過哈洛：「不，這個保存完整而且很多人曉得，何況就在一座農場裡頭，外面不是森林。」

「考慮到摩利斯去過附近的餐廳，可以假設艾克蓋特村的地堡取代了找不到的那座，」緹莉分析：「進一步推論原本的位置也在附近才對。」

「同意，」華盛頓說：「幾乎可以肯定就在艾克蓋特村周邊森林了。」

「很好。」史蒂芬妮說：「現在來建立文氏圖，一個圓是夏季黑松露需求，另一個圓是觀測隊核爆觀測站設置條件，看看兩者有什麼交集。」

一小時之後圖標整理完畢。

史蒂芬妮做出總結：「觀測站必然位在有三百六十度視野的位置。」

華盛頓點頭：「嗯，而且觀測飛機的時候只要能清楚看見天空就好，但觀測核爆就不同，必須連地面也清楚看見才方便測量震波和閃光，所以幾乎都是現在有農場的地點。加上這一帶地勢崎嶇，所以海拔也會比較高。」

「逆推回去的話，原本蓋在原野，後來變成森林？」

「看來是如此，所以是新的森林。」

「但不可能太新，否則無法構成松露生長的環境。」緹莉補充。

「我倒不太懂，農夫會特地種樹嗎？」史蒂芬妮問：「平地才方便不是？」

這一題華盛頓能回答，因為湯瑪斯．修莫教過。「海拔高的地方，曝露的表層土會受到侵蝕，農夫種樹才能避免農地貧瘠甚至只剩下石頭。此外樹木能吸收水分，雨量大的時候能保護下坡。再來就是天然的擋風效果，對動物與農作都有幫助。現在很多坎布里亞農場也兼營獵場，林線是山雞那些鳥類獵物的理想棲息地。」

「好，這麼說來目標應該是成長快速又能與松露共生的樹種。」

「那就先排除橡樹，」緹莉說：「長得太慢了。應該是櫸樹和樺樹，這兩種才夠快，而且樹根是松露喜歡的類型。」

「恐怕不會是櫸樹，」華盛頓跟著說：「很多坎布里亞人覺得櫸樹不是本地品種。南方大概沒感覺，但北方人就會排斥了。本地農夫保守派比較多，何況種櫸樹沒比較便宜。」

「你怎麼知道這麼多？」對緹莉而言，華盛頓知道但她不知道是很新鮮的事。

他聳肩：「有個團體一直訴求更改樹木分類，肯德爾選出來的國會議員跑去參加，幾年前上了報紙。」

房間一下子變得安靜。

「人就是沒事找事做吧。」他嘆道。

緹莉繼續說：「樺樹合理，長得快而且單價便宜。最常見的亞種是歐洲銀樺，需要排水良好的土壤，符合剛才說的海拔條件。」

「意思是得找出艾克蓋特村那座地堡附近比較新的樺樹林嘍？」

華盛頓與緹莉一起點頭。

「好，」史蒂芬妮說：「那我們開始吧。」

華盛頓一臉茫然盯著她。

「嗯，通常我說『我們』的時候，意思就是靠緹莉……」

緹莉能調閱很多空拍圖與衛星圖，在一小片特定區域鎖定銀樺林應當不難。如果換作曼徹斯特、雪菲爾、伯明罕這幾個郡是真的不難。

偏偏現在目標放在坎布里亞。

找到樺樹林還是不難，畢竟剝落的銀色樹皮很明顯。

但哪座樹林是對的就難說了。

到最後她還是列出九個選項。

其中三座看上去有歷史了，加上不只是樺樹，華盛頓認為農夫種植都是大量購入直接插在空地上，也沒有樹種混雜的理由，所以先排除。還有兩座太靠近伊登河，容易淹水不大可能選作觀測站用地。

剩下四座。

緹莉將筆電螢幕分成四格，調出畫質最好的衛星照片。三人探頭盯著看，好一會兒沒講話。華盛頓對照地圖，其中一座特別受他青睞，因為距離村子近、有道路切過、離已知的地堡也不遠。不過二號三號並非絕對不可能，除了沒有道路連接也符合其餘條件。至於四號，華盛頓覺得機率不高，要經過三片原野兩座其他樹種的森林才能到，距離艾克蓋特村或勒斯・摩利斯住處都嫌遠，加上林子裡混雜很多灌木。他考慮到最後決定先跳過，畢竟連到底是不是這四座其中之一都根本沒把握。

「你覺得蔻依・布羅斯威治會不會躲在裡面？」史蒂芬妮注視螢幕卻靜靜出聲問。

華盛頓倒沒想過這種可能性。她說得頗有道理，沒人知道位置的地堡最適合避風頭，熬一段時間就能得到賈里德・基頓承諾的好處。

外頭一聲驚雷，華盛頓忽然想起哈洛提過別的。他隔著史蒂芬妮肩膀望向窗戶，鉛灰色天空灑下彈丸般雨滴洗得玻璃一片朦朧。雷鳴滾滾氣勢洶洶，溫蒂風暴的力度沒讓大家失望。

「如果她躲進那種地方最好記得帶雨鞋。」華盛頓自言自語道：「當年的地堡只有蓄水池沒有排水孔，所以後來找到的那些全都泡水。」

緹莉無預警大叫：「蓄水池！」

然後二話不說關掉所有森林圖片開始瘋狂打字，眼鏡鏡片映過一個又一個網頁。「天吶天吶天吶……」她不斷反覆。

大約二十秒後緹莉停下來專心看螢幕一會兒，接著又跳起來跑向印表機，等待列印時左搖右晃侷促至極。

華盛頓和史蒂芬妮交換眼神。

「緹莉，我們兩個現在很尷尬呢。」她開口提醒。

列印完畢，緹莉給了他們一人一份、只有兩頁的文件，順便把華盛頓忘在威爾斯酒店的老花眼鏡也遞過去。「蔻依・布羅斯威治就是靠這招瞞天過海！」

華盛頓視線飄向紙上的文字。是維基百科條目，一個叫做約翰・施尼貝格的醫生，在羅德西亞長大，後來歸化加拿大。他有點不解，朝緹莉皺眉，但緹莉只是點點頭催促他往下讀。

快讀完第一頁時他就有種喘不過氣的感覺。

約翰・施尼貝格將不可能化為可能——他讓身體裡流著別人的血。一九九二年，約翰・施尼貝格被控強暴，法院兩度強制檢驗DNA，他卻兩度順利脫身。後來是妻子報案說自己與前夫的女兒也遭他毒手，警方採取口腔拭子、頭髮毛囊等等多項檢體，發現他的DNA明明就吻合第一次強暴案受害者提供的樣本。後面解釋了他如何迴避抽血檢驗，華盛頓看完心想自己果然沒猜錯——非常低科技，單純卻天才。

同樣做法放在伊麗莎白的案子一步一步比照辦理，能合乎現況嗎？

可以。

所有環節串起來了，沒有任何空白。

然而他赫然察覺這代表什麼，轉頭望向緹莉：「意思不就是——」

「是呀，波。」她也苦著臉：「就是你想的那樣。」

59

風暴聲勢凶猛，甚至超越戰場。

華盛頓盯著旅館消防梯時腦袋裡就是這麼想。暴雨連綿不斷，如機槍掃射地面。一道道轟雷震耳欲聾，像是無線電雜訊音量被轉到最大。閃電也不似往常只是偶爾劃過天際的鋸齒線條，現在交錯縱橫網羅整片天空，化黑夜為白晝。從他的角度觀察，彷彿天上眾神見了下面這團巨大氣旋也忍不住拿出相機，閃光燈此起彼落。樹木不是微微搖晃，而是學起潮水中的海草整株躺平，忍受狂風考驗樹根能有多堅韌。停車場內樹枝散落一地，不仔細看還以為發生大規模砍人事件。

這樣一個夜晚就該留在屋子裡。

可是華盛頓拉上外套，向面色凝重的史蒂芬妮、神情驚恐的緹莉道別，然後走向屋外。

瓦竇有可能還在蘇格蘭追著那個信封團團轉，但坎布里亞總還有不傻的警察，若自己被看見一定是當場逮捕。即使開著維多利亞借他的車，要走大馬路還是心裡不踏實。

但別無選擇，這種天氣到處亂竄更引人注目，何況許多小路不是淹水了過不去，就是路況糟糕到會有交警坐鎮監控。

M6公路是唯一選擇。

威爾斯酒店出去那條單線道成了水流湍急的小溪。華盛頓一路開到丘陵，慶幸自己不必開租來的轎車，沒有大輪胎很難克服泥沙碎石之類持續前進。

能見度降低到僅只數碼，雨刷速度開到最快也快不過雨水覆蓋擋風玻璃的速度，他能好好開到底與其說是技術不如說是運氣好。右轉進了A6終於可以踩油門，時速維持在三十英里，幾分鐘後上了高速公路。

加速到四十，一路向北。慢得不會被強風吹歪也來得及避開大型障礙物，但不至於感覺沒在前進。

中間一度有危險：過了維格頓交流道一英里之後前面出現藍光，是警車的警示燈，而且似乎不止一輛。倘若有人設伏要抓他可真是精明到家，這位置與交流道口的距離恰到好處，遠得他沒辦法早早看見就轉彎，卻又近得很方便呼叫支援。

華盛頓減速到三十。二十。

所幸和他無關，是貨車翻覆擋住了路肩與左側。司機一臉無奈坐在救護車後面，戴著白帽的交通警察想必正在說教，解釋極端天候下駕駛高底盤車輛有何危險。

半小時後華盛頓在四十二號出口轉彎。一道閃電照亮了佩特里爾河，平時慵懶的河水暴漲之後夾帶大量泥沙，彷彿將河床掀了上來，水面上除了漩渦還漂浮許多植物，甚至有樹木被連根拔起。如果他沒看錯，有張花園桌混在中間。

又過了十分鐘，他右轉朝著柯特希爾移動。再五分鐘後引擎熄滅，車子停在烏荊子與黑刺李後方空位……

60

華盛頓待在車內。停車場空空蕩蕩，餐館也被黑暗籠罩。有一瞬間他以為自己弄錯了，再怎麼嗜吃的美食家也不會今天晚上出門。但他隨即想起氣象局曾經發布停電警報，所以再仔細觀察一會兒。

果然，裡面的確有光線，只是黯淡搖曳。烏荊子與黑刺李點了蠟燭。

餐館仍然營業，此刻不進更待何時？

他打開車門踏上泡水的石子路。雨水打在身上像一次次針扎，他趕快伸手遮住面孔，跑了三十碼才到達前門。門廊稍微能夠遮風蔽雨，華盛頓先隔著鏤空玻璃窗窺探裡頭情況。

賈里德．基頓一個人坐在桌邊。

身上穿著淺藍色西裝，短立領扣到頸部沒有翻折。華盛頓依稀記得這款式有個別名是「官僚領」。

他拿著玻璃杯喝酒，同時翻看像是菜單的東西，正好抬頭就瞧見門口的華盛頓。賈里德．基頓似是不怎麼訝異，甚至好像有點高興，招手示意他進去。

「啊，波警佐，」賈里德是真心微笑：「你來了，我還擔心見不到面呢。」

屋外風大雨大，華盛頓卻口乾舌燥得緊，想清喉嚨卻發出刺耳乾咳。觀察環境，他留意到角落站著一位衣著名貴的侍者，除此之外再沒有第四人。

「今晚一個人用餐嗎，賈里德？」聲音太沙啞了，華盛頓從旁邊桌子拿了水瓶，掀開蓋子直接對到嘴邊喝一大口。

賈里德臉上還是掛著微笑。

「老兄你別急啊，」他將空玻璃杯往華盛頓方向推過去：「渴的話怎麼不喝酒就好。」

華盛頓自顧自繼續灌水。

賈里德舉起手，侍者立刻過來。「傑森，幫波警佐倒酒。」

「好的，基頓主廚。」

名喚傑森的侍者倒滿一杯白酒，華盛頓還是不碰。賈里德見狀聳聳肩，視線落在他沾了泥水的牛仔褲、濕漉漉的靴子，還有黏在前額的頭髮、不停滴水在石地板的衣服。

「波警佐，你可真是挑戰本店的服裝標準呢。」

兩人對望好幾秒後他才嘴角上揚說：「開玩笑而已。今天我們不對外開放，所以只有我在這兒，你穿什麼都好。」賈里德往對面椅子揮揮手示意。

華盛頓拉了椅子坐下，拿起棉餐巾抹掉頭髮上大半水分。賈里德靜靜看著，表情似乎覺得很有趣。

等他擦乾淨了，賈里德・基頓又叫侍者過來：「麻煩跟主廚說今天用餐的有兩位。」

「好的，基頓主廚。」

侍者離開用餐區。

「我可沒打算多待。」華盛頓說。

「你應該有話找我說？」

華盛頓點頭。

「那就陪我吃一頓吧。我不喜歡空著肚子聊天。」

華盛頓沒回答。

「聽說你前幾天吃過這兒的菜？」

「對。」

「我跟你說，今天的料理完全不同等級。以前教我廚藝的老師吉戈多主廚為了這場接風宴準備了特製的名菜，還不遠千里從巴黎開車趕過來。」

華盛頓皺起眉頭。事情發展與預期有落差。「吃就吃吧，但僅限一道菜，我可不想再等什麼十五道慢慢來。」

「一言為定。」賈里德的笑容像是發自內心欣喜。

「你為什麼——」

賈里德舉起手：「波警佐，說好吃完再聊的，別食言啊。」

看起來他刁難得很開心，不大可能讓步。華盛頓也無可奈何，只好拿起方才侍者倒的酒嚐一口。他很少喝葡萄酒，覺得自己應該沒有足以分辨好壞的味蕾，但味道是還不差，至少與以前喝過的都不同。

「從哪兒弄來的？」他覺得自己總該說點什麼。

「大概十年前請酒商從法國葡萄園買的，可不便宜。不過生命中最好的東西總是不便宜。」

華盛頓不知怎樣回應比較好，兩人又陷入緊繃的沉默。

後來賈里德自己先出聲：「波警佐，你知道過去六年我最想念什麼嗎？」

「女兒？」

賈里德笑著擺弄手指彷彿訓誡他。「是鮮花，」他閉上眼睛深呼吸：「整個空氣都不同了，你不覺得嗎？」

華盛頓掃視周圍，這才察覺黯淡燭光隱藏了很多細節。餐館內到處都是鮮花，上回自己與緹莉用餐的時候應該沒這種佈置。

「而且法律越來越容許剝削童工，所以鮮花竟然變便宜了呢。」賈里德笑著說完又深呼吸一口氣：「不幸散發的芬芳，實在太適合這個夜晚的主題了，你不覺得嗎，波警佐？」

華盛頓來不及回應，廚房開門送菜。「啊，第一道菜來了。」

侍者端著兩個銅鍋出現，還點著火滋滋作響。

「你應該會喜歡。」華服男子開口：「這鳥叫做圃鵐，吉戈多主廚特地從巴黎送來，十五分鐘前才用白蘭地淹死……」

61

賈里德從餐巾探頭出來，嘴唇還滴著血與油。華盛頓暗忖能讓他猝不及防的時刻恐怕也只有現在。

「我們查到那個自稱你女兒的人了。」賈里德笑容只微乎其微動搖，瞬間便立刻回復。「蔻依·布羅斯威治，你在彭頓維爾監獄同區獄友的女兒。」

「有這種事？」

「我們也知道你女兒的遺體在什麼地方。」

賈里德雙手一翻：「在哪兒呢？」

華盛頓望進他眼底以後才回答：「靠近艾克蓋特村，一個廢棄的觀測隊核爆觀測地堡。」

逮到了！

儘管只是剎那，彷彿根本沒發生，但賈里德·基頓眨了眼。

他感到錯愕。

可是賈里德一個眨眼就鎮定了，風采依舊看不出訝異。他甚至戲劇化地左顧右盼。

「波警佐，我又不傻。」他回答：「你自己一個人過來，代表仍然受到警察追捕。那特地跑這一趟……是想套我的話對不對？或許還偷偷錄音？」

「我何必套你的話呢？你心裡清楚得很，只要找到地堡——我們當然找得到——也就等於找到你女兒的遺體，還有帶你去地堡的人的遺體。」

賈里德反而鬆懈了：「巧得很，我對觀測隊地堡有些粗淺認識。就算你們查詢官方資料，想找的那一座也不會列出來。」

「所以才叫做『消失的地堡』。」

「看樣子波警佐最近很勤勞。」

「但據我所知，你應該馬上就要進看守所才對。」

華盛頓沒講話，畢竟對方說得一針見血。

「然後你去法庭解釋自己清白的時候，『謀殺伊麗莎白』這個罪名也就和我沒關係了。」

「我可不是一個人，背後有整個團隊的分析師正在運作。另外現在法律已經容許雙重起訴，檢察官可以用同一個罪名起訴你第二次。」

「你很有信心呢。問題是你口中那座消失的地堡沒有任何紀錄，連政府都不知道它是否存在，相關領域專家都覺得是子虛烏有。就算你有一隊人晝夜不分到處找，畢竟它只是個埋在地底七十年的大型混凝土盒子。以坎布里亞郡的面積來看，就算派一千人搜一千年也未必找得到。波警佐，面對現實吧，你想像中的地堡不存在。」

華盛頓沉默一陣：「其實不能說你錯，正常來說是不可能找到那座地堡。」

賈里德那沾沾自喜的模樣彷彿四張A都被他拿走。

「可是我走訪途中結識一位以前觀測隊的隊員，」華盛頓拿起酒杯喝光：「見多識廣又健談，教了我很多關於地堡的知識。」他故意停頓幾秒才繼續：「而且他認識勒斯．摩利斯。」

賈里德．基頓身子一僵。

「想不想知道他告訴我什麼？」

賈里德點頭了。

「對方說，勒斯．摩利斯不愛往外跑。摩利斯太太也說了一樣的話。再來呢，連他想賣松露那時候，第一個找上的廚師居然也是同樣說法。」

賈里德臉上閃過一絲不悅。是因為祕密快被揭穿了，還是因為勒斯．摩利斯居然沒將烏荊子與黑刺李當作第一優先？他也不確定。

「從這些訊息，可以推斷出什麼？」華盛頓問。

「波警佐請說。」

「首先可以肯定消失的地堡終究有留下紀錄，否則摩利斯先生就不可能找到。」

賈里德．基頓神色自若，「都說了沒有……」他忽然改口：「唉，又是這一套嗎，波警佐？想釣我上鉤，到時候檢察官重審就會質疑我『為什麼要找觀測站地堡』？」

「基頓先生，你對政府的資料管理能力有十分正確的評價，他們確實弄丟了有關這座地堡的一切文件。」

賈里德聳肩微笑：「方才不是說了，波警佐？一千年，你得花一千年才有機會找到。問題是，你有一千年的時間嗎？」

「不過那位觀測隊老爺爺還告訴我另一件事：雖然政府主導地堡建置，實際施工仍得交給地方上的建設團隊處理。」

賈里德斂起笑容。看來他不知道這件事。

「所以我認為事情經過是這樣……」華盛頓說：「摩利斯先生調查了一九五〇年代的建設公司檔案，最後真的找到線索，也就是與『消失的地堡』有關的收據。」

賈里德．基頓眼神慢慢蒙上陰影。

「明天早上，我背後的分析師團隊會第一時間前往坎布里亞郡檔案管理局。公文都申請好了，如果摩利斯先生是透過這個管道找到地堡，明天下班之前我們也會知道位置。」

賈里德．基頓眼神渙散，似乎正在思考自己還有什麼手段可用，足足一分鐘兩邊都沒講話。

「很有趣的故事，」他最後終於開口：「可惜恐怕得到此為止，有別的客人來了。」

華盛頓轉身一看，瑞格帶著制服員警站在門口。

他回頭望向賈里德。

「只差一點呢。」賈里德招手要瑞格進門。

瑞格走到桌邊：「長官，麻煩和我們回去。」

華盛頓左右張望想找條路線脫身。侍者與什麼法國大廚都在廚房，後門行不通。瑞格和員警都亮出了警棍。

「長官，請不要做傻事。」瑞格警告道。

「太遲了。」華盛頓低吼同時抓起半滿的酒瓶揮向身前，液體灑在本就濡濕的襯衫。

有好一陣子大家不敢輕舉妄動。

「總得給我解釋的機會！」華盛頓再次低呼，雙眼注視制服員警手中的武器。

「明天就有機會了。」瑞格回答。

員警閃身繞到他左邊，華盛頓手中酒瓶跟著劃過去。

廚房開門，出來的侍者手中端著一盤生蠔，看見外場竟上演全武行嚇呆了，金屬盤摔落之後冰塊沿著石地板滾過去。

這點混亂足以決定成敗——員警攻下路，瑞格攻上路，警棍落在膝蓋後側，拳頭直擊下顎。

華盛頓屈膝趴在地上。

回神時雙手已經被銬在背後，扭動身子發現員警用力踩住自己的背不讓他起身。石磚摩擦臉頰，觸感十分冰涼。

除了賈里德．基頓，每個人都猛烈喘息。

瑞格站到他面前：「華盛頓．波，現在基於謀殺罪嫌逮捕你。你可以保持緘默，但不回答警方詢問可能有損你在法庭的權益。你所說的話都有可能成為呈堂證供。」

賈里德站起來，喝光那杯酒走到華盛頓面前低頭睥睨。

「怎麼回事……？」

「你一到我就報警了，」賈里德說：「波警佐，這回是我贏。」

他悶哼之後閉上眼，賈里德那張臉不值得再多看一秒鐘。

62

制服員警押著他走向等在外面的警車然後塞進後座，自己坐在駕駛位置等瑞格。瑞格還得跟賈里德．基頓問話，大廚雙臂動個不停，發怒的模樣非常戲劇化。警官也很無奈，只能盡量安撫。

等到瑞格終於坐上前座，一關門車子立刻開走。

溫蒂風暴最強勁的階段已經過去，雷電交加的景象不再，風勢也稍微和緩，不過大雨仍舊橫著來而非直直落下。離開的車程比起過來時容易得多。

一英里以後警車放慢速度最後靜止。瑞格轉身說：「明天再派人去領你的休旅車。」

華盛頓揉揉下顎，發出咔嚓一聲，嘴巴裡有血腥味。「你還真的全力打？」

「不是你自己說一定要逼真嗎？」瑞格伸手為他解開手銬。

華盛頓動動手腕舒展筋骨，然後也白了駕駛座的員警一眼：「你也是，怎麼真的拿警棍朝我後腿打呀？痛死啦。」

「抱歉，警佐，瑞格警官特地交代過，要是你拿武器就一定得動手，不然不符合標準程序。」

「有道理。」華盛頓自知理虧。

瑞格斂起笑意：「你覺得他信嗎？」

華盛頓嘆口氣：「這真的天知道。」

「有波警佐這種部屬一定每天過得很開心吧，弗林督察？」瑞格說。

大家站在樹林裡，而且是華盛頓一開始就排除的四號林，裡面長滿雜草灌木，距離人煙好幾英里遠。本來怎麼看都不可能，後來怎麼看都覺得就在這兒，他自己也說不上來為什麼。

但有時候必須相信直覺。

逮捕戲碼演完以後史蒂芬妮就在這兒等。華盛頓原本希望分成四隊，每座林子都有人搜，但瑞格配合的條件之一是不讓他離開視線範圍。倘若今晚搜不出結果，瑞格就會真的將他送去看守所。華盛頓沒有籌碼，不得不同意，史蒂芬妮知道以後表示她也要在場，不肯讓華盛頓自己面對那些過程。

於是其他三座森林，就請瑞格拜託信得過的同袍在外圍巡邏。

幾小時前，緹莉查到驗血如何造假，案情終於有了轉機。現在所有環節打通，只差在沒有任何實證。

能出的牌很有限。

第一個選項是找瓦竇講理，將全部情報攤開來談，希望他能暫且擱下恩怨與升官的問題為所當為。可是華盛頓認為太冒險，瓦竇賭上他的後半輩子，事已至此恐怕無法保持理智。

另一種做法是調用情資監控基金在坎布里亞境內運作，並不需要得到警隊大隊長同意。但輪到史蒂芬妮有顧忌，恐怖分子曾經在坎布里亞建立訓練營，就國家安全局立場與當地警隊產生嫌隙實屬不智，來自地方的情報常常是關鍵。

緹莉的想法是華盛頓繼續躲在維多利亞家，只要她和史蒂芬妮先找到地堡，賈里德・基頓就沒辦法消滅證據。華盛頓完全無法接受，他覺得自己又不是什麼走投無路的獨裁者，就算敗也應該堂堂正正地敗。

乍看之下沒半條路走得通。

「我們完全處於劣勢。」華盛頓說：「一開始就被設計，是場死局。」

史蒂芬妮神情驟變，彷彿聆聽來自內在的心聲，片刻後忽然開口：「如果想贏，就得修改規則。」

華盛頓瞪大眼睛。

修改規則……

當然，這是唯一的辦法。既然面對前所未見最為非典型的罪犯，正常規則自然起不了作用。而且得更進一步，單純修改規則恐怕不夠，因為那仍是賈里德・基頓安排的遊戲，王牌全都在他手上。

但如果不跟他玩呢？自己另外開一局？

如果今天晚上，他們選擇的遊戲項目是瞞天過海？

於是史蒂芬妮打電話給瑞格，要求在威爾斯酒店見面，強調不會讓他白跑一趟。瓦賓還在蘇格蘭追蹤華盛頓的黑莓機，所以瑞格有機會獨自赴會。

一碰到面，瑞格開口要逮捕，但顯然只是做做樣子。華盛頓知道自己沒看走眼。隨著案情發展，瑞格對賈里德．基頓的清白有所質疑，警方內部成為一言堂令他不安。瓦賓追去蘇格蘭、不聽建言剛愎自用更是雪上加霜，導致瑞格早就考慮是否要抗命。

事實證明他是好警察。就是太好了，所以懂得自己做判斷。

他答應先聽聽三人的說法。

緹莉負責簡報，先解釋了來龍去脈：在烏荊子與黑刺李吃了一餐之後找到傑佛遜．布萊克，發現真正的伊麗莎白身上應該有刺青，於是查到蔻依．布羅斯威治這個名字，再來建立了黑松露與地堡之間的連結，最後則對驗血造假的手法提出合理假設。

瑞格聽完也認為推理縝密，但說出三人心裡有數的關鍵點——沒有實證，一切只是漂亮的空談。「我猜今天找我來，就是有事要我幫忙？」他直接開口問：「直說吧。」

「你聽了大概會不爽。」華盛頓先打預防針。

他猜對了，瑞格確實很不爽。

這次盯梢很特別。一般而言，確認嫌犯身分之後到逮捕之前都要保持監控。但賈里德．基頓這個案子什麼情況都特殊。針對地處鄉村的目標，空中監控本來是最佳選擇，偏偏這回派不上用場。首先沒能取得授權，再者即使有授權，溫蒂風暴導致所有直升機或輕型機都無法升空。

地面跟監也很難。光天化日之下如果人力充足可以派車子過去，但還是危險。農村道路可謂狡兔三窟，一部分路線甚至在地圖上找不到。靠太近會被目標察覺，離太遠一不小心就跟丟。晚上就更不用說，亮著頭燈的汽車就像鹽巴裡的胡椒那麼醒目。

華盛頓只能賭一把，相信地堡就在緹莉列出的幾座林子之中。時值盛夏，白晝本來偏長，不過溫蒂風暴總算也幫到一次忙：烏雲密佈，天色昏暗得不符時節。

瑞格找來的幫手盡可能將他們載到最近的地方，但還是得跋涉半英里濕滑荒地才能爬到高處進入森林。風勢靜止，直挺挺的銀樺在微光下彷彿淡淡發亮。

林子不算太大，可是外面圍了一圈麻煩的金雀花叢。樺樹彼此間隔頗大，所以陽光能夠穿透樹冠，導致地上長了各式各樣的東西。遠遠望去會以為根本無法進入，近距離觀察以後華盛頓發現並非如此。林地裡的山楂和荊棘間有些天然路徑，或許是冬季時綿羊為了避寒挖出來的。

畢竟是曾經待過軍隊的人，華盛頓很快找到合適地點。一團沒刺但不知名的灌木提供了掩蔽，他過去砍出足夠三人容身的空間。理解他的用意後，瑞格和史蒂芬妮也出手幫忙。

不到五分鐘完成掩護，接下來就是等待。

感覺時間流動得比混凝土還慢。他不禁想起英國陸軍流傳的那句「快快來慢慢等」。

已經在森林待了三小時，除了被雨水打濕沒有任何變化。過了子夜，風雨完全平息，林子裡氣流停滯、悶熱潮濕，腳下還都是泥巴，幸好空氣變得乾淨許多。除了葉子還在滴滴答答、偶爾不知什麼蟲子拍打翅膀，周圍安靜得令人緊張。微光不再，取而代之的黑暗連人影都能模糊，氣氛非常壓迫而暈眩，加上濕度過高十分難受。華盛頓拉扯上衣想搧搧風，結果汗水雨水順著脊椎滑落。

「該不會只是浪費時間。」他開始自言自語，顯然情緒動搖，頸部肌肉都微微痙攣起來。沒有犯錯空間，要是猜錯樹林、或者賈里德·基頓沉得住氣，不會有第二次機會。

「目前唯一浪費的是公家出的油錢，」瑞格壓低聲音回話：「別自亂陣腳，你也知道這種行動很少照著劇本來。」

但一小時過後，最糟的恐懼成真。

63

瑞格的手機震動。他遮住螢幕悄悄接聽：「再說一次。」

華盛頓感覺得到內容與自己有關。

瑞格將手挪開，螢幕照亮面孔，感覺額頭皺紋更深了，眼珠子反射詭異光芒。等他掛掉電話，林子重歸黑暗。

「中心打來的，現在瓦竇督察正從蘇格蘭開車回來。雖然你過去烏荊子與黑刺李，賈里德‧基頓報警是意料之內，但是勤務指揮中心的人不知情，以為真的有逮捕就登記在系統裡。瓦竇團隊有個人還在加班，收到通知訊息聯絡了他。」

華盛頓面色一沉。

「瓦竇沒打給你？」史蒂芬妮問。

「可能有，但我今天帶的是私人電話，瓦竇不知道號碼，也沒人會告訴他。」

「那他有沒有透過中心留言？」

「要我先拘留你，等他到了再親自逮捕。」

華盛頓猛搖頭。就只差一步……

「還有更糟的消息。」瑞格繼續說。

他想像不出還能怎麼糟，但仍舊做好心理準備。

「瓦賽召回所有人，所以除了這座森林，其他的沒人看著了。」

操！

華盛頓真想大叫，但最後只是往樹幹捶一拳，將流血的指節塞進嘴裡吸吮。

史蒂芬妮拍拍他肩膀，然後轉頭問：「瑞格你打算怎麼處理？」

「瓦賽督察還沒過鄧弗里斯河，代表至少還一小時才會到。他叫我扣住你，但也沒說哪裡，那我扣在這裡應該沒什麼問題。」

華盛頓重重嘆口氣。至少還有一絲機會。

繼續等待。那通電話之前時間流動慢如冰川，那通電話之後時間流動可快了，比過來途中橫渡的暴漲溪水還湍急。華盛頓看看手錶，以為才過一分鐘結果竟少了十分鐘。

他試著算出瓦賽的位置。按照剛剛瑞格的說法，瓦賽可能上了鄧弗里斯環狀道路。畫面在腦海栩栩如生：瓦賽對著方向盤身子前傾，瞪著柏油路咒罵車速怎麼那麼慢。他對華盛頓深惡痛絕，路況不佳這種事情早就拋諸腦後。

方才瑞格認為還有一小時，華盛頓卻覺得太樂觀，懷疑連四十分鐘都不到。

又過了一段時間。

華盛頓再看看手錶，又十分鐘過去，心也繼續往下沉。

賈里德．基頓會贏。

瑞格的手機又響了，這次他根本懶得遮，直接亮螢幕給兩人看，來電者叫做安妮。

他接聽後連音量也不壓低了直接問：「安妮妳再說一次？」接著遮住麥克風說：「安妮．霍桑是之前幫忙監視的警察，而且還是我搭檔，所以你們說話留意些。」解釋完畢，瑞格將手從麥克風挪開。「安妮，我開擴音，妳把剛才講的也告訴弗林督察和波警佐好嗎？」

安妮聲音尖細，在寂靜樹林中特別刺耳。「我按照指示守在目標住處外——」

華盛頓和史蒂芬妮有點困惑。史蒂芬妮問：「霍桑刑警，不是聽說高級督察瓦竇把你們全部召回了嗎？」

「有這種事？我沒聽說呀，一定是無線電壞嘍。」

華盛頓聽得出來她在偷笑。要是能全身而退，自己欠這位安妮．霍桑一頓酒。

「更何況呢，除了我沒收到命令，如果高級督察瓦竇取消了指揮中心的勤務指示，那我當場下班啦。下班時間我要去哪輪不到他管吧。」

「剛才說的，妳再講一次。」瑞格提醒。

「目標移動了，我打過去之前不到三十秒。」

三人同時陷入訝異的沉默。案情動起來了。

問題是……瓦竇恐怕會搶先一步。

史蒂芬妮立刻表示若時間來不及，就讓瑞格帶華盛頓去卡萊爾警局，自己不跟了。「這樣至少還有一個人能追上目標。」

好主意，華盛頓也同意。

瑞格附和之外還加碼修改計劃，朝著手機說：「安妮，幫個忙，打給指揮中心，說我沒要帶波警佐去卡萊爾，而是肯德爾。啊，再跟他們說我手機沒電了，所以到達那邊之前聯絡不上很正常。」

「沒問題。」安妮回答之後掛斷。

「多少能爭取一點時間。」瑞格面色凝重：「反正我都蹚進這渾水了，索性捨命陪君子，一起留下來吧。」

華盛頓緩緩舒了一口氣。瓦竇這種人爬到高位十分危險，他並沒有透過努力贏得眾人敬重，所以下屬的服從也只做表面功夫。基層看不起他，有機會在背後給他捅婁子不會客氣。瑞格使的小手段十分聰明，瓦竇從卡萊爾南下到肯德爾足足又多出一小時車程，等他恍然大悟察覺自己被耍了早就來不及，華盛頓若還沒逮到人也代表沒指望了。

現在關鍵就在於：到底是不是這座森林？

汽車關門的聲音。

華盛頓做好準備。一個人在這種深夜、這種天氣、選在這個地點熄火下車的理由可以有很多。爆胎了。尿急了。還有些人就喜歡在荒郊野外做愛。

很多可能性，但都不成立。

在目前的情境下不成立。

三人清楚意識到那聲音代表結局的開始。

有人靠近。

聲音從他們下車的地方傳來。合理，既然三人挑了最短路徑，現在這人自然也會做出同樣選擇。

中間那片荒野長滿綿羊咬過的粗草，加上暴雨沖刷泥土，踏上去非常安靜，所以整整十分鐘時間沒再聽見別的聲音。

接著……手電筒亮了。很靠近，所以很刺眼。華盛頓感覺到史蒂芬妮與瑞格也繃緊神經，自己則是頭皮發麻。他趕快壓低身子，兩人也照做。

手電筒左右來回，掃過外圍那圈金雀花，之後射進樹林內。光束在樹幹間忽隱忽現彷彿一場雷射燈光秀。

越來越靠近。

移動二十碼之後忽然停止，手電筒被放在某個物體上。

然後是悶哼聲。他們看不見狀況，但從聲音能推測是泥巴和樹葉被撥開。

換句話說，地堡位置曝光了。

「上嗎？」瑞格低聲問。

「還沒，」華盛頓回答：「等打開。」

「好，聽你的。」

華盛頓試著推敲不到二十碼外究竟什麼情況。有多少泥土和枯葉掩蓋地堡入口？他認為不會太多，因為沒必要，這麼偏僻的地點根本不會有人來，隨便一點掩護就夠。

兩分鐘後傳來金屬摩擦嘎吱作響，隨後又有很結實的碰撞聲。三人馬上嗅到微弱但噁心的腐臭味。

還有什麼好等？

華盛頓衝出灌木叢，手電筒一開直接往那人臉上照過去。對方手上有個紅色塑膠汽油桶，發出銳利尖叫聲。瑞格與史蒂芬妮追過去亮出手銬，但犯人根本沒打算抵抗。

「一直不希望真的是這樣。」華盛頓嘆道。

瑞格和史蒂芬妮制伏的人並不是賈里德·基頓，而是菲莉希蒂·杰克曼，當初為伊麗莎白做檢查的合作醫師。

一週後

64

華盛頓、史蒂芬妮、緹莉三個人從網路觀看賈里德・基頓接受警方訊問的直播。既然是坎布里亞郡的案子自然就交給坎布里亞警隊處理，所以一行人前往位於卡萊爾市的杜倫希爾大樓，既是當地北區指揮中心也是全郡最大警局，面談室寬敞且現代化。

門打開，甘孛警司走進來，朝華盛頓點點頭問：「情況如何？」

「瑞格刑警還在打底。」

「基頓不肯說？」

華盛頓搖頭。

「那表情似乎不怎麼擔心。」

華盛頓還是沒回答。的確，賈里德・基頓老神在在。「你回來坐鎮，瓦竇什麼反應？」

甘孛冷笑：「有沒有看過校長忽然發現學校老師是戀童癖？」

「嗯。」

「就那種反應。」

「蔻依・布羅斯威治還好嗎？」

甘孛臉色一暗：「還在加護病房，醫生判斷再晚三小時她就會死，脫離險境會通知這邊。我們已經向檢察官提出意見，希望除了原本那些罪名之外，再給基頓加一條殺人未遂。」

那夜抓到菲莉希蒂・杰克曼也開啟了地堡入口，華盛頓趕快爬下去查看，因為他想證實自己的推論。果然遭到肢解的伊麗莎白、已經風乾的勒斯・摩利斯都在裡面。同時他還找到蔻依・布羅斯威治，女孩被關在裡面危在旦夕意識恍惚。

華盛頓讓菲莉希蒂・杰克曼留在原地不准動。救護車來了，醫護對女孩施以急救然後送走。他要同為醫師的阿菲看清楚自己差點鑄下什麼大錯。

阿菲一看見蔻依就崩潰倒地，不斷尖叫。

「蔻依開口說話了嗎？」華盛頓問。

「只說了一兩句，」甘孛回答：「其實就是個走偏了的孩子，幾年前母親罹患癌症過世才一發不可收拾。父親應該是愛她的但不懂表達，一直想逼她也去當會計。那孩子不肯，堅持要做演員夢，但都靠母親接濟。母親死了以後蔻依勾搭上黑道，海洛因成癮也開始自殘。她根本不認識也沒見過伊麗莎白或賈里德・基頓，單純運氣太差正好神似伊麗莎白，照片在她父親牢房被基頓看見。在警察面前演完戲之後她就一直躲在地堡，直到你們過去那天。」

華盛頓暗忖她那叫做受困在地堡才對。地堡原本沒有安裝直梯，不知道被建設公司拆走還是被政府調去其他地方，所以勒斯・摩利斯一直用登山折疊梯進出。可想而知梯子固定在入口邊緣，圓形金屬門框本就為此設計。如果華盛頓沒猜錯，賈里德・基頓參觀完之後自己先爬到地面，然後將梯子頂端掛鉤掛到掀門門板上，等他關上門也就製造出密室：勒斯・摩利斯不爬梯子碰不到門，爬上梯子等於將體重加在門上，從裡面無論如何不可能推得動。

即使後來有別人發現，也很容易以為是他犯蠢害死自己，驗屍官大概眼睛都不眨就寫下「因不幸事故導致死亡」這幾個字。

蔻依·布羅斯威治也有同樣遭遇，被關進地堡以後出不來也無法求援，康復以後還得因為妨礙司法公正的罪名去坐牢。其實這孩子需要的是個心理醫生。「她和她爸通過電話嗎？」

甘孛皺眉：「有，獄方基於人道特地安排的。怎麼問起這個？」

「沒什麼。」華盛頓轉頭繼續看螢幕。

瑞格拿出地堡內拍攝的照片要賈里德·基頓看清楚……

他們都沒碰過這麼複雜的犯罪現場。救出蔻依·布羅斯威治之後，史蒂芬妮先將入口再度封閉，然後請瑞格呼叫坎布里亞警隊做完整支援。過沒多久樹林被照得像演唱會現場那麼亮。一開始來的法醫病理學家居然是個熟面孔——跟六年前是同一位，但他對烏荊子與黑刺李廚房內的血跡量說詞前後反覆，所以被瑞格趕走了。

最後華盛頓還是動用人脈，請艾絲琵勒·道爾從新堡馳援。她率領自己的團隊，大家穿上防護裝花了兩天時間才將勒斯·摩利斯的遺體、伊麗莎白·基頓的屍塊全數送到地面。廢棄的觀測站地堡內部混亂又駭人。

理論上搬運勒斯·摩利斯應該算簡單，實際上地堡的混凝土牆損毀崩落，加上每個表面都沾有可能致病的生物性危害物，而且鑑識人員無論觸碰或移動東西之前都得先拍照存證。摩利斯雖然腐爛了，至少皮膚還將骨骼裹在一處，所以能完整從地堡搬出來沒太大意外。

伊麗莎白的情況麻煩很多。她被分裝在四十三個不同舒肥袋，其中一些爆開了、一些破洞滲漏了，液體不僅散發惡臭也對健康構成極大威脅。艾絲瑅勒．道爾一個個仔細處理，團隊內其他人就算沒吐也不停乾嘔，只有她沒表現出半分噁心或反感。

她將兩個死者送回新堡驗屍，很快交出了報告。勒斯．摩利斯死於脫水，但腳踝骨折，幾乎可以肯定是試圖逃脫不成還從梯子摔落所導致。這個檢驗只花了六小時。

伊麗莎白則用了足足三天。

艾絲瑅勒．道爾必須一個個袋子打開。但是每個袋子都能視為獨立的犯罪現場，也就必須按照同樣規格做處理。前置結束以後首先判斷裡頭東西屬於人體什麼部位，對她這種專家中的專家本該不算特別複雜，然而伊麗莎白的肌肉組織早已分解液化，骨骼及軟骨則變得軟爛多孔，正常來說根本無法辨識，程度平庸的病理學家連如何下手都不知道。

第三天，艾絲瑅勒打電話請華盛頓、史蒂芬妮、瑞格和剛回到崗位的甘孛警司前往位於新堡的太平間。她已經將遺體各部位整齊排列在不鏽鋼檢驗臺上。

四人站在觀察區玻璃後面，聽她講解事情經過也聽了一個鐘頭。

伊麗莎白死於失血過多，致命傷是心臟部位的一個穿孔。由於傷口才三吋多，不算非常深，艾絲瑅勒推測凶器是短刀，正好地堡內就找到一把尺寸吻合……

確認死因死狀後，她開始解釋賈里德處理屍體的手法。從女兒的頭顱開始，他用骨鋸鋸成兩半，再以鬆肉鎚敲打到足夠扁平，就可以真空包裝。正好地堡內也找到了鎚子。身體其餘部分就按照屠宰場的作業方式切割——她實在找不到更傳神的形容。膝蓋、肩膀、手肘、髖部、腳踝這些關節被斷開，股骨、脛骨這種骨骼則被鋸成小塊，否則沒辦法塞進機器做真空包裝。長而細的腓骨、肱骨之類則要砍成兩截。

過程裡華盛頓原本都面無表情。但當艾絲堤勒指向伊麗莎白被打碎的骨盆外那片腐肉，他終於忍不住落下一滴淚。

不仔細觀察很難察覺那兒有個刺青圖案。如傑佛遜·布萊克所描述，是他們兩人在一起才會完整的拼圖。

華盛頓走進面談室坐下，朝著對面的賈里德·基頓微笑。對方瞪著他面無表情。瑞格也進來坐在華盛頓旁邊，但他答應這一輪自己不插嘴。

繁文縟節過後，大衛·科林伍德嘗試主導面談形勢。他是賈里德的辯護律師，身材肥胖還有張鬆垮臉蛋。

「兩位，我覺得也該是時候了。有什麼能夠起訴基頓先生的證據就快點拿出來，這齣鬧劇早早結束對彼此都好。」

華盛頓將一張照片蓋在桌上。「基頓先生，我來說說我們認為的事情經過，然後你補充一下我們沒掌握的環節。」他抬頭：「我相信你會願意分享的。」

賈里德．基頓原本沒有情緒的面孔忽然浮現一抹冷笑，卻還是不說話。

華盛頓將照片翻過來。

「這是勒斯．摩利斯，大約八年前死於脫水，遺體被搬到地堡的化學廁所裡。請你說明如何將他困在地下？」

沉默。

「那我就繼續說下去。」

賈里德先看看自己指甲，然後在襯衫擦了擦。

「如我們所料，摩利斯先生從一九五〇到六〇年代的建設公司文書檔案查到地堡位置，地堡裡除了他的遺體還找到文件副本。從種種跡象判斷，他原本想要將地堡公諸於世。」

賈里德仍舊不講話。

「雖然只是臆測，但我們認為摩利斯先生在森林清理地面尋找地堡入口時，正好找到夏季黑松露。」華盛頓停下來，喝了一口水：「之後那段時期你們各取所需，他將賣松露賺的錢用來整修地堡，你以遠低於行情的價格取得頂級食材。只可惜……對心理病態的人而言，這種關係無法持續到最後。你遲早會說的，不過我就先猜猜看：你又發揮你的迷人風采和口才，說動摩利斯先生帶你到樹林參觀。人都到了那兒，他忍不住想炫耀自己找到的祕密地堡。其實你毫無興趣，但還是跟著爬進地底，隨即意識到既然摩利斯先生沒對別人透露地點、觀測隊協會的人根本不相信這座地堡存在，代表他死在裡面也沒有被人發現的可能。接著或許出於一時衝動，總之你決定自己先爬到地面，封死出入口，讓他經歷極其痛苦悲慘的死亡過程。」

賈里德．基頓上揚的嘴角凝固了。

「我表現如何？」華盛頓問，沒得到回應。於是他又拿出一張照片放在桌上。

洛倫．基頓死亡車禍的照片。

賈里德在座位上動了動身子。

再一張照片。鏡頭下只有一臺筆記型電腦，被砸壞了。

「基頓先生，這是你的筆電，被你親手破壞，以舒肥袋真空包裝，與摩利斯先生的遺體出現在同一個房間。」

「既然壞了，你們憑什麼認定電腦原本屬於我的當事人？」科林伍德打斷：「這種常見機種誰都買得到。」

「科林伍德先生，我方才只說電腦被破壞，可沒說壞到無法修理。」華盛頓慢條斯理回答：「我們團隊有個天才，雖然有時候講話很難理解，不過關於電腦她無所不知……反正你懂的。她不到一小時就從硬碟取出資料轉到自己電腦裡。」

賈里德眼神終於閃過一抹恐懼。事情發展出乎意料。

「硬碟裡的東西可精采了，搜尋紀錄都在研究如何製造假車禍害死人還不被發現。有幾個網頁你花了特別多時間，其中一個列出關閉安全氣囊的合理理由，另一個是發動引擎也不重啟氣囊的設定教學。」

賈里德發出悶哼。

「為了保住米其林星等害死自己妻子，這種事情你也幹得出來。」華盛頓說。

「波警佐，這連旁證都算不上！」科林伍德提醒。

華盛頓根本不理他：「我們長話短說吧，驗屍官已經將你妻子死因從意外身亡改成非法殺害[46]。不必心存僥倖，你會自願認罪的，洛倫、伊麗莎白和勒斯．摩利斯這三條命你都得贖罪。」

「波警佐，你這是在威脅我的當事人嗎？」

「科林伍德先生，你聽見我哪句話語帶威脅了？我只不過是……預測未來。」

賈里德笑意消失。他動搖了。

「你妻子過世之後，伊麗莎白深入參與餐館營運。根據調查團隊成員緹莉分析，伊麗莎白發現員工薪資數字不對，想要驗算所以開了你電腦，正好發現我們剛才提出的證據，也就是你如何謀殺了她母親。」

華盛頓怒目相向，賈里德別過臉。「她找你當面對質，結果你就把女兒也殺死。」

[46] 英美法概念，指死因可疑需要調查的情況。

65

辯護律師要求休息，這是警察刑事證據法賦予的權利。所有人用過餐、賈里德也休息了，華盛頓又回來繼續。

「殺死伊麗莎白以後你遭遇新的問題。首先那個季節土壤太硬沒辦法挖洞掩埋，但即使挖得動你也無法搬運太遠並保證不被發現。而且你涉獵過刑案鑑識技術，知道將屍體放到車廂就一定會留下線索被查到。」

華盛頓觀察對方，賈里德表現出詭異的冷靜。

「活埋勒斯・摩利斯之後你還有沒有再進入地堡我們無法確定，但你很清楚只要能在車子不留痕跡的前提將女兒遺體丟進地堡就沒人找得到。」

華盛頓將一疊照片攤在桌上。賈里德・基頓瞄都不瞄，科林伍德則是瞥了兩眼差點把午餐全給吐出來。

「再來談談我接觸過最驚悚的案件。你利用自己熟練的刀工把女兒給肢解了，又切又鋸地拆成四十三塊。每一塊都裝進舒肥袋內真空包裝，外側以熱水洗淨確保沒有血液和組織殘留。做這些事情的工具、可以證明你謀害妻子的筆電還有你當天穿的衣服也以同樣方法處理，之後乾乾淨淨地開車去了地堡。」

「毫無根據。」科林伍德提出抗議。

華盛頓依舊不理會：「你還預做準備，留了些女兒的血液，用擠壓瓶抽出來之後藏在自家廚房冰櫃的結霜底下。原本大概打算挑個好時機藉此誣陷傑佛遜．布萊克。」

「波警佐，你說夠了嗎？」科林伍德又打岔：「這些證據太薄弱了，剛出道的律師都能在法庭全數駁回。」

華盛頓打定主意不管律師。

「快轉到六年後，因為當初計劃沒成功，你還是因為殺害女兒被起訴，輾轉進了彭頓維爾監獄。監獄裡別的區塊發生暴動，你因為緊急封鎖進了別人房間，在裡面待了好幾個鐘頭，忍不住東翻西找。」

瑞格拿出一張照片，芭芭菈．史提芬斯在李察．布羅斯威治房間找到的。

「你看到李察的家庭照直呼不可思議，他女兒和你女兒不僅像一個模子刻出來的，連年齡都恰恰好。」

賈里德瞪著他。

「可是你要怎麼利用這一點？她看起來很像伊麗莎白，但你沒辦法證明她真的是伊麗莎白。如果能用保存的血液當證物就好了，問題是怎麼做？」

華盛頓在此停頓，目的只是想激怒對方。賈里德遲早會開口的。「這時就需要外力幫忙，」華盛頓繼續說：「你進了監獄以後，所有獄警都發現你在人群中表現極度不自在，會不擇手段躲到醫護室。在那裡，你認識了菲莉希蒂・杰克曼。當時她是倫敦大學附設醫院派去幫忙的主治醫師。我想與其利誘，你應該又是透過個人魅力打動她，讓她相信你無辜。之後你提起自己在李察・布羅斯威治牢房看到的照片，甚至表示你還能取得女兒的血液，她就講了約翰・施尼貝格如何在DNA檢驗作弊。非常有創意但其實很單純的計劃，只不過想要照做沒那麼容易，必須你先離開監獄一段時間，在沒人能偷聽的地方私下討論細節。依照杰克曼醫師指示的方式，你拿刀往自己刺，傷勢嚴重程度超越監獄醫護室能夠應付。」

他又暫停，直視賈里德雙眼，然後遞了一張證詞過去。

「兩位慢慢看，」華盛頓說：「很有趣。」

華盛頓從地底碉堡扛出半死不活的蔻依・布羅斯威治，杰克曼醫師看見之後絕望崩潰。

「天吶！我都做了些什麼！」她尖叫起來。

於是她明白自己差點害死蔻依・布羅斯威治。看過地堡內拍攝的照片以後，她進一步意識到自己徹底淪為賈里德・基頓的工具。所幸儘管曾被利用，而且也自稱「對他有些著迷」，杰克曼醫師並非事實擺在眼前還冥頑不靈的那種人。

所以她老老實實交代了前因後果。

杰克曼醫師知道不能當作藉口，但那時候她正服用抗憂鬱藥物。在阿爾弗斯頓診所跟華盛頓說得輕描淡寫，其實離婚對她造成很大打擊，因為前夫遠走高飛之前竟然盜用她名義欠下一大筆債，完全還不起的數字。

然後在監獄醫護室遇見了賈里德．基頓，對幸福人生又重燃想像。她反覆提醒自己：愛情是腦內化學物質作祟、感覺遲早會變淡，更明白對方提出的要求涉及不法，然而當賈里德幫忙還債的承諾太難抗拒。能當醫生的人，性格總是務實更多些。

兩人達成協議，計劃開始。

第一步是杰克曼醫師拉攏蔻依．布羅斯威治。並不難，因為蔻依的演藝事業有抱負卻沒起色，對她說賈里德．基頓獲釋之後一定會重開電視節目，屆時請她擔任助理主持，類似黛比．麥吉[47]，她馬上就點頭答應。

再來就是杰克曼得搬到坎布里亞郡。這也沒什麼，當時她倫敦的房子本來就保不住，加上喜歡爬山，每年都至少去湖區度假一次，而且本地醫護人力始終不足。成為警方合作檢驗醫師更簡單，這位置沒什麼人會想搶。

按照醫師說法，她幾乎每晚打電話給賈里德．基頓報告進度。華盛頓心想這下子獄政部門可有得解釋，他們真的得管管違規手機氾濫的問題。

下一個步驟是去烏莿子與黑刺李取出賈里德藏起來的血液。他自稱保留血液的動機是為女兒討公道，萬一抓到凶手卻無法定罪，就算靠栽贓的手段他也要讓對方受到制裁。

[47] Debbie Mcgee，英國演藝人員，主要為其夫著名魔術師 Paul Daniels 擔任助理。

血液裝在五十毫升的擠壓式醬料瓶內。賈里德說自己在住處廚房冰櫃內掰開結霜、塞進瓶子、灑水上去讓結霜表面不留痕跡，並告訴醫師備份鑰匙放在何處，她便挑了個晚上過去取。

取回血液之後還得處理，因為直接冷凍血液沒有用，冰晶融解時會破壞紅血球細胞壁。幸虧杰克曼是醫生，知道怎麼修補。實驗室和醫院都用離心機將紅血球、白血球、血小板分開，她買了一臺二手貨，小心為血液退冰並除去受損的紅血球。紅血球內沒有DNA，她用自己的替換無所謂，然後摻入抗凝血劑就大功告成，得到含有伊麗莎白DNA的新血液。

接下來是最巧妙的一手：如何讓全天下都相信蔻依是伊麗莎白？她將血液植入蔻依體內。

華盛頓提到地堡沒有排水管，意外觸發緹莉的腦內通報機制並想起約翰・施尼貝格的案子。能在DNA檢驗作弊的工具是引流管，正常用於手術後排出液體，但他卻將管子塞進自己手臂。管子裡面先裝滿別人的血液，加入抗凝血劑避免結塊。約翰・施尼貝格還兩次都成功誘導檢驗師朝引流管所在位置插針抽血。

杰克曼醫師有更現代化的設備，做法也就更先進：她不採用引流管，而是一端以外科樹脂封閉的人工血管。密閉的那端插入蔻依手臂，只要一兩吋就足夠隱藏，但採血針仍能探到。留有開口的那端沿著蔻依手臂往上，連結綁在腋窩的輸血袋。準備就緒後，杰克曼醫師把袋子的氣閥轉開，血液就會往下進入人工血管。

於是採血位置雖然在蔻依手臂，但血液根本沒經過她體內。一秒也沒有。

從頭到尾都談不上高科技，但正所謂大巧不工。若非白血球沾附了夏季黑松露蛋白質，這計劃恐怕沒人能揭穿。

驗血結束，能演的都演完了，蔻依自然趕快自眾人目光中消失，萬一遇上真正認識伊麗莎白的人會露餡。事前賈里德已經將地堡地點告訴杰克曼醫師，還表示自己安裝了攀岩梯，裡頭的人隨時能出來。杰克曼醫師不疑有他，將蔻依載到森林，完全沒察覺進了地堡有去無回，找些沙土枯葉掩蓋入口就離開。他們要蔻依在裡面待三天，之後自己出來躲回位於伯明罕的老家，賈里德出獄之後會盡快聯繫。

杰克曼醫師也坦承就是她在華盛頓的貨車灑了伊麗莎白的血。賈里德給的說法是華盛頓會在真凶落網後重獲自由，但那當下得先轉移警察焦點以免蔻依真的被找到。於是她搶在華盛頓根本還沒回到坎布里亞的期間就跋涉上山，找到他的貨車留下偽證。

現在杰克曼醫師也明白自己遭受矇騙。賈里德．基頓要蔻依徹底消失，為此得嫁禍別人。外界認為那是他女兒，忽然現身又忽然失蹤會引起很多質疑，但若當年查案的警察因為伊麗莎白沒死而羞憤崩潰痛下殺手，那一切就都說得通。

賈里德．基頓甚至連蔻依的手機也拿來大做文章，吩咐醫生趁著華盛頓抵達坎布里亞當天晚上拿到賀德威克農場周邊。至於華盛頓何時會到，杰克曼醫師在警隊有人脈能打聽。

華盛頓曾經詢問醫生伊麗莎白是否有刺青。結果她先打電話向賈里德確認，然後才敢給出否定的答案。

事到如今，杰克曼醫師也看透了：賈里德．基頓不容計劃有一丁點閃失，換句話說除掉她只是時間早晚的問題。她已經幻滅，明白自己不可能成為例外的幸運兒。

「瞭解如何在驗血作假，當然就能推論出杰克曼醫師必然參與其中。所以我就去找了你的當事人，」華盛頓向律師解釋：「跟他說調查團隊很快就能從檔案庫找到地堡位置。」

又回到面談室，賈里德．基頓還是沒表現出一絲畏懼。華盛頓猜得到原因，但反正就等著看科林伍德何時想開口。

「我們知道他擔心自己受到監控，不會冒險自己去地堡。果然他又找上杰克曼醫師，說詞是蔻依．布羅斯威治待在地堡三天，多少會留下證據，必須徹底銷毀，否則一旦事跡敗露計劃全部泡湯。杰克曼醫師又信了，所以才帶著汽油桶過去準備燒光蔻依生活的痕跡。事實上他的打算是一次湮滅所有證據，包括伊麗莎白和摩利斯的遺體，就算還有一口氣也活不久的蔻依，筆記型電腦和其他犯案工具。全部燒光。」

賈里德．基頓盯著他面無表情。

「但結果我們監視的不是你，而是她。跟著她就找到地堡了。」華盛頓仔細觀察，但對方仍舊沒反應。「現在這邊有兩具遺體、兩個還活著的證人，迫不及待想聽聽你們怎麼說。」

科林伍德清清喉嚨。

「波警佐，剛才的故事很精采，」他開口：「但當然都是子虛烏有的事情。」

66

英國司法系統賦予被告很特別的優勢：對他們不利的證據必須提前揭露，於是辯護時他們可以先想好如何開脫。正因如此，律師一向建議在檢警拿出證據之前全部回答「不予置評」，等事實證據擺在檯面上了再說，屆時要拼湊出清白無罪的故事版本容易許多。

「我的當事人入獄期間確實曾經見過杰克曼醫師，遇襲之後在倫敦大學附設醫院休養時醫師也來探望過。」科林伍德說：「治療期間兩人確實有過短暫友誼，畢竟醫師每天探視以確保治療沒有紕漏。」

華盛頓沒回話，早就料到對方不可能乾乾脆脆俯首認罪。賈里德．基頓像個大師級棋手運籌帷幄好幾年，搶先警方十步以上。更何況，他從來不介意將別人當作棄子……

「雖然杰克曼醫師坦承她對我的當事人有迷戀，但恐怕程度比各位想像還嚴重。其實兩人並不是在監獄、在大學醫院才初次見面，而是我的當事人被冤枉弒女罪名之前就有交集。你剛才提到過，她自己也說常常來湖區對吧？」

華盛頓點點頭並不在意。

「但醫師沒透露的是她曾經光顧過我當事人的餐廳，而且去了好幾次。我的當事人沒有留下什麼印象，可是餐廳內有位叫做史都華．史考特的廚師已經提出證詞。」

史都華·史考特？想必就是與傑佛遜，布萊克結下梁子的那位了。布萊克認為是他打小報告，將自己與伊麗莎白談戀愛的事情告訴賈里德·基頓，後來被狠狠揍了一頓，史考特因此脾臟破裂。布萊克還提到史考特一心想要往上爬，為老闆撒幾個謊算不了什麼。

「請繼續。」華盛頓說。

「我們認為在可能性衡量[48]上，杰克曼醫師殺害伊麗莎白的機率比較高。」科林伍德說完之後朝椅背一靠。

「杰克曼醫師殺了伊麗莎白？」華盛頓複述一遍。

「原因或許永遠無從得知。有可能她陷入自己的妄想，意圖獨佔我的當事人，認為女兒是個絆腳石。此外我們也推論她私下保留了伊麗莎白的血液，因此得以實行你們過去大約一週內調查到的各種犯罪事實。甚至可能就是她買凶行刺基頓先生，因為如你們所知，她時常待在監獄醫護所。以她的心機，煽動囚犯彼此攻擊應當不是難事。最後就是她意圖殺害整個案子唯一的證人，也以現行犯身分遭到逮捕了。」

「那為什麼要等六年？」瑞格還是開口了，表情有些擔憂，但華盛頓並沒有將所有情報透露給他。

「瑞格刑警，調查是你們的工作，我是個律師。」

「那她怎麼找到蔻依·布羅斯威治？」

科林伍德聳聳肩不置可否。

「伊麗莎白遺體上到處都是你當事人的指紋喔。」

「瑞格刑警，案發地點是他的廚房，每一樣東西都能找到他的指紋。」

「筆電調查車禍殺人手法又怎麼解釋？」

「我們如何得知伊麗莎白瀏覽那些網頁的原因呢？或許是她關掉安全氣囊啊？已經無從查證。」

「是嗎，我倒覺得還有得查。」華盛頓說完起身：「今天就談到這兒。」

瑞格跟著他從外面繞到隔壁審看室，甘孛、史蒂芬妮與資深檢察官都在裡頭等，緹莉則一如往常操作電腦。

大家神情凝重。

「怎麼了嗎，長官？」瑞格問：「你們該不會信他那套說詞？」

「當然不會。」甘孛回答：「但這一位說……」他指著檢察官。

「我的意思並不是我相信他清白，」檢察官回答：「但聽完他們的辯護說詞，老實說我認為起訴成功難度頗高。杰克曼醫師已經承認自己參與犯罪計劃、迷戀賈里德・基頓、接觸過蔻依・布羅斯威治、幫忙設計了妨礙司法公正的假驗血手法。」

「但基頓他——」瑞格不死心。

㊽法律概念，即各種可能推測中應選擇可能性最高的版本。

「除了他住院過，目前沒有證據證明兩人是合作關係。從監獄紀錄來看，他們多數時間無法互動。」

「在監獄弄到手機比找人口交還簡單呀！」瑞格叫道。

檢察官點頭：「我們也知道真相大概就是這樣，問題在於無法證明。基頓的辯護團隊只要堅稱杰克曼醫師獨自完成整個計劃，我們根本沒有施力點。」

「蔻依．布羅斯威治應該證實了醫生的說法？」

「對，她的問題是自己承認了從未與賈里德．基頓直接接觸，所有指令都來自杰克曼醫師。」

眾人陷入沉默，瑞格和甘孛都盯著檢察官。

「得面對現實：賈里德．基頓操弄杰克曼醫師的手法沒有破綻。儘管我們都能肯定他就是幕後黑手，偏偏所有實證指向的是另一個人。」

華盛頓確實很佩服賈里德，那傢伙腦袋太精明了，一連串計謀可謂滴水不漏。若非他對別人生命太無感，這次不可能扳回一城。

「你看起來異常鎮定呢，波警佐。」甘孛開口。

「只是表情少而已，長官明鑑。」

「平常表情不少啊？」緹莉忽然出聲。

他朝緹莉眨眨眼，大家不知該接什麼話好。

手機響了，他看看訊息：「總算來了。」

「你又有什麼鬼主意？」甘孛問。

華盛頓沒回答，轉頭問檢察官：「需要什麼才能定罪？」

「如果他不自白，」檢察官說：「現在我也不知道還有什麼辦法。」

華盛頓笑道：「那就讓他自白吧。」

67

華盛頓回到面談室，這回跟在身旁的卻不是瑞格，而是個女性。

兩人就座後，賈里德．基頓冷笑：「波警佐，這位是？」

從科林伍德表情看來，他對自己早上的表現很滿意。「波警佐，除非你們還能提出其他證據，否則下次見面應該是我當事人的重審庭了。到時候你們把你們的假設告訴陪審團，當然我們也會有自己的版本。」

「前提是真的需要走到重審。」賈里德附和。

華盛頓朝他客氣一笑：「說得對，基頓先生，未必需要見到陪審團。」

賈里德笑容更燦爛了。

「不介意的話，我想談談早上一直沒提到的人。」華盛頓說：「就是蔻依的父親，李察。」

「他？他跟這件事情能有什麼關係？我們根本不熟。」

「你們關係如何可想而知。」

賈里德聽了沒什麼反應。

「我們讓蔻依和他通話過，你們或許沒聽說？」

他聳肩：「需要在乎嗎？」

「有點好奇你對他是什麼看法。在這小房間裡明人不說暗話，我們都知道你差點害死他女兒，然後他幾年過後就出獄。不擔心被尋仇？」

賈里德嗤之以鼻：「我可沒承認你的指控，但就算是你說的那樣，李察．布羅斯威治能對我怎樣？手無縛雞之力的文弱書生，難道拿計算機砸死我？」

華盛頓點頭：「這部分說得沒錯，何況他未必有那種膽子。」

「那不就——」

「可是我不禁懷疑，已經爆滿的監獄，他能住單人房是什麼緣故？」

賈里德笑意褪去，科林伍德聽了也若有所思。

「沒關係，等會兒或許就懂了。我還沒介紹：這位是高級督察芭芭菈．史提芬斯。」

史提芬斯身材苗條、神采奕奕，黑色刺猬頭短髮搭配紅色名牌眼鏡。她輕輕朝對面兩人揮了手：「你們好。」

華盛頓望向律師：「科林伍德先生，她有張照片希望你過目，然後要請你當場做個決定。」

賈里德．基頓蹙眉：「波警佐，你這是在耍什麼小手段？」

「基頓先生，這並非手段不手段的問題……單純是你以為自己什麼都知道，卻無法掌握我知道些什麼。」他朝天花板角落的鏡頭比出拇指，綠燈忽然轉紅。「科林伍德先生，我們先暫停錄影，原因你馬上就明白。」華盛頓轉頭對史提芬斯說：「那就麻煩妳了。」

史提芬斯從檔案夾取出泛著光澤的照片。雖是長距離拍攝，但鏡頭下那兩人長相清楚。其中一個是李察．布羅斯威治，另外一個華盛頓只聽說過傳聞。

「右邊是李察．布羅斯威治，左邊這個人你應該認得才對？」

科林伍德瞥了一眼就面色發白，呼吸變得又快又重，甚至前額冒出一堆冷汗。他取出絲質手帕擦拭之後點點頭：「認得。」

「你們事務所和他所屬組織有往來，我沒說錯吧？」史提芬斯繼續：「但看樣子你是準備和他們作對？」

胖律師視線停在照片挪不開。

「你要繼續擔任基頓先生的辯護律師嗎？」華盛頓開口問，科林伍德用力搖頭的模樣彷彿不肯吃青菜的孩童。他嚇壞了，轉頭向賈里德說：「基頓先生，說實話，別有任何隱瞞，快！」

賈里德整張臉垮下來，好像面部肌肉瞬間被人削斷。「究竟怎麼回事！」他怒聲質問，法國腔全沒了，道道地地的卡萊爾口音：「這人是誰？」

「基頓先生，國家刑事局是個架構龐大的單位。我負責抓你這樣的人，高級督察史提芬斯則以跨國犯罪組織為目標。」

「跨國──」

「你聽說過『實體B』這個組織嗎？」史提芬斯直接打斷他。

賈里德搖頭。

「以你的身分確實不必知道，但你的辯護律師倒是很清楚。不如科林伍德先生你來解釋？」

科林伍德居然搖頭拒絕。

「連這也要迴避了啊？好吧，我自己來。」她說：「『實體B』是目前歐洲規模最大、理所當然也就最危險的組織犯罪集團。除了人口買賣、網路詐騙之外，毒品和槍械一定有的，然後也能走私各國違禁品。一言以蔽之就是無所不為無所不能。」

賈里德聽得下巴微微抽搐。

「很多人以為『實體B』是捏造出來的都市傳說，很可惜他們錯了。這個組織不但真的存在，且實力越來越雄厚。」

她拿筆指著照片。

「和你們這位李察講話的人，是『實體B』在英國的第一把交椅。」

華盛頓接著說：「基頓先生，我解釋一下。一般人會以為這種組織可怕在於無惡不作，但前提其實是他們幹壞事弄來的錢還有辦法花。」

「根據統計，去年『實體B』搜刮了超過二十億歐元。」史提芬斯補充：「要轉手這麼大的金額可不是容易的事情。」

賈里德露出恍然大悟的表情。

華盛頓繼續說：「所以基頓先生，你明白狀況了嗎？這個組織能存續，是因為有一群不上檯面的洗錢專家在背後運作。你口中『手無縛雞之力的文弱書生』，也就是李察．布羅斯威治，他協助洗錢長達七年。儘管經手的是些小生意，但他一定接觸過機密，那些情報對高級督察史提芬斯的單位很有用。」

他停頓兩秒改口問：「不過長官，他有鬆口過嗎？」

史提芬斯搖頭：「李察口風實在太緊了，拿不必坐牢跟他交換都沒用。他不敢背叛組織。」

賈里德的手指先是輕輕敲打桌面，後來伸到後頸搓揉。他想不到辦法。

「既然蔻依和父親通過電話，代表李察知道事情經過，很有可能已經要『實體B』幫女兒出頭，畢竟組織欠他一份人情債。」華盛頓說：「在我看來，你有兩個選擇。一個是繼續演你的戲，下場如何也是你自己的造化。另一條路是你現在立刻認罪做筆錄。」

賈里德．基頓目光渙散望向虛無，華盛頓甚至不確定他還有沒有聽見自己說話。

科林伍德清清喉嚨：「如果我的當事人配合，你們能保證他安全？」

華盛頓搖頭，史提芬斯也搖頭。

「認罪能交換的是保護證人專案，」史提芬斯回答：「用假名到封閉式監管中心服刑。」她轉頭望向賈里德．基頓：「所謂封閉式監管中心本質就是『監獄中的監獄』，也因此有最高等級的安全標準，然而是否足夠並非我們說了算。」

「只是想嚇唬我吧？」賈里德．基頓喃喃自語，露出人質似的強顏歡笑。

華盛頓指節壓在桌上，探身凝視他那雙湛藍眼珠：「是嗎？那你就拿命賭吧。」

68

天開始黑了華盛頓才返回威爾斯酒店。他去旅館收信、向史蒂芬妮和緹莉道別，拖著一身疲憊爬上四輪越野車。內心出乎意料沒什麼波瀾。

事前不知道訊問要周旋多久，所以他又請維多利亞幫忙照顧艾德嘉，明天早上再過去接回來。史蒂芬妮和緹莉說會多待一天，明晚去肯德爾吃咖哩慶功。華盛頓打算邀請維多利亞參加，順便當面道謝。

他們在警局耗了六小時，才讓賈里德．基頓生出一份檢察官找不出紕漏的自白書。

事實上照片中的李察．布羅斯威治從未與另一人見面。以他在組織的底層地位根本不可能，實體B的大佬們何必要與洗錢小弟見面？但是經過緹莉的影像合成，兩人彷彿處在同個時空。華盛頓和高級督察史提芬斯可從來沒有親ロ說過照片裡的兩人有交談，隨便描述某種可能性而已，是賈里德和律師的大腦自動填補了空白資訊。

有效就好。賈里德．基頓終究全招了。

先從殺害勒斯．摩利斯說起：手法與華盛頓猜想一致，將攀岩梯把手從掀門框環上方挪到下方，裡頭的人就再也出不來。過了三個月，賈里德．基頓回去現場，將遺體搬去化學廁所。他也坦承自己為了保住餐廳的米其林星等殺害妻子，女兒在筆電發現證據以後慘遭毒手，分屍之後利用舒肥袋真空包裝運送，連同其他證物一起塞進地堡給摩利斯陪葬。

之所以會保留血液，一開始是想嫁禍給傑佛遜．布萊克。

之後的事情發展就如蔻依．布羅斯威治和菲莉希蒂．杰克曼所述。他在監獄醫護所拉攏醫師，拿刀自殘製造兩人獨處機會——基於隱私保護，囚犯若去監獄外住院，獄警不得跟進病房監視。賈里德承認自己誤導杰克曼醫師，因此對方行動前並不知道蔻依還困在地下，以為倒汽油進去只是燒掉女孩躲藏期間留下的痕跡。毀屍滅跡這種事情並非醫師的主意。

即便如此，杰克曼醫師和蔻依．布羅斯威治也得入獄服刑。賈里德．基頓殺了三個人又毀了兩個人的人生，她們都是受害者。

賈里德．基頓的罪名有謀殺妻子、謀殺勒斯．摩利斯，與謀殺蔻依．布羅斯威治未遂。至於謀殺伊麗莎白的部分他已經提早認罪，檢方打算很罕見地起訴「無期徒刑且不得假釋」。

華盛頓提出心中疑惑：構陷自己，與當年父親拒絕出售肯德爾的地產是否有關？結果賈里德．基頓完全不記得這件事，看來純屬華盛頓難得願意承認的巧合。賈里德盯上他並沒有特殊理由，只是要找人頂罪，多年前他沒受騙只是錦上添花。

離開卡萊爾警局前，華盛頓與瑞格、甘孛握手致謝。他們兩人是破案的最大助力，保住華盛頓是小事，洛倫、伊麗莎白、勒斯．摩利斯的沉冤得雪才是重點。雖然遲了，但正義終究得以伸張。

回程走的是M6公路，途中他打電話給傑佛遜．布萊克告知事件真相。確定伊麗莎白的命運之後，這位前特種部隊的深情男子能解開心結嗎？華盛頓不敢指望，只能盡自己本分。若非傑佛遜．布萊克他也找不到案情突破口。

上了丘陵，遠遠看見自己那棟小屋，但他赫然剎車。屋裡竟然有點燈？而且不是全亮，只點了幾盞。有人在家，但他剛和維多利亞通過電話、史蒂芬妮和緹莉則留在旅館。

應該沒別人會來才對。

從望遠鏡也看不到屋內動靜，他放慢越野車速度悄悄靠近，在平常的位置停車下來。

沒人出來。

正門門縫夾著塑膠資料夾，抽出來取出文件發現寄件人是市政府。旅館代收的那疊東西裡頭可能還有一份。華盛頓用牙齒叼開資料夾。

裡頭是正式公文，要求他將小屋回復原狀。

混帳。維多利亞沒猜錯，為了國家公園就要趕他走。

檢查其他信件，有一封特別奇怪，是牛皮紙袋包裹，正面只印了自己名字，看來有人親自送到旅館。

拆開一看，是湖區國家公園建築物審查的空白申請書，背面有留言：「操你媽王八蛋」以及署名「W」。是瓦賓，這人心眼未免太小，事到如今還要挖出華盛頓其他弱點窮追猛打。

但……這些都和家裡有人沒關係。

他推開門，先讓眼睛適應昏暗。

有個男人倒在沙發上睡覺。難道……不會吧？

走近仔細看，還真是。

老了這麼多，華盛頓看得有點心驚。

伸手將電燈全打開，那人立刻驚醒，瞇著眼睛叫道：「嚇死我啦！」

華盛頓沒理他，自己走去開冰箱找啤酒。冰箱裡還塞滿好多水果和瓶裝水，算是緹莉的愛心吧，他看了只能苦笑。拿了兩罐打開，一罐遞到沙發前。

「好像該聊聊了，華盛頓。」沙發上的老先生喝了一口。

「明天再說吧。」他回答：「好久不見了，爸。」

致謝

像我這種半瓶水響叮噹的寫作者背後一定有群高手，否則亂七八糟的思維無法組織成能看的小說。理所當然我要好好感謝大家，下面按照身高順序來：

編輯Krystyna Green對我的支持從不動搖，還有無窮的熱情與活力。感謝妳願意給我機會，並且在我只看見樹的時候為我指引出森林。

架構編輯Martin Fletcher值得我好好感謝。他非常專業，給的建議都很實在，和我一起構思了華盛頓．波和緹莉的未來走向。我相信會一步步實現的。

審稿人Howard Watson不僅幫我將文字重新排列組合，還順便做了很多事實查核。如果沒有他，前作《歡迎觀賞殺人預告》裡華盛頓可能十一歲就當警察了……

還有校對Joan Deitch，幫我追捕那些除不盡的錯字。

特別感謝Sean Garrehy，本來以為封面不可能更上一層樓了，但你居然超越前作，實在厲害。

Rebecca Sheppard一定是宇宙最棒的責任編輯，居然能讓上面那些人乖乖配合。每個團隊都需要大家發瘋時還保持鎮定的那個人。

再來是Constable、Beth Wright以及Amy Donegan，沒有行銷企劃怎麼讓人看見我的書呢？所以嚴格來說……你們要負責喔。

跟上次一樣，後半段留給更親密的人。我的經紀人兼摯友David Headley彷彿天生神力，要是打斷一隻手能換你一半幹勁我也願意，真不明白你怎麼做到的。謝謝你的友誼、謝謝你在背後推著我前進，也謝謝你讓華盛頓和緹莉能被更多人看見。

我與DHH Literary Agency合作時總是害Emily Gleniste很為難，但她總能用幽默化解我的焦慮不安。

謝謝妳！

我每次都得先給兩個人讀過稿子才敢交給David Headley。我最信任的試閱讀者：Angie Morrison和Stephen Williamson，謝謝你們花時間讀完還給我真誠又充滿建設性的回饋。你們已經是我創作過程不可缺的一環，沒有你們沒辦法出書。

我的妻子Joanne值得一整頁感謝，但是剛剛算了一下篇幅不夠……總之，Jo，沒有妳就不會有今天的我。從最初的鼓勵到後來的專業意見，點點滴滴我都記在心裡。我太感謝了，正在考慮要不要告訴妳洋芋片藏在哪兒。

另外有幾位朋友參與了本書故事的幕後研究，我也藉此機會一併感謝（不然他們會罵我）：

Stuart Wilson是我超過四十年的老友，酷愛啤酒。他耐著性子和我講解了農夫如何跳過中間商將肉品直接提供到消費者手中。

Harold Archer是觀測隊協會第二十二組的成員，謝謝你告訴我核爆觀測地堡的真實情況、建造過程和實際駐紮經驗等等，為故事增添了只靠網路難以企及的真實感。

Katie Douglass，我聰明的姪女，解決了冷凍血液這個難題，有種緹莉風格的創意。但拜託妳別再想著當瘋狂科學家，不然可能真的會成功。

關於警界的知識我總仰賴 Jude and Greg Kelly。每次我的問題都惹他們發笑，但他們也每次都能給我完整細緻的答覆。

下面幾位等很久啦，有些人不得不提一下。

Crawford Bunney，多謝你同意讓我將「兩條手臂白皙多毛而且比例特長」這句話寫進去。這二十年裡你讓我的生活變得更精采。[49]

感謝所有部落格、評論與讀者——文字若無法成為心中的圖像，書就沒了存在的價值。大家加油，相信每位作者都和我一樣感激涕零。

再來我一定要好好感激水石書店達拉謨分店的 Fiona Sharp。她支持我前一部作品不遺餘力，去年無論我去參加什麼活動都一定會聽見妳的名字。

Barbara Stephens 慷慨解囊，捐了好大一筆錢給坎布里亞安全網慈善基金。妳的名字出現在故事中是我的榮幸。[50]

我岳母 Mary Jackson 每次在書店看見《歡迎觀賞殺人預告》就買一本，現在她手上的量可能

---

[49] 此人即故事中的主廚「克勞佛・邦尼」。

[50] 即「芭芭菈・史提芬斯」。

比出版社倉庫還多。

Moffat Crime Writers和Crime & Publishment兩個社團對我很多支持鼓勵，感謝大家。

我要感謝Iron Maiden樂團[51]，無論寫作當下什麼心情都有適合的播放清單。年輕時我迷龐克搖滾，但決定支持你們到死。衝啊！

最後是Bracken，我現實中的艾德嘉。要不是兩英里外有人開個門你就吠半天，這本書可能只要一半時間就寫完。

各位後會有期！

P.S. 其實我不知道你們每個人多高。Crawford除外，他比例太異常了。

---

[51] 通常譯為「鐵娘子」或「鐵處女」樂團。